Clara Hermans

DAS LUISERL

Herzlichen Dank an Raymund, ohne den dieses Buch nicht zustandegekommen wäre.

Clara Hermans

DAS LUISERL

BoD

Bibliographische Information der Deutschen Nationalbibliothek:
Die Deutsche Nationalbibliothek verzeichnet diese Publikation in der
Deutschen Nationalbibliographie; detaillierte bibliographische Daten sind
im Internet über http://dnb.d-nb.de abrufbar.
© 2015 Clara Hermans
Herstellung und Verlag: BoD Books on Demand, Norderstedt
Umschlaggestaltung mit Hilfe von Scribus
Layout mit Hilfe von LyX und LaTeX
ISBN 9783739221311

DAS LUISERL

Das Luiserl!

Von Anfang an gab er sich bedingungslos der mächtigen Präsenz Onkel Ferdinands anheim – einem Mann von Statur, groß, breit, gutherzig – aber, wie so oft bei dergleichen Volk, in prekären Situationen hilflos. Da sprang das Luiserl dann ein, nahm ihn bei der Hand und zog den Onkel jedes Mal sachte heraus aus der Bredouille.

Dies schmale Luiserl! Er stand die frühen Hungerjahre mit ihm durch, begleitete seine ersten literarischen Versuche, teilte mit ihm die Schmach gnadenloser Verrisse, rettete ihn vor dem Tod auf dem feuilletonistischen Schlachtfeld, half dem blutig Zerfetzten, wieder und wieder aufzuerstehn. Nach weiteren, beschwerlichen Jahren wurde dann aus dem Onkel Ferdi doch noch, wozu er bestimmt war und wovon das Luiserl immer geträumt hatte: der strahlende Autor reißend verkaufter Unterhaltungs-Romane.

Auch das vater- und mutterlose Luiserl machte auf seine Art Karriere. Anfangs hatte er dem Onkel nur als Schreibkraft gedient. Dann, langsam zum absoluten Faktotum heranreifend, bearbeitete er seinen gesamten, umfangreichen, immer komplizierteren Schriftverkehr. Führte nach und nach die Verhandlungen mit dem Verlag, verabredete die Termine seiner Lesereisen und Vortragsabende, buchte seine Hotelunterkünfte, behielt seine Vermögensanlagen und die Vermehrung seiner Einkünfte im Auge und stand alljährlich die Hölle der Steuererklärung durch. Nebenbei erledigte er auch die Anfragen mehr oder weniger seriöser Journalisten, übernahm sowohl den Empfang überschwänglicher Fans wie die Auseinandersetzung mit giftigen Kritikern. Hielt die lösbaren, besonders jedoch die unlösbaren Probleme von ihm fern, die seine Arbeit behindern konnten.

Aber Literatur?

Nein, bloß nicht!

Oder doch?

Ohne dass das Luiserl es sich vornahm, flößte es nach und nach – wie nebenbei – in mitfühlender Anteilnahme dem Text einen blühenden Wortschatz ein, schmeidigte seine Satzkunst, festigte mit einer kleinen, unauffällig hinzugefügten Sequenz die Glaubwürdigkeit seiner vielleicht ein wenig zu flüchtig gefassten Figuren, verdeutlichte ihre Umrisse, gab ihnen durch bedachtsame Zutaten Substanz. Verpasste da und dort einem Satz Hintergründigkeit, Doppelsinn, Tiefe. Zauberte kleine stilistische Feinheiten, Preziosen! in seine mageren Sätze. Stellte sie behutsam um und verwob sie miteinander. Gab ihnen fließende Eleganz.

Ehe das Luiserl ein Manuskript dem Verlag zuschickte, las er Korrektur, prüfte es auf Grammatik, Satzzeichen, Groß- und Kleinschreibung – und streute an manchen Stellen noch einmal Goldstaub darüber. Da der Onkel kein Manuskript, sobald er es beendet hatte, jemals wieder zur Hand nahm, konnte ihm nie auffallen, dass nicht jedes treffende Wort, nicht jeder geschliffene Satz, nicht jede kleine, feine Pointe aus seiner eigenen Feder stammte.

Kurz, der Onkel hatte nicht die mindeste Ahnung, dass längst seinen Texten mit Gottes und Luiserls Hilfe etwas zuteil wurde, was man eine "literarische" Anmutung hätte nennen können.

Da starb er. Er hatte immer zu viel und zu gut gespeist.

Dem Luiserl hinterließ er all seine Besitztümer und Rechte. Das Luiserl jedoch dachte voll Sorge: Wer gibt mir jetzt Arbeit? Wer schreibt Romane für mich, lässt mich korrigieren, Wörter hinzuerfinden, wegtun, austauschen – dass die Sätze klingen, das Profil der Personen sich deutlicher abhebt, ihre Konflikte den Leser so sehr schmerzen und ihre Lösung am Schluss ihn so rührt und beglückt, als habe er alles selber erlebt? Das ist ja ganz allein das Geheimnis der Sprache! Gerne hätte ich den Onkel einmal gefragt: was war das Wichtigste für ihn: das Sujet? oder, wie für mich, die Fassung, das Gefäß, die Sprache. Schade, zu spät!

Ach, der Onkel hat immer so viel schreiben müssen, eigentlich viel zu viel. Da war es meine Aufgabe, noch einmal drüberzugehen. Überhaupt das Korrekturlesen, was Schöneres gibt's gar nicht. Höchstens das Selber-Schreiben. Aber wer traut sich das zu? Keiner, der ein so großes Vorbild hat wie den Onkel Ferdi, der einen Roman nach dem anderen schrieb. Nein, ich nicht! Ich kann halt nur ein bisschen rumredigieren.

Alleinerbe!

Das Luiserl versank in Trauer. In Tränen verabschiedete er sich von ihm:

"Ach, Onkel Ferdi, obgleich du, von außen betrachtet, so schwer und massiv warst, fast ein Koloss, wusste ich immer, eine zarte Seele wohnte in dir, auch wenn man sie dir nicht ansah. Hoffentlich blüht sie im Jenseits weiter, wo alles leicht ist und duftet, befreit von seiner irdischen Hülle."

Festen Halt hatte der Onkel zeitlebens seinem Neffen gegeben, wie eine Säule dem Efeu. Viel, alles war ihm der Onkel gewesen: Übervater – Ernährer – Arbeitgeber.

Was also sollte das Luiserl jetzt mit sich anfangen? Knapp fünfunddreißigjährig, hatte seine Arbeit für den Onkel dem Luiserl keine Ausbildung "nebenher" erlaubt; er hatte nichts gelernt, kein Handwerk, keinen Beruf. Immer nur war er "der Neffe vom Onkel Ferdi" gewesen. Und woraus bestand also nun seine Biographie?

Er hatte *lesen* gelernt!

Gelernt, insgeheim die Manuskripte des Onkels so zu verbessern, dass seinen Texten durch Zutat von Wörtern, Sätzen, Ideen mehr Glanz, mehr Anziehungskraft, mehr Glaubwürdigkeit widerfuhr.

Auch in vielerlei Dingen des praktischen Lebens, selbst in hochkomplizierten, wusste er Bescheid. Er hatte sich alles aus Büchern und aus dem Internet beigebracht. Nur – einen Abschluss, ein Zeugnis, ein Diplom besaß er nicht. Zuerst die Hungerjahre, später die Großschriftstellerei: das hatte dem Luiserl lange Zeit vollkommen genügt.

Aber jetzt, wo es den Onkel Ferdi nicht mehr gab?

"Was bleibt denn noch übrig von mir, wo ich nichts als die Hinterlassenschaft meines Onkels bin? Ein Niemand?"

Natürlich ist niemand ein Niemand. Es ist jeder ein Irgendwer und meistens ein Irgendwas noch dazu. Sprich: er besitzt eine Profession, einen Stand und einen passenden Titel dazu. Selbst ein Bettler ist noch ein – nun ja, halt ein Bettler! Nur: was für ein Wer und ein Was war das Luiserl?

Jetzt, mit dem Ableben des Onkels, hatte alles, auch seine ihm so liebwerte, freiwillige Sklaverei, ein Ende. Alleinerbe! Geld und ein paar Immobilien – bestand daraus jetzt seine Identität? Sein ICH? Er beschloss, für den Fall, dass er überhaupt ein solches besaß, sein verborgenes, sein wahres SELBST aus sich heraus zu erfragen. Auch wollte er nicht mehr das Luiserl sein – das *ES*, das der Onkel aus ihm gemacht hatte – sondern der *ER*, der Luis!

Vorläufig allerdings verschob er seine Analyse auf über- oder auf überübermorgen. Er hatte genug mit dem Nachlass des Onkels zu tun: mit der Steuer, dem Verlag, den Mietsachen und dazu mit einer besonders delikaten, mit rechnerischer Mühseligkeit verknüpften, testamentarischen Bestimmung.

Ferdis übriggebliebene, jüngere Schwester Dorothea nämlich hatte nie ein Hehl daraus gemacht, wie sehr sie ein gut gefülltes Bankkonto verachtete. So hinterließ ihr der Bruder fürs erste nur eine unerhebliche Summe, überzeugt, sie lasse sich sowieso alles als Spende für diese oder jene Bagatelle abschwatzen und binnen kurzem wäre ihr Konto geräumt. Daher sollte sie ihr wirkliches Erbe vom Luiserl in hübschen Portionen nach und nach überwiesen bekommen. Allmonatlich musste er ihr von dem, was der Bücherverkauf einbrachte, ihren Anteil auszahlen – jedes Mal für das Luiserl ein Rechenkunststück. Für die Schwester ein allerletzter, winziger Seitenhieb. Aber sie sagte nur: "Das sieht dem Ferdi ähnlich!" – böse konnte sie ihm nicht mehr sein. Der Tod ist ein mächtiger Versöhner.

Tante Dorothea war eine hochgewachsene, schlanke, noch recht jugendlich gebliebene Dame, ausgestattet mit einem erheblichen Potential an Wissen und anspruchsvoller Attitüde. Das einzige verbindende Element zwischen Bruder und Schwester war das Luiserl gewesen, der als Vollwaise – nach dem schweren Unfall einer vor langen Jahren mitsamt ihrem Gatten ums Leben gekommenen Schwester – vom Onkel Ferdinand aufgenommen und großgezogen worden war.

Das Luiserl stand von jeher in ehrfürchtiger Distanz zu dieser Tante, die familiär Doro abgekürzt wurde. Sie war jahrzehntelang an einer Mädchenschule Handarbeitslehrerin gewesen, ein wenig angesehener, dabei ehrlicher und zuletzt so gut wie ausgestorbener Beruf. Sie lebte im Appartement einer bescheidenen Giesinger Pension. Die Geschwister hatten sich zu Onkel Ferdis Lebzeiten höchstens zweimal im Jahr, an ihrem jeweiligen Geburtstag, gesehen.

Einer demonstrierte dem anderen dann mit Hingabe seine Geringschätzung. Ferdi zum Beispiel trug seiner Schwester jedes Mal ungefragt, aber mit Genuss, den Inhalt seines jüngsten Romans vor, was sie mit verächtlich versteinerter Miene über sich ergehen ließ. Der Onkel bedankte sich hernach mit zynischer Lust für „ihr glühendes Interesse und ihren Beifall".

Wahrhaftig nicht zu Luiserls Vergnügen spielten sich diese seltenen alljährlichen Zusammenkünfte von Bruder und Schwester ab, die er an einem möglichst noblen Ort zu inszenieren hatte. Das Luiserl besaß nicht die eisernen Nerven der beiden Geschwister. Er zitterte diesen Terminen jedes Mal schon lange vorher entgegen und stand ihren Verlauf nur mit Mühe durch. Das Beisammensein war im Grunde nichts anderes als ein erbitterter Zweikampf. Wer behielt das letzte Wort? Wer brachte dem andern die schmerzhaftere Wunde bei? Jeder der beiden hielt hernach seinen Auftritt für einen Triumph seines Ego. Es gab indessen kein einziges Jahr, wo man auf diese siegesgewissen Zusammenkünfte verzichtet hätte.

Die Tante, hochgebildet, was das Neueste an moderner Kunst und Literatur betraf, sah alles und las alles, was auf den Markt kam – und verfügte über ein unbeirrbares Urteil. Nach dem allerfrühesten Roman ihres Bruders hatte sie niemals mehr eins seiner Bücher zur Hand genommen. Demzufolge war ihr natürlich auch die mit den Jahren zunehmende, zuerst kaum, dann deutlicher bemerbare Literarisierung der brüderlichen Texte entgangen.

"Ich liebe sie halt", erklärte der Onkel Ferdi. "Die Dorothea, die alte Schachtel – und, weiß Gott, sie liebt mich auch!"

Das bestätigte sich bei Ferdis Beisetzung.

Auf dem Heimweg von seiner frischen Grabstätte führte das Luiserl die Tante Doro fürsorglich am Arm. Sie konnten zu Fuß gehen, es war nicht weit vom Ostfriedhof bis zu ihrer Pension. Die Tante weinte den ganzen Weg still vor sich hin. Wie viel ihr der Bruder, diese kraftstrotzende Natur, bedeutete – sie, seine Schwester, hatte es nicht im entferntesten geahnt. Jetzt, wo er tot war, wusste sie es. (Umgekehrt wäre es sicher nicht anders gewesen).

"Für immer ist er nun weg – und lässt mich allein!"

"Du bist nicht allein, Tante Doro, ich bin auch noch da und habe dich lieb!"

"Ist das wahr? Wirst du mich manchmal besuchen, Luiserl?

So wurden die beiden, der schüchterne Neffe und seine Tante, auf dem kurzen Stück Heimweg vom Friedhof zu ihrer Pension, Freunde.

Und wenn der Onkel Ferdinand dem Luiserl viele Jahre lang als väterlicher Ersatz gedient hatte, so erfuhr die Vollwaise jetzt von der Tante mehr als einen Hauch mütterlicher Zuneigung. Sie war, verglichen mit ihrer gewohnten Kühle und Distanz, von unerwartet liebevoller Wärme. Sogar fast so, als habe die immer unverheiratet gebliebene Tante in ihm einen Sohn, oder jedenfalls ein liebenswertes männliches Mitglied in der seither von ihrem

Bruder so frauenfeindlich dominierten Familie gefunden. Und was wurde als Gegenleistung erwartet? Eigentlich fast nichts. Nur dass er sie ab und zu besuchte und sich ehrlich für ihre Lebensumstände und, woran ihr am meisten lag, für ihre Leidenschaften – die neueste Literatur, die neueste Kunst – interessierte.

Von keinem weiblichen Mund je geküsst, besaß das Luiserl nur eine einzige Freundin, die benachbart, in der gleichen seelenlosen Straße wohnte wie er – das zwölfjährige Evchen.

Der Onkel hatte ihn – als es ihm an der Zeit schien – wissen lassen, dass seine Abneigung unverhohlen den Frauen galt, seine Vorliebe den Männern. "Hüte dich vor den Frauen!" war sein Leitspruch, den er dem Luiserl ohne weitere Erklärung einprägte. Das Luiserl fand Frauen attraktiv und das gleiche widerfuhr ihm von ihrer Seite. Doch das Luiserl war gewohnt, dem Onkel blind zu vertrauen. Sein Lehrmeister hatte ihm nur äußerst wenige Lebensregeln gepredigt. An die aber hielt er sich. So, wie er auch die seltsame Namensänderung des Onkels hinnahm, der eines Tages aus ihm, dem Luis, einfach ein Luiserl machte.

Seine Schwester hatte ihm, Ferdinand, kurz vor ihrem schweren Unfall lächelnd erklärt, sie habe sich eigentlich immer ein kleines Luiserl statt eines kleinen Luis gewünscht.

"Aber beim nächsten Mal klappt es bestimmt."

Es würde ja nun kein zweites Mal geben, die liebe Theodora und ihr Ehemann waren beide tot.

"Machen wir ihr doch – zum Himmel hinauf – die Freude!" sagte der Onkel Ferdinand. "Natürlich nur für eine gewisse Zeit."

So wurde über Nacht aus dem vierjährigen Luis ein Luiserl. Welch eine spinnöse Idee! sie blieb an dem bedauernswerten Luis hängen, er wurde sie nie mehr los, er war und er blieb das Luiserl. Der Onkel Ferdi gewöhnte sich so sehr daran, dass er sich nicht mehr davon trennen mochte. So war er eben, der Romanschreiber, der selber gern in der Welt seiner Romane gelebt hätte – immer ein kleines bisschen neben der Wirklichkeit.

Was Frauen betraf: das Evchen war für das Luiserl eine Ausnahme.
Er mochte das Evchen.

Und er hielt das Evchen – einfach so – für eine verirrte Seele, genau wie inzwischen sich selbst. "Gleich zu gleich gesellt sich gern", zitierte er sein Verhältnis zu ihr. Außerdem meinte er befürchten zu müssen, mit dem Evchen nehme es einmal ein böses Ende, auf jeden Fall eher als mit ihm. Man müsse jedenfalls gut auf sie achtgeben.

"Aber bis dahin hat es noch Zeit". Was ihn selber betraf, er wäre dem Schicksal, anders als das Evchen, für ein dramatisches Ende einfach nicht wichtig genug. Er würde irgendwie "so" davonkommen und eines Tages still und ohne Aufhebens seinen Weg ins Jenseits nehmen.

Des außerordentlich produktiven Onkels Nachlass – an dem der Neffe auf seine Weise nicht unbeteiligt gewesen war – seine Romane, die sich nach seinem Ableben weiterhin prächtig verkauften, ermöglichten dem Neffen ein auskömmliches, aber auch ein durch sein einsames Nichtstun völlig unbefriedigendes Dasein. Wenigstens hatte er in den vielen freien Stunden schon mehrmals versucht, ins Innerste seines Wesens, gewissermaßen in seine Kern-Substanz einzudringen.

Das *Ich*! Sobald er herausgefunden hätte, woraus es bestand, wollte er es für immer auf sich beruhen lassen. Fast schon routiniert legte er sich eine immer wieder veränderte Auswahl eindringlicher Fragen zurecht. Etwa, wie er es mit den bürgerlichen Tugenden hielt. Gewissenhaftigkeit? Wahrheitsliebe? Fleiß? Großzügigkeit? Humanität? Fragen, die ein einigermaßen skrupulöser Mensch sich kaum uneingeschränkt positiv beantworten konnte. Was ihm das Allerwichtigste war auf dieser Welt, fragte er sich schon gar nicht. Und ließ es dann auch wieder gut sein mit seinem Forschen.

Eines allerdings hatte das Luiserl bei seinen erfolglos zelebrierten Selbst-Wahrnehmungen inzwischen herausgefunden. In diesem Punkt stand sein Urteil ein für allemal fest:

"Ich bin ein Versager! Eine Schmetterlingslarve, der keine Metamorphose gelingt, die nie aus dem Raupen-Dasein herausfindet. Mir wachsen keine Flügel. Ich werde nie fliegen von Blüte zu Blüte. Ich krieche nur immer so vor mich hin."

Dem Evchen offenbarte er sich:

"Weißt du, manche Menschen sind praktisch unsichtbar, die sind einfach nur Luft, wenn man ihnen auf der Straße begegnet. Ich zum Beispiel! Vielleicht liegt das aber auch daran, dass ich das Luiserl bin? Jawohl, Evchen!

Ich will in Zukunft kein Luiserl mehr sein. Sondern, wie ich getauft bin, ein Luis!"

"Aber Luiserl!" Das Evchen war hell entsetzt. "Du bist doch was Besondres! Ich war immer stolz auf dich. Und jetzt willst du auf einmal bloß noch ein ganz gewöhnlicher Mann sein? Nein! Bitte nicht! Ich will, dass du das Luiserl bleibst! Ein Luiserl wie dich gibt's auf der ganzen Welt nur ein einziges Mal!"

Das Evchen regte sich so auf, dass ihm die Tränen kamen.

"Und überhaupt – wenn du kein Luiserl mehr bist, dann will ich nichts mehr mit dir zu tun haben, dann besuche ich dich auch nicht mehr!"

Das Luiserl war tief gerührt.

"Wenn dir so viel daran liegt, Evchen, dann will ich dir zuliebe in Gottes Namen das Luiserl bleiben."

In aller Unschuld sagte das Evchen zum Abschied:

"Grad weil du kein richtiger Mann bist, hab ich dich ja so lieb! Weißt du, die meisten richtigen Männer sind einfach saugrob. Wie der Papa. Der schubst die Mama, schreit rum und schmeißt Sachen."

"Und was machst dann du?"

"Ich lauf' weg. Aber richtig schlimm ist es mit dem Papa erst, seit er arbeitslos ist, sagt die Mama. Jetzt hockt er nur noch vorm Fernseher und trinkt Bier."

"Siehst du, Evchen, ihm fehlt einfach die Arbeit – und mir fehlt sie auch. Aber was kann ich, was hab' ich gelernt? Nichts, gar nichts. Ja, dem Onkel hab' ich die Buchführung gemacht, Manuskripte abgetippt, Rechtschreib- und Kommafehler korrigiert und ein bisschen geraten, wenn's bei einem Roman mit dem Schreiben mal nicht weiterging. Wir beide, der Onkel und ich, haben da manchmal ganz schön rumgeknobelt, bis uns was einfiel. Der Onkel hat mich auch immer gelobt, wenn ich ihm einen Vorschlag machte. "Brav, Luiserl", hat er dann gesagt. "Ausgezeichnet!"

Das Evchen machte große Augen: "Dann hast du also deinem Onkel, dem berühmten Dichter, sogar manchmal beim Dichten geholfen?"

"Na ja, erstens war der Onkel Ferdi kein Dichter wie der Goethe oder der Grass. Das ist mir doch allzu hoch gegriffen. Und zweitens: ich habe ihm auch nicht beim Dichten geholfen, nicht wirklich, nur dann, wenn er sagte: "Luiserl, jetzt hab' ich den Faden verloren und weiß nicht mehr weiter. Schau mal, ob du ihn wiederfindest, ich trink derweil eine Tasse Tee." Dann habe ich so lange drin rumgelesen, bis ich für den Anschluss das Ende vom Faden wiedergefunden hatte und wusste, so muss es jetzt weitergehen. Das Stichwort, verstehst du! Ich kannte ja übrigens immer im Voraus den Schluss. Den durfte man nie aus den Augen verlieren. Insgeheim musste man stets darauf zusteuern, raffiniert, über viele Irr- und Umwege und mehrere Katastrophen hinweg, damit die Spannung gute vier-, fünfhundert Seiten durchhielt. Und mit meinem Vorschlag war es dann ja auch gut. Aber gedichtet hab' ich im Leben nie irgendwas."

"Du, wenn man mit dem Schreiben so viel Geld verdienen kann, Luiserl – und man muss nicht mal ein richtiger Dichter sein wie dein Onkel – ja, Luiserl, dann überleg' ich, ob ich's mit dem Bücherschreiben später auch einmal probiere. Was meinst du?"

"Gott behüte, Evchen! Heutzutage wird ja geschrieben, geschrieben, geschrieben. Der Computer macht das anscheinend so einfach. So viel Autoren wie derzeit gab's noch niemals zuvor. Bei einer solchen Konkurrenz – da verhungerst du schlicht! Lass bloß die Finger davon!"

Inzwischen verging die Zeit. Auch das Evchen wurde immer wieder ein Jahr älter und kam seltener das Luiserl besuchen. Er machte ihr keinen Vorwurf daraus. Sie steckte schon mitten in der Pubertät. Warf ihre Blicke während der großen Pause im Schulhof auf diesen und jenen Jungen und wollte so bald wie möglich – eine derart altmodische Institution keineswegs verachtend – einen Tanzstundenkurs absolvieren. Wer aber sollte das bezahlen? Fast mit Erleichterung sprang das Luiserl dafür ein: endlich konnte er mit seinem Geld etwas bewirken – obgleich er gerade den Tanzkurs für möglicherweise sittlich gefährdend hielt, der das Evchen ins Verderben führte? Am Ende des Kurses wäre sie vielleicht sogar schwanger? Dem Evchen traute er ja sowieso schon von jeher alles Mögliche zu. Was das Evchen betraf, schreckte das Luiserl in seinen besorgten Visionen vor nichts zurück. Aber trotzdem verschaffte auch ihm die Tanzkurs-Idee, bei allen Befürchtungen, einen herzhaften Auftrieb.

"Wie lang bin ich eigentlich nicht mehr bei unsrem "Ersten Dienstag im Monat" gewesen? Eine Ewigkeit! Schäme dich, Luiserl, dass du deine Freunde so lange im Stich ließest!"

Als besagter "Erster Dienstag im Monat" wieder einmal herankam – diesmal hatte das Luiserl ihn kaum erwarten können! – suchte er sich schon lange vorher sein schönstes Abendkleid heraus, probierte die Langhaarperücke, ob sie noch richtig saß, machte sich sogar schon am Vorabend ein wenig zurecht. Für all das wurde zu Zeiten des Onkels, unter seiner strengen Aufsicht, viel Geld ausgegeben. Der Neffe war damals unter des Onkels Regie mit allem Pomp "in die Gesellschaft" seiner Gesinnungsgenossen eingeführt worden.

Kritisch prüfte das Luiserl sein Aussehen. Konnte er sich, in seinem Alter – fünfunddreißig! – überhaupt noch sehen lassen?

Was er dann abends im deckenhohen Spiegel erblickte, war eine wunderschöne Frau, eine Diva, fertig zum Ausgang! Schmales Gesicht, kunstvoll geschminkte Wangen, von Echthaar umrahmt – und *die* Figur! Entzücken durchrieselte ihn. Umwerfend sah er aus! Sein Kostüm stammte sowieso aus dem teuersten Atelier der Stadt, darunter kamen ein Paar hochhackige Pumps zum Vorschein.

Und so ereignete sich, wie schon an früheren Dienstagen, ein Wunder! Noch vor wenigen Stunden unvorstellbar: aus einem trübseligen *Nichts*, aus einer *Null* war das Luiserl zu einer Prinzessin, einer Königin, nein, zu einer Göttin geworden.

Ein Jubel ohnegleichen durchströmte ihn: er war kein Niemand, nicht mehr bloß Luft! Er war eine wunderschöne Frau! Nicht etwa nur durch die kostbare Robe! Nein, er/sie hatte sich verwandelt, ihre Haltung, wie sie den Kopf hielt, wie sie schaute, den Kopf zurücklegte und mit einem einzigen Blick die ganze Welt distanzierte, die sich vor ihr verneigte, die vor diesem strahlenden, von sich selber entzückten *Ich* einfach niederkniete.

Man traf sich nicht etwa in einer Spelunke, sondern im Separée eines erstklassigen Hotels mit einer eigens engagierten, speziellen Band, von der laut Absprache nichts anderes erwartet wurde als ein Abend voll Blues, Blues, nachtblauem Blues, zu dem sich die Herren Damen eng umschlungen in seliger Vergessenheit wiegen, träumen, für ein paar wundervolle Stunden verlieren und die Verachtung vergessen konnten, die ihnen ansonsten im Alltag widerfuhr. Die zwölf, fünfzehn Beteiligten, die sich da, wie immer seit Jahren, getroffen hatten, waren allesamt bluesverrückt: nicht mehr jugendliche, schon eher etwas fettgewordene Männer in kostspieligen, farbfrohen, wallenden, spitzenbesetzten, seidenen, bodenlangen Gewändern, die auch mit Schminke im Gesicht und viel falschem Schmuck um den Hals ihr Alter nicht mehr unsichtbar machen konnten. Und die gerade deshalb von ihrer Umwelt weit weniger toleriert wurden als "normale" Schwule, welche die Gesellschaft inzwischen so gut wie hinnahm. Sie jedoch – Tunten! – sie waren wenigstens an diesem besonderen Abend einfach glücklich. Sie wussten ja, das hielt nicht an, das ging vorbei.

Ihr Jüngster, das Luiserl, wurde mit Jubel begrüßt, umarmt, gestreichelt, geküsst.

Und dann kam ER / SIE.

Trat ein und war da:
Eine Erscheinung!
Jung, blühend, die Jugend selbst.
Gertenschlank, im weißen Brautkleid.
Mit weißem Brautkranz über blondlockigem Haar.
Eine schwarze Braut!

Den Anwesenden stockte der Atem. So etwas hatten sie noch nie gesehen, das hatte es unter ihresgleichen noch niemals gegeben. Spontan, einmütig, ohne Absprache, waren sie dagegen. Gegen ein solches Ausmaß von Schönheit, gegen diesen Triumph von Jugend, von Körper, von Eleganz. Und gegen diesen ungeheuerlichen Widerspruch, diese Provokation von Schwarz gegen Weiß. Trotzdem hielten sie sich erst einmal vor diesem strahlenden Monstrum, das da ihre Bühne betreten hatte, hilflos zurück.

"Guten Abend!" lächelte die Braut, knickste und drehte sich einmal um sich selbst.

"Noch einmal, Guten Abend allerseits!" Sie machte wiederum einen tiefen Knicks, kreiste und kreiste. Das hochzeitlich aufgebauschte Gewand umwehte ihre Gestalt wie eine silbrige Wolke. Sie konnte sich nicht genug damit tun: sie schwebte in dieser Wolke – und beinah flog sie mit ihr davon.

Niemand hatte ihn/sie hergebeten, niemand wollte sie/ihn dahaben. Der Ekel, die Wut, der Hass schüttelte sie: Ein Neger! Nur das Luiserl schaute verzückt. Einer nach dem anderen jedoch ermannte sich – verwandelte sich zurück, wurde von der Tunte wieder zum Mann. Der Hau-Drauf- und Beißtrieb brach durch: wie wilde Tiere fielen sie über die Braut her. Das Luiserl kämpfte sich zu ihr durch, packte sie, riss sie an sich, durchbrach das wilde

Rudel und schleppte sie in seinen Armen hinaus, vor die Tür – und weiter durch die weite Eingangshalle des Hotels bis draußen, wo sie in Sicherheit waren.

Eine Schlange von Taxis und die kühle Nachtluft erwartete sie: zwei Elendsgestalten, eine so zerrauft wie die andere.

"Ich wohne ja hier!" sagte die Braut verzweifelt. "Vielleicht wirft man mich jetzt raus?"

"Egal!" sagte das Luiserl. "Lass uns einsteigen – nur weg!"

Der Fahrer ihres Taxis verzog keine Miene, als das Luiserl die Türe zum Rücksitz öffnete, der schwarzweißen Braut hineinhalf – inzwischen mit blankschwarzer Glatze statt blonder Perücke – und dann vorne neben ihm Platz nahm. Auch die bescheidene Giesinger Adresse ließ den Fahrer nicht die Fassung verlieren, nicht einmal die Tatsache, dass das Luiserl beim Kampfgewühl seine Handtasche samt Geldbeutel eingebüßt hatte, (während er Haus- und Wohnungsschlüssel gottseidank verborgen um den Hals trug). Zuhause angekommen, ließ er die zerhaute Braut im Auto zurück und besorgte sich in seiner Wohnung einen ziemlich großen Geldschein, den er dem überaus diskreten Taxler in die Hand drückte:

"Vielen Dank und alles Gute!"

In der Wohnung angekommen, konnten sich beide ihre Hüllen nicht schnell genug vom Leib reißen..

"Bimbo", sagte das Luiserl, als sie halbnackt nebeneinander standen.

"Bimbo, ich bin das Luiserl – und wer bist du?"

Anderntags, als das Luiserl sich längst seiner kostbaren Echthaarperücke, seiner eigens für ihn angefertigten Ball-Garderobe, sowie der filmreifen Gesichtsbemalung entledigt hatte, wurde er wieder zu dem, was er von jeher war: ein ganz normaler, in keiner Weise irgendwie auffallender Mensch.

Aber eben ein Mensch: denkend, fühlend, mit Herz. So, wie er auf das Evchen schon immer ein wach- und achtsames Auge gehalten hatte, so wandte er sich jetzt dem Bimbo zu, der seinem Leben (vielleicht?) das geben würde, was er so sehr vermisste: einen Inhalt, einen Sinn.

Denn, ohne dass er über das geringste Fachwissen verfügte – er hatte ja nie etwas gelernt! – ahnte, ja, begriff er: es war ihm da ein hochartifizielles Geschöpf begegnet – eine zwischen euphorischen Hochgefühlen und tiefsten neurotischen Ängsten hin- und hergejagte, armselige Kreatur. Aber warum, weshalb ihr das widerfuhr, das zu enträtseln reichte Luiserls analytisches Ahnungsvermögen nun doch nicht aus.

"Das Größeste aber ist die Liebe", hieß es in seiner alten Lutherbibel. "Jawohl, das gilt auch für mich!", sagte das Luiserl. Aber vielleicht meinte das Buch der Bücher etwas anderes mit der Liebe als er? Schon beim allerersten Anblick hatte er sich in die schwarzweiße Braut verliebt. Fühlte der Bimbo das gleiche für ihn? Armes Luiserl – er würde leiden.

Es schien übrigens, Bimbo, der Afrikaner, war dem Luiserl an Bildung weit überlegen – woher er sie auch haben mochte. Er zitierte Gedichte, die dem Luiserl total fremd waren, er zitierte Celan. Von diesem Halbgott der Poesie hatte das Luiserl noch nie gehört.

Einen Schmetterling wie Bimbo kann man nicht im Wohnzimmer halten. Der flattert hin und flattert her, sucht die Freiheit – und wird nur kurz einmal das Fenster geöffnet, husch, ist er draußen! Am Morgen des dritten Tages war der Bimbo weg, spurlos verschwunden. Nein, nicht ohne Spur! Das Hochzeitskleid ließ er da.

Das Luiserl trug es in sein bewährtes Schneideratelier, wo es sowohl an seinem Etikett, seinem Entwurf, seinem Material wie an seiner allerfeinsten Handarbeit als sublimes Meisterwerk aus einem der berühmtesten Pariser Modeateliers identifiziert wurde. Man konnte sich an Bewunderung für dies Höchstmaß an Schneiderkunst nicht genugtun und bot ihm tausend Euro für seine Überlassung. Lächerlich! Als ob das Luiserl jemals die ihm so kostbare, einzigartige Hinterlassenschaft Bimbos verkaufen würde! Für kein Geld der Welt!

Der Schaden, den dies Gewand aus reinster, kostbarster Seide bei der Schlacht im Hotel erlitten hatte, wurde alsbald hingebungsvoll beseitigt. Anschließend besorgte sich das Luiserl mit großer Mühe eine lebensgroße farbige Schaufenster-Puppe und brachte die Braut in Onkel Ferdis pompös dekoriertem, ehemaligem Salon unter. Mit den Jahren hatte der Onkel diesen Salon immer theatralischer ausstaffiert und darin friedlich so manche geruhsame Stunde verbracht, ungestört von seinem Neffen, den des Onkels geschmackliche Todsünden nicht im geringsten zu irritieren vermochten. Der Onkel hatte ganz bewusst sein Ambiente als wohnliche Entsprechung zu dem von ihm selbst erschaffenen, absolut zeitfernen, literarischen Universum inszeniert.

Unter der Auflage, sie müsse für immer so bleiben wie zu des Onkels Lebzeiten, und nichts, auch nicht das Allergeringste, dürfe darin verändert werde, hatte das Luiserl die Wohnung geerbt. Im Grunde war da schon die Aufstellung dieser gesichtslos abstrakten, modernen, schwarzen Schaufenster-Figur ein Sakrileg.

Dem Luiserl würde die Braut von jetzt an Tage, Wochen, Monate – vielleicht sogar für immer? – Trost spenden müssen: diese bezaubernde Braut, die ihm den Bimbo so vertrat, als säße er leibhaftig vor dem Luiserl, nicht weiß und weiblich, sondern farbig und männlich wie er. Manchmal hielt es das Luiserl dann nicht mehr im Anblick des/der Schönen, er sprang auf, umarmte, küsste ihn/sie auf den imaginären Mund, sagte ihm/ihr Zärtlichkeiten, Koseworte in ein nicht vorhandenes Ohr.

Jeden Tag erwachte Bimbo aufs Neue für das Luiserl zum Leben – und jeden Tag wurden sie ein wenig vertrauter miteinander, obwohl er noch nicht einmal Bimbos richtigen Namen kannte. Manchmal, wenn er die Braut umarmte, rührte sich etwas in ihm, was sich kaum jemals zuvor gerührt hatte – und er merkte beseligt: ja, er, der Bräutigam, wäre mit allen Sinnen bereit für eine weitere, wundervolle, einmalige, romantische Hochzeitsnacht. Nur: würde es diese Nacht noch ein zweites Mal geben? Es sah nicht danach aus. Kein Zeichen von Bimbo – nichts!

Da ging ihm denn eines Tages das Herz, der Mund über – er erzählte dem Evchen, was an jenem Ersten Dienstag im Monat passiert war – nur nicht mit all seinen Folgen. Das Evchen war sprachlos. Einerseits. Andererseits sagte es, zögernd zwar, aber tapfer:

"Wir haben dich beobachtet, auf dem Balkon, mit deinem Bimbo. Weißt du, was Mama und Papa gesagt haben? Sie hätten's schon immer gewusst, dass du eine Tunte bist, weil man das ja schon an deinem Namen merkt. Ja, wenn du bloß schwul wärst – aber gleich eine Tunte. Das ist ja wie ein normaler Homo hoch zwei! Hab ich im Biologieunterricht gelernt. Schämst du dich jetzt?"

"Evchen, wie alt bist du inzwischen?"

"Bald sechzehn."

"Sowas lernt man also heutzutag in der Schule? Na ja ... Aber schämen tu ich mich nur, wenn *du* mich verachtest. Alle anderen Menschen sind mir egal, der Rest der Welt ist mir wurscht!"

"Luiserl, ich kann dich natürlich jetzt nicht mehr heiraten, das hatte ich nämlich vor. Aber das geht ja nicht mehr. Du kannst natürlich nichts dafür, dass du so bist, wie du bist. Dich verachten – nie! Du bleibst immer, immer, immer mein allerbester Freund!"

"Versprichst du mir das?"

"Versprochen!"

Darauf öffnete er dem Evchen sein Heiligtum, Onkel Ferdis Salon.

"Ach, Evchen". sagte er, jedes Mal wieder hingerissen vom Anblick der Braut, "das hatte der Bimbo damals an – und sah darin aus wie ein Engel. Ein schwarzer Engel. Ich fürchte nur, ich werde ihn niemals wiedersehen. Wo ich ihn auch suche, ich werde ihn niemals finden."

"Aber Luiserl, das ist doch ganz einfach! Du bräuchtest ihn nur im Internet um Antwort bitten – irgendjemand kennt ihn oder er antwortet dir selbst."

"Was schreibt man denn da?"

" Na: Bimbo, wo bist du? Verzweifelt sucht dich das Luiserl, melde dich bitte!

Im Nu hättest du ein paar Follower, die sofort mitmachen, weil es so spannend ist. Schon über Nacht vermehren sie sich, gehen in die Dutzend, dann in die Hundert – du wärst ihnen sympathisch, sie würden Sprüche auf Bimbo dichten, sich vielleicht auch lustig über dich machen. Das ist halt so, Luiserl, solche Leute gibt's immer. Bald würde das halbe Netz nach deinem Bimbo suchen, es könnte zum Volkssport werden. Da wäre es doch ein Wunder, wenn du deinen Bimbo nicht fändest!"

Das Luiserl bekam es mit der Angst. Wo führte das hin?

"Das ist ja ein Phänomen, Evchen! Ein ganz furchtbares, entsetzliches, grauenhaftes Phänomen! Nein, das will ich nicht, auf gar keinen Fall will ich sowas!"

Argwöhnisch hatte die Doro es jahrelang vermutet, nur nicht beweisen können – aber, nicht wahr? wenn ihr Bruder kein weibliches Wesen je in sein Haus einlud, niemals mit einer Dame ausging, in seinem Schlafzimmer kein Porträt einer schönen Frau, einer heimlich Geliebten verbarg – dann lag der Verdacht doch nahe: der Ferdi sei homophil? Letzlich gab es gar keinen anderen Schluss. Eine Katastrophe!

Einmal fasste sie sich ein Herz: "Ferdi, hast du denn keine Freundin? Willst du keine Familie? Kinder?" Er antwortete nur: "Mir reicht schon das Luiserl!"

Genau! Warum hieß zum Beispiel das Luiserl Luiserl und nicht etwa Luis, wie er getauft war? Das war doch verrückt! Und in welche Richtung ging das überhaupt?

Hartnäckig versuchte die Doro, dem Ferdi auf die Schliche zu kommen. Immer wieder legte sie den Finger in die heimliche Wunde, bis der Ferdi eines Tages seelenruhig antwortete: "Hör' auf mit der Fragerei! Du weißt es ja eh'! Also gib eine Ruh'!"

Mit Schweigen überging die Doro fortan das heikle Thema.

Denn wenn sie die familiären Bande zu diesem einzigen Bruder, zu diesem einzigen Neffen bewahren wollte, anstatt sich ihrer philiströsen Entrüstung hinzugeben, dann blieb ihr keine Wahl, dann musste sie ihre Abscheu bekämpfen, Frieden schließen – und das wollte sie auch: die Bande festhalten, bewahren, um jeden Preis!

Natürlich ließ das Desaster ihr auch weiterhin keine Ruhe. Immerzu musste sie darüber nachdenken. Nachforschungen anstellen. Und erfuhr: so weitverbreitet war diese Veranlagung zum Homo, dass man sie beinahe schon als normal ansehen konnte. Und sie war nicht nur unter Menschen verbreitet, auch Viecher machten von dieser Art Sex Gebrauch. Die Natur kennt keine Moral! Ein Mensch jedoch wie die Doro, konnte die leben ohne Moral?

Sie wollte dem Ferdi halt doch dahinter kommen, wie, wann und wo lebte er seine sündhafte Lust aus? Und so erforschte sie weiterhin diskret: wie war der augenblickliche Stand seines vielleicht doch vorhandenen Liebeslebens? Auf welchen Abseitspfaden irrte der Ferdi umher? Erlitt er gerade eine schmerzhafte Trennung? Gab's eine Wiedervereinigung? Eine neue Liebe? Oder wurde er verlassen, gekränkt, verstoßen? Aber nie bot Ferdi der Phantasie seiner Schwester zufriedenstellenden Stoff. Rauszufinden, ob und wie weit er sich insgeheim schadlos hielt, gelang der Doro bei all ihrem weiblichen Spürsinn nicht. So ließ sie ihn in ihrer Phantasie lebenslang der angeblichen Katastrophe einer verlorenen Liebe nachtrauern. Und daraus ergab sich eine Folgerung, die ihr als Ausrede für alle Zukunft Genüge tat:

Wäre womöglich genau dieser männliche, dieser womöglich auch nur fiktive Irrweg, auf dem er sich sowieso nie ertappen ließ, die Quelle seiner Inspiration?

Dann machte das seine eventuelle Homosexualität ja gradezu akzeptabel! Das Geschlecht – es war eben nicht nur Sex, es war viel viel mehr!

Sie selbst hatte lange Jahre Wohnung und Leben mit ihrer inzwischen verstorbenen Besten Freundin geteilt. Ihr brauchte man von diesem Mit-, Aus- und Gegeneinander einer solchen Liaison nichts erzählen, sie hatte alle Nuancen erlebt, erlitten und begrub ihre Erinnerungen an den ewigen Streit um ihre unüberwindbare Frigidität mit Schweigen.

Immer hatte sie sich gegen Sex gesträubt. Warum aber musste gerade sie, die doch nie etwas damit zu tun haben wollte, ständig daran denken? Warum war das Problem Sex immer für sie präsent? Und zugleich ihr Leben, mit diesem ewigen Hin und Her ihrer Beziehung, so fad, so unendlich leer? Verglichen mit Ferdis Leben, der den Sex, wenn er ihn schon nicht de facto auslebte, dann mit seiner Schreiberei sozusagen auf dem Papier ausschwitzte?

Sex! Abstoßend? Schmutzig? Verachtet und doch von der ganzen Menschheit leidenschaftlich begehrt? Für die Doro ein immerwährendes, unbegreifliches Faszinosum.

Sie war noch mit vierzig Jungfrau. Hatte immer nur mit dem Kopf gelebt, sich kastriert und nur ein einziges Mal hingegeben. Im Fernzug nach Paris hatte ihr eine Frau gegenüber gesessen, sie unentwegt angeblickt mit kohlschwarzen, brennenden Augen. Irgendwann, kurz vor Paris, stand sie plötzlich auf, ergriff Doros Hände, zog sie hoch: "Viens!"

Als kurz darauf der Zug in Paris einfuhr, verließen sie die Toilette, rannten ins Abteil, rissen ihr Gepäck an sich – der Zug hielt. Der Bahnsteig war überfüllt mit Aussteigenden, sie drängten sich durch – noch in der Halle hielten sie sich bei der Hand. Und dann war die Fremde plötzlich verschwunden. Die Doro suchte und suchte. Zuletzt begriff sie, die Fremde wollte gar nicht gefunden werden.

Beim ersten Besuch, den ihr das Luiserl abstattete, tastete die Doro seine Seele ab. Im Nu kannte sie seine ganze, traurige Bimbo-Geschichte. Also auch das Luiserl ein Homo! Wie schade! Inzwischen wusste sie aber: Homo bleibt Homo – daran könnte auch sie nichts ändern. So fügte sie sich. Aber ihre weibliche Intuition – ihr halb mütterlicher, halb anderweitiger Hilfstrieb – gab ihr, trotz kaum wahrgenommener Eifersucht, ein Hilfsmittel ein.

"Schreib' es auf, Luiserl, schreib's auf!"

Und, als er sie verständnislos anstarrte: "Warum? Wozu?"

"Schau nicht so! Wozu hast du jahrzehntelang mit einem ausgefuchsten Schriftsteller zusammengelebt, für ihn, mit ihm gearbeitet, seine Tricks kennengelernt, nicht nur seine Grammatikfehler verbessert, sondern manchmal auch seine Ideen. Du weißt doch inzwischen genau, wie so ein Geschäft läuft, worauf es bei einem Roman ankommt. Hast genug mit den Lektoren rumgestritten, wenn ihnen mal wieder was nicht gepasst hat. Und da kannst du wirklich nicht auch selber schreiben? – Das Handwerk, Junge, das bisschen Erzählen, das kannst du doch längst! Versuch's wenigstens. Für deinen Liebeskummer jedenfalls gibt es keine bessere Medizin!"

Als die Tante merkte, das Luiserl war nach einigem Nachdenken tatsächlich bereit, es mit dem Schreiben zu versuchen, beschloss sie, sich der Sache anzunehmen, sie richtig in Schwung zu bringen. Sie hatte unendlich viele Bücher gelesen, gute Bücher, Literatur! Davon verstand sie etwas – mit ihrem Zutun könnte vielleicht mehr als eine Liebesgeschichte à la Onkel Ferdinand entstehen, nämlich ein kleines, feines Stück Literatur nach Tante Doros Geschmack?

Sie begab sich also zum Luiserl.

"Wie wär's? Wir beide fliegen oder fahren mit dem TGV nach Paris, um uns dort eine Woche lang einen Schauplatz zusammenzubasteln? Paris, das mögen die Menschen, das werden sie mit Begeisterung lesen. Und ich wüsste schon, wo überall ich dich herumschicken würde. Dann müsstest du dir nämlich keinen Schauplatz mehr aus den Fingern saugen. Paris, das wäre das non plus ultra für deine Geschichte. Denn woher stammt schließlich die Hochzeitstoilette deiner Braut? Aus Paris!

Ich, mein Lieber. als gelernte Schneiderin – Schneidermeisterin! – habe mich in Paris natürlich immer besonders für Mode interessiert, habe versucht, in Modeschauen reinzukommen, mir einen Einblick in die allerhöchste Schneiderkunst eines berühmten Ateliers zu verschaffen. Wo solche Meisterwerke wie dein Brautkleid entstehen. In vielen Wochen mühsamer Handarbeit. Die niemals auch nur den einzigen Nadelstich einer Nähmaschine erdulden. Ich habe Kontakte, vielleicht kann ich dich irgendwo reinmogeln? Woher sonst sollte dein Bimbo dieses wundervolle Kleid haben?

Vielleicht, so vermute ich, hat er es sogar selbst bei einer Modenschau vorgeführt? Und wenn nicht – dann lässt du ihn einfach in deiner Geschichte als Allerletzten über den Laufsteg tänzeln: drei Schritte vor, zwei zurück – und jedes Mal eine Drehung um sich selbst. Das Publikum ist zuerst fassungslos, starr vor Staunen: eine schwarze Braut im weißen Gewand! Skandal! Genau wie für deine Genossen am Ersten Dienstag im Monat. Dann bricht ein Schrei aus dem Publikum das Schweigen – und das Chaos ist los! Beifall! Klatschen! Stampfen! Und dein Bimbo verbeugt sich graziös, hört gar nicht mehr auf, sich zu verneigen. Mit einem Hauch von Ironie: "Seht her, ich bin gar keine Frau, ich bin ein Mann – und gleich auch noch schwarz! Das müsst ihr euch alles gefallen lassen, denn trotz meiner Hautfarbe, meines Geschlechts bin ich die schönste Frau, das schönste Model hier!"

So ungefähr stelle ich mir den Höhepunkt deiner Geschichte vor. Aber es muss auch einen Tiefpunkt geben, das weißt du ja, das gehört zur Dramaturgie.

Du suchst also den Bimbo überall in Paris. Suchst ihn vergeblich, verzweifelt auf den ganz wenigen Spuren, die du findest – und wir, wir lassen im Text Paris aufblühen mit all seinen Schönheiten. Ach, Luiserl, ich kann gar nicht mehr aufhören ..."

Tante Doro ordnete jedoch ihre Überlegungen sehr präzis:

"Der Reihe nach! Zuerst müssen wir uns überhaupt entscheiden, wo und wie, also auf welche Weise und mit welchen Mitteln der Bimbo gesucht werden soll. Wollen wir – und von wem? – ihm da und dort irgendwelche, möglichst vage Spuren zugestehen? ihn auf diese Weise durch die Geometrie von Paris schleusen? Das traue ich mir fast nicht zu.

Andererseits könnte der Erzähler in seiner Verzweiflung doch auch auf den Zufall setzen. Er hat ja ein gutes Foto von Bimbo, das zeigt er her – allen Schwarzen, denen er begegnet.

Paris strahlt, leuchtet für ihn! So musst du die Stadt sehen: mit seinen Augen!"

Sie flogen also für eine Woche nach Paris.

Dort entpuppte sich die Tante als verschwenderisch leichtfertige Person. Sie lehnte es ab, mit der U-Bahn Paris zu unterqueren. Zwei Tage lang fuhr sie mit dem Luiserl von morgens bis abends in wechselnden Taxis kreuz und quer durch Paris. Es kostete ein Vermögen und das Luiserl musste laufend Geld abheben, aber die Tante sagte nur:

"Das geschieht dem Ferdinand recht, dem alten Geizkragen".

Ab dem dritten Tag schickte sie dann das Luiserl mit einem Stadtplan allein auf die Straße:

"Da habe ich dir das Wichtigste angekreuzt, was wir alles schon zusammen gesehen haben. Mehr brauchst du nicht für deine Geschichte. Du schaust es dir jetzt noch einmal ganz genau an. Es sind die Orte, wo man den Bimbo in deiner Geschichte auftauchen lassen könnte, wäre er wirklich in Paris. Aber er muss gar nicht in Paris zu sein – und wenn, bräuchten wir ihn ja nur nicht zu finden. Denn wir erschaffen uns sowieso unseren eigenen Bimbo, nach unserm Geschmack, der für deine Geschichte auf den Millimeter genau passt."

Und als das Luiserl bedenklich die Stirn runzelte und schon wieder aufgeben wollte, fuhr sie erbarmungslos fort:

"So ist's halt in der Literatur, Luiserl, da geht's oft mehr um eine "höhere Wahrheit" und weniger um die nackten Tatsachen – das weißt du ja selbst. Die Dichtkunst ist das Reich der Freiheit – das einzige auf dieser Welt. Alles übrige ist eine Art Gefängnis: das Leben, die Arbeit, der Staat, die Schule, das Geldverdienen, die Religion. Nur Dichten kann man wie, was und so viel, wie man will – man muss es nur können. Das Können ist das Problem ..."

Sie schwieg und sank in sich hinein. Hatte sie selbst einmal Ambitionen auf diesem Gebiet gehabt?

"Also, jetzt mach dich auf den Weg. Such dir drei, vier, fünf Ziele jeden Tag, wo man den Bimbo auftauchen und wieder verschwinden lassen kann. Das ist dann aber jedes Mal nur eine Verwechslung und nicht der echte Bimbo. Ein Doppelgänger. Farbige sind ja für unsereinen oft schwer unterscheidbar, manche Typen sehen sich unglaublich ähnlich. Du sprichst so einen an, und dann ist er doch nicht dein Bimbo. So was malen wir sehr behutsam aus. Du musst dir solche Begegnungen nur recht eindringlich vorstellen – und natürlich auch tatsächlich ein paar Mal ausprobieren und inszenieren – dann hast du es hernach beim Schreiben ganz leicht.

Jedenfalls aber wollen die Leser mit dir den Bimbo nicht irgendwo, sondern genau hier im Herzen von Paris suchen. Vor allem also sauge auf, beschreibe das Ambiente! Damit meine ich nicht nur die berühmte Straße, einen der fünf königlichen Plätze, oder ein monumentales Gebäude. Nein, was du deine Leser miterleben lassen musst, das ist die kühle, sehr frühe Morgenstunde, die mittägliche Essenszeit der gefräßigen hunderttausend Touristen, die Abendstimmung mit ihrem zuweilen rosanen Licht. Die Dämmerung, die versinkende Sonne, die nächtliche Straßenbeleuchtung, der nie versiegende Strom des Verkehrs, eine schöne Frau, die an dir vorbeihastet und dir keinen Blick schenkt, die Farben, Töne, der Lärm, der Geruch, die Autoabgase – einfach alles.

Ich denke, es genügt für deine Impressionen, wenn du als Erzähler noch einmal die Champs Elysees bis hinauf zum Arc de Triomphe gehst, zu Fuß natürlich – wenn du dich im Louvre von der Pyramide bis zur "Gioconda" durchkämpfst – und dann noch vom Vorplatz von Notre Dame aus die herrliche Fassade dieser Kathedrale anbetest. Von Allerweltsmotiv zu Allerweltsmotiv...

Dabei muss dem Erzähler dann irgendwann das Missgeschick passieren, dass er mitsamt seinem Foto von der Polizei kontrolliert wird. Das verleiht der Geschichte ein neues, dramatisches Element. Es stellt sich nämlich heraus: Bimbo wird nicht nur vom Erzähler, Bimbo wird auch von der Polizei gesucht – wegen Diebstahls! Genaueres gibt die Polizei nicht preis. Ist also das Hochzeitskleid vielleicht gar nicht sein rechtmäßiges Eigentum?

Jetzt muss sich entscheiden, ob der Erzähler die Suche nach Bimbo aus moralischen Gründen enttäuscht abbricht – oder ob er an seiner Liebe zu ihm festhält. Er erfährt überdies, dass ihn die Polizei als Bimbos Komplizen verdächtigt und dass er, falls er Bimbo fände, ihn sogleich der Polizei ausliefern müsste.

Das, merke dir, ist der Tiefpunkt deiner Geschichte!

Er stürzt den Erzähler in schwere Gewissensqualen, obgleich er ja Bimbo noch gar nicht gefunden hat und ihn vielleicht auch nie finden wird. Von jetzt an wird Paris schicksalhaft dunkel für ihn. Denn wer weiß, was Bimbo sonst noch auf dem Kerbholz hat? Ein Verbrechen vielleicht?"

Nun ja, mochte sich doch das fiktive Paris verfinstern für seinen imaginierten Erzähler! Auch für das Luiserl verdüsterte sich inzwischen Paris, das wirkliche, echte. Hatte sich denn die Tante bereits alles perfekt zurechtgedacht, war in ihrem Kopf der Roman schon so gut wie fertig? Was blieb da für das Luiserl überhaupt noch zu tun?

Es ließ sich treiben zur Place de la Concorde: ein ehemals sumpfiges Gelände, einsam damals, weit draußen, königlicher Privatbesitz. Hier – jenseits der Stadtmauer – hatte sich Ludwig XV. einen riesigen Platz mit der eigenen Statue in seiner Mitte anlegen lassen. Eingeweiht 1763.

Nur drei Jahrzehnte später, im Januar 1793, wurde auf diesem Ungeheuer von einem Platz, vor einem Heer von Zuschauern, der Nachfolger Ludwigs XV., Ludwig XVI. guillotiniert. Vor und nach ihm mehr als tausend weitere Missliebige! Welch ein Hohn der Geschichte!

Da stand also das einsame Luiserl, ließ die Autos an sich vorbeirauschen und fragte sich: „Denkt wohl in diesem Moment auch nur ein einziger Mensch, außer mir, an diese Tausende, die auf dem heutigen "Platz der Eintracht", dem einstigen Schlachtplatz der Nation – hier! – hingerichtet wurden?"

Es ließ ihn nicht los.

"Diese Stadt ist voll von Toten, man sieht sie bloß nicht. Worauf habe ich mich nur eingelassen?"

Am folgenden Tag begab er sich zum nächsten Pariser Schicksalsort, der Conciergerie, dieser ehrwürdigen frühesten königlichen Residenz Frankreichs auf der Île de la Cité! Vom 2. April 1793 bis zum 31. Mai 1795 tagte hier das Revolutionstribunal, in gut zwei Jahren verurteilte es rund 2700 Menschen zum Tod.

Auch Marie Antoinette war vom 1. August bis zum 15. Oktober 1793 Gefangene der Conciergerie, ehe sie ebenfalls auf der heutigen Place de la Concorde – damals Place de la Revolution – enthauptet wurde.

"Armes Mädchen", dachte das Luiserl. "Mit vierzehn bist du als Braut von Wien nach Paris verhökert worden, mit neunzehn wurdest du ungelernt Königin, mit achtunddreißig geköpft. Nur in deinen letzten Wochen als Gefangene, und in deinen allerletzten Stunden, bei der Fahrt auf dem Henkerskarren zur Exekution – da hast du dich tapfer gehalten, mit Würde. Was ist gegen so viel Sterben mein Leben, mein bisschen Liebe für Bimbo? Ach, Bimbo, hier rückst du immer weiter von mir weg. Ich wüsste schon gar nicht mehr, wie du aussiehst, hätte ich nicht ein Foto von dir."

Und morgen, am letzten Tag dann noch zum Invalidendom!

Dort, unter der wunderbaren Kuppel, nahm das Luiserl – irgendwie musste er sich ja Gehör verschaffen – den Dialog mit dem hier eingesargten, dem erlauchtesten Insassen dieser Grabeskirche auf.

"Allmächtiger Feldherr! Erhabene Majestät! Kaiser Napoleon Bonaparte! Paris, Frankreich hat dir hier ein feines Plätzchen gegeben, während deine Grande Armee zu Hunderttausenden in Russland und überall sonstwo auf unserm Erdteil verscharrt ist. Aber man sagt, sie warten alle nur auf dein Kommando zur Auferstehung, um von neuem loszumarschieren und für dich die Welt zu erobern. Wie gut, dass du hier vierfach eingesargt bist!

Immerhin verdankt dir Frankreich sein Gesetzbuch, deinen Code civil. Der ist durch nichts zu löschen, der lebt ewig, sagtest du. Und damit hast du sogar recht!

Lebe wohl, Napoleon, lebe wohl, Paris, lebe wohl, Frankreich! Morgen geht's heim!

Wie sollte Luiserls Geschichte denn nun enden? Das musste man als Autor unbedingt festlegen, eh man mit dem Schreiben begann.

"Vielleicht so?" schlug auf dem Rückflug die nie zu bremsende Tante Doro vor:

"Natürlich bleibt der Erzähler dem Bimbo treu. Sucht weiter nach ihm. Am letzten Tag trifft er beim Foto-Herumzeigen auf einen Schwarzen, der sich das Foto sehr lange und sehr genau anschaut und dann erklärt, dass er den Bimbo zu erkennen glaubt. Das sei einer, der immer von seinem Volk gesprochen habe. Man müsse seinem Volk beistehen als Sohn. Nicht sein Heil in Europa suchen, sondern sich zuhause mit aller Kraft für die Rettung seines Volkes einsetzen. Aber woher er stammte, aus welchem afrikanischen Staat? Nein, das wisse er nicht, habe auch nicht danach gefragt. Ein Afrikaner halt. Ein Idealist. Ein Kämpfer. Ein Retter. Ein Befreier.

"Was bleibt uns anderes übrig, als aus deinem verflixten Bimbo am Schluss einen afrikanischen Helden zu machen? Das ist natürlich schon beinahe zynisch. Aber anders werden wir ihn nie los," sagte die Tante.

"Das verschafft uns jedenfalls einen modernen, echt zeitnahen Schluss!"

Das Luiserl, kein einziges Mal um seine Meinung gefragt, folgte dem Monolog der Tante stumm und staunend. Die Tante war von dem Buchprojekt einfach nicht abzubringen! Unbeirrt monologisierte sie weiter:

"Leider erinnert mich das an Ferdis Romane und an seine sentimentalen Schlüsse. Aber sei's drum. Nur ein positiver Schluss ist ein guter Schluss, hat der Ferdinand immer gesagt – und vehement hab ich das immer bestritten. Doch er hat seine Romane viele Jahre äußerst erfolgreich auf diese Weise beendet. Hatte er also recht? Jetzt, in Paris, beim Suchen und Finden eines erstklassigen Endes für deinen Roman, Luiserl, sehe ich die Dinge nun doch eher mit seinen Augen. Man ist halt noch lange kein Meister im Schreiben, höchstens ein Tagelöhner. Ich will mich also in Zukunft nicht mehr so weit über den Ferdi erheben. Man muss lernen, Kompromisse zu machen."

Dachte nun also die Tante, die Bimbo-Geschichte nach Onkel Ferdis bewährtem Rezept zum Abschluss zu bringen?

Mehrfach vernahm das Luiserl danach einen tiefen Seufzer von ihr. Dem verstorbenen Bruder nachträglich die Friedenshand zu reichen fiel ihr immer noch schwer.

Zurückgekehrt und zumindest vorläufig der Aufsicht der Tante entronnen, freute das Luiserl sich auf das Wiedersehen mit dem Evchen und was er ihm alles von Paris erzählen konnte. Das Evchen ließ sich aber nicht blicken. Tage um Tage wartete das Luiserl vergebens. Endlich begann er zu fürchten, ja, zu ahnen, da stimme irgendwas nicht.

Am Telefon wurde ihm dann von Evchens Vater mitgeteilt – und das in äußerst unfreundlicher Lautstärke! – er solle sich zum Teufel scheren und ja nicht blicken lassen.

"Und bitte, weshalb?"

Weil er mit den Romanen seines Onkels dem Evchen nichts als verlogene Liebesgeschichten in den Kopf gesetzt habe. Das Ergebnis sehe man jetzt!

"Und das wäre?"

Schande über Schande! Eine Siebzehnjährige, schwanger – auch noch von einem Mitschüler aus völlig mittelloser Familie! Deshalb solle er, das Luiserl, sich ja nicht blicken lassen, denn irgendwie sei er mitschuldig an Evchens Desaster. Er habe sie sozusagen moralisch versucht. Durch ständige literarische Beeinflussung! Und falls ein Anwalt ihm diese Teilschuld nachweisen könne, dann werde das Luiserl sich sogar finanziell am Unterhalt von Mutter und Kind beteiligen müssen.

Das Luiserl legte auf.

Die Tante lachte nur, als er ihr die Angelegenheit schilderte.

"Keine Angst, Luiserl, die lösen das Problem auf ihre Weise, du wirst schon sehen. Ledige Mütter, das hab' ich in meinen langen Berufsjahren ein paar Mal erlebt. Früher wurden sie der Schule verwiesen, schmachvoll und ohne Erbarmen, heute lässt man sie ihre Babies kriegen. Die herzt und küsst man und in der Großen Pause werden sie gestillt."

Dem kinderlosen Luiserl erschien ein Baby als Glücksfall, als ein Geschenk. Er hätte gerne ein Baby gehabt und großgezogen – wenn er nur keine Frau dazu gebraucht hätte. Er hatte ja jetzt wieder mit der Tante Doro die Erfahrung gemacht: Hüte dich vor den Frauen, du kommst nicht gegen sie an. Was immer sie sich in den Kopf setzen, du bist machtlos dagegen. Der ewige "Kampf der Geschlechter"? Nein, der Umgang mit der Tante verlief ja durchaus in zivilen, gutbürgerlichen Formen und eigentlich hatte er sie richtig gern. Keine Frage: man konnte absolut ohne Streit mit ihr auskommen, wenn man ihr das Bücherschreiben mehr oder weniger überließ. Ja, eben. Nur da lag das Problem. Es würde sich irgendwann von selbst erledigt haben. Diesem Tag, wo das elende Buch endlich fertig war, sah das Luiserl mit Sehnsucht entgegen.

Die Tante behielt wieder einmal recht.

Evchen wurde unmittelbar nach diesem Telefonat von ihren Eltern zur Abtreibung gezwungen, obwohl sie sich verzweifelt dagegen wehrte. Aber warum wollte sie das Kind unbedingt behalten?

Traf der Verdacht ihres Vaters zu? Der Onkel hatte wirklich einen Roman geschrieben über eine Waise, die keiner haben wollte. Eine arme, einsame Frau rettete das kränkliche Kind. Sie nahm den Jungen auf, pflegte ihn gesund, zog ihn groß, ließ ihn studieren (hungerte dafür) und erlebte ein Wunder: aus ihrem Ziehsohn wurde ein mächtiger Politiker. Mit ihrer Fürsorge schenkte seine Pflegemutter der Welt einen edlen Menschen, der für Frieden und Eintracht sorgte, Wirtschaft und Industrie förderte, Wissenschaft, Kunst und Forschung alimentierte und sämtliche derzeit existierenden Religionen schützte und ihnen das Ihre zukommen ließ.

Hatte sich Evchen mit ihrem Kind ähnliche Sentimentalitäten vorgestellt?

Als sie sich dann beim Luiserl die Augen um ihr verlorenes Baby ausweinte, wollte er sich doch vergewissern:

"Evchen, du kennst doch inzwischen die Geschichten vom Onkel Ferdi. Du glaubst doch nicht im Ernst, dass in denen ein Funken Wirklichkeit, geschweige Wahrheit steckt. Das hat er sich doch alles nur aus den Fingern gesogen und seine blöden Leser beziehungsweise Leserinnen damit besoffen gemacht. Sagt wenigstens die Tante Doro, Ferdis Schwester, und die hat – leider – fast immer recht."

Das Evchen war tief deprimiert. Es kannte diese alberne Geschichte nicht, hätte sowieso nicht an sie geglaubt. Für keinen Rat oder Zuspruch war sie zugänglich. So versuchte das Luiserl erst gar nicht mehr, das Evchen zu trösten, so lange er nicht wusste, warum wirklich das Evchen so untröstlich seinem verlorenen Baby nachtrauerte.

Ihm selber war auch nicht froh zumute. Er machte die seltsame Erfahrung: der Bimbo entschwand ihm, wurde immer mehr für ihn zum Phantom. Als habe es ihn nie gegeben, schlimmer noch: als sei er nur eine Figur aus dem Repertoire von Onkel Ferdis Romanen gewesen. Manchmal noch setzte er sich in Ferdis Salon vor das Brautkleid und versuchte, sich Bimbo darin vorzustellen. Aber Bimbo verweigerte sich einer Verlebendigung, körperlos wie ein Gespenst entwich er dem Luiserl von Tag zu Tag mehr. Jetzt griff die Tante ein. Sie rief jeden Tag an:

"Wie weit bist du? Hast du endlich mit Schreiben begonnen?"

Aber er antwortet nur: "Kann nicht. Schreibhemmung!"

Das kannte er vom Onkel Ferdi und wusste, das konnte jedem passieren, dem größten Schriftsteller – und natürlich auch ihm, dem kleinsten. Dagegen war selbst die Doro machtlos.

Statt zu schreiben beschäftigte er sich unausgesetzt mit dem Evchen: radelte, ging schwimmen, spazieren, besuchte Museen, Konzerte, Theater und Kinos mit ihr und überschüttete sie mit Kultur. Bis das Evchen eines Tages sagte:

"Lass gut sein, Luiserl. Du hast wirklich alles für mich getan, aber es hilft alles nichts."

Auf einem Spaziergang öffnete sie ihm dann ihre geheimsten Gedanken.

"Ich hab' dich ja früher schon einmal heiraten wollen und es dann aufgegeben, weil du ja nicht bloß ein normaler Homo, sondern auch noch eine Tunte bist. So habe ich seinerzeit auf dich verzichtet, obwohl es mir furchtbar leid tat. Ich mag dich ja allzu gern, Luiserl. Aber jetzt, wo ich schwanger war, da hätte ich gesagt: lass uns heiraten, Luiserl, dann kriegst du von mir ein Kind – ohne dass du mit mir schlafen musst. Das Baby hätte nicht sterben brauchen und wir zwei wären miteinander froh und glücklich gewesen. Denn ich weiß ja, dass du schon immer gern ein Kind haben willst, aber natürlich von deinem Bimbo, wenn du mit dem ins Bett gehst, keins kriegen kannst. Mit dem Bimbo hätte ich mich sogar abfinden können. Aber jetzt ist das Baby tot und der Traum ist vorbei."

Dem Luiserl verschlug es die Sprache. Nach einer Weile dachte er dann: "Wäre doch gar keine schlechte Idee gewesen. Armes Baby, wie gern hätte ich dich gerettet!"

Das Evchen hatte recht. Er hätte ihr mit Freuden Beistand geleistet und geholfen, ihr Kind großzuziehen. Ein Kind! Warum hatte er nicht selbst rechtzeitig daran gedacht? Doch wozu heiraten? Das Kind, das Kind wäre ihm wichtig gewesen. Wie traurig, dass es sterben musste. Und er hätte das – vielleicht? – verhindern können.

Von jetzt an tat er nichts anderes mehr, als schreiben, schreiben, schreiben. Jeden Tag mindestens ein paar Zeilen.

Und so verfasste das Luiserl tatsächlich in eineinhalbjähriger Schwerarbeit, unter Ächzen und Stöhnen, ein Konzept von hundertunddreißig Computer-Seiten, die er nach und nach allesamt der Doro zur Begutachtung faxte. Das Luiserl hatte so viele Jahre die Romane des Onkels – eh sie zum Verlag geschickt wurden – gleichsam vor-lektoriert. Onkel Ferdis Schreibstil war ihm in den langen Jahren in Fleisch und Blut übergegangen, so dass es ihm leicht fiel, ihn nicht grade zu kopieren, doch ihn sprachlich, wie er's gewohnt war, vorsichtig zu veredeln.

Er meuterte auch nicht, wenn die Tante jedes Mal Hand anlegte, Blatt für Blatt seinen Entwurf ergänzte, umformulierte, mit immer wieder überraschenden Einfällen den Plot nicht nur in Schwung hielt, sondern ihn damit auch noch um gute zehn Seiten verlängerte und das Manuskript in punkto Lesbarkeit, stilistischer Eleganz und psychologischer Genauigkeit so lange bearbeitete, bis es keine Kritik eines anspruchsvollen Lektors mehr zu scheuen brauchte.

Er schilderte also seine Begegnung mit Bimbo, sein Verschwinden, seine Suche nach ihm in Paris, sein verzweifeltes Warten, seinen schließlichen

Verzicht und sein trauriges Ende ungefähr so, wie er es selbst erlebt hatte. Ihm selbst blieb zum Schluss nur noch die bittere Erfahrung, das ihm, dem Autor, beim Schreiben dieses Buches sein kostbarster Besitz nach und nach abhanden kam: seine wahren Erinnerungen und sein tiefes Gefühl für den echten Bimbo.

"Aber was die Homosexualität deines Erzählers angeht", sagte die Tante, "Daran wird nichts geändert. Die ist heute als Motiv in der Literatur so gut wie akzeptiert, sogar beinahe normal, darüber mache ich mir keine Gedanken. Wir erlauben keinen anderen Titel als *"Komm zurück, meine schwarze Braut!"* – oder *"Schwarzer Engel, kehre zurück!"* – mit der Abbildung des Brautkleids unter dem Titel. Ein Hammer! Übrigens: mit dem Verlag verhandle *ich*, Luiserl! "

Es war einerseits eine zarte, blumige Liebesgeschichte. Ein sogenannter Bimbo schwebte gleichsam unsichtbar durch Paris, lockte dahin, lockte dorthin, lockte überall hin, wo es die Touristen am meisten hinzog. Aber was hatte dieser Bimbo mit dem richtigen Bimbo zu tun? Er war noch nicht einmal sein Abklatsch! Er war, was das Luiserl von Anfang an in ihm gesehen hatte, ein bloßes Phantom. Und das Schreiben seiner angeblichen Geschichte eine Qual!

"Der Doro ging's doch mehr um Paris, ihren Sehnsuchtsort", beklagte sich das Luiserl, "als um dich, meinen imaginären Bimbo. Erst missbraucht sie dich als – wenn auch unsichtbaren – touristischen Begleit-Service. Und zum Schluss muss ich dich, meine schöne schwarzweiße Braut, die mir nichts als ihr kostbares Brautkleid hinterließ – zum Freiheitskämpfer umfunktionieren. Mein zarter Traumtänzer und Geliebter – ein afrikanischer Held? Ach, Bimbo!"

Es war allerdings verkaufstechnisch geschickt ausgedacht. Aber für das Luiserl war es nichts anderes als ein verlogenes Elaborat, ein schmählicher Verrat an seiner Liebe.

Der langjährige Verlag des Onkels war von dem Manuskript auch gar nicht angetan, er lehnte es sogar ab: es sei eben nur vom Neffen und nicht von seinem berühmten Onkel verfasst. Die Tante, oberschlau, schlug vor, ob es nicht irgendwie aus seinem Nachlass stammen könne? Mindestens als Anregung, als Idee? Eigentlich stimme das beinahe, denn es gebe unter den vielen handschriftlichen Notizen geradezu sehnsüchtige Ausrufe – der Onkel habe ja damals, nicht anders als heute sein Neffe, schwer unter dem einen und andren unglücklichen Anfall homophiler Liebe gelitten.

Nach ausgiebigen, internen Beratungen entschloss man sich, diesen Vorschlag mit einigen höchst fragwürdig verklausulierten Pressetext-Hinweisen zu akzeptieren. Man einigte sich auf den Titel, riskierte auch wohl oder übel die homosexuelle Komponente, man wollte sich ja tolerant geben, zeitnah. Na dann ... Der kleine Roman fand sogar Anklang bei den Lesern. Kein Mensch, geschweige denn irgendein Kritiker, kam der Mogelei mit dem angeblichen Autor auf die Schliche.

Eine einzige Person aber doch! Eine Studentin in Köln erkannte das abgebildete Brautkleid und identifizierte damit ohne den geringsten Zweifel seinen ehemaligen Besitzer. Sie hatte ihn natürlich nicht als Bimbo gekannt, aber sie war sich absolut sicher: es handelte sich um ein und dieselbe Person. Um einen Betrüger, Schwindler und – den treulosen Vater ihres Kindes.

So erreichte das Luiserl nur wenige Tage, nachdem die Studentin das Buch in der Auslage einer Buchhandlung erblickt, es im Internet gegoogelt und sich beim Verlag höflich die Adresse seines Verfassers bzw. seines Nachlassverwalters erbeten hatte, ein Brief folgenden Inhalts:

Sehr geehrter Autor von "Kehre zurück ... Sie haben den Verfassernamen geklaut. Sein wahrer Inhaber ist längst im Jenseits und Sie sind ein Phantom. Doch wenn Sie tatsächlich jener Person begegnet sind, die Sie in Ihrem Buch beschreiben, dann sind wir beide, Sie und ich, Schicksalsgenossen.

Ein und derselbe Mann, für Sie Bimbo, für mich Ali, hat uns mit seinem Charme und nicht zuletzt mit dieser einmaligen Robe aus Seide und Brokat betört. Doch kaum war ich schwanger, verschwand er — für immer, ohne mir seinen richtigen Namen zu hinterlassen. Und dieser Schönling soll jetzt in Afrika den Helden spielen?

Sie haben aus Ihrer unglücklichen Liebe ein erfolgreiches Buch gemacht – mir ist nur meine Annabell geblieben, inzwischen noch nicht ganze sechs Jahre alt. Dass Ali ihr Vater ist, sieht man. Sie ist schwarz.

Ich habe sie, verzweifelt, wie ich damals war, nach der Geburt zur Adoption freigegeben. Aber niemand wollte sie haben. Nicht wegen ihrer Hautfarbe hieß es, nein. Aber warum sonst? Vor dem kleinen farbigen Baby schreckten alle zurück.

Ich hatte schon ein paar Semester Literaturwissenschaft studiert – ein Fach, von dem jeder vernünftige Mensch die Finger lassen sollte! Ich habe mein Studium längst aufgegeben, bringe uns seither mit Gelegenheitsarbeiten durch. Es haben sich immerhin Pflegeeltern gefunden, die das Kind tagsüber betreuen. Aber sie behalten das schwierige Kind nicht mehr. Wie soll es jetzt weitergehen?

Ich würde mich freuen, von Ihnen zu hören. Ihre Helen ...

Es war ein Hilferuf! Der Hilferuf einer Frau. – aus existentieller, von Bimbo verursachter Not!

Der Bimbo hatte sich also auch einmal mit einer Frau eingelassen, mit dieser Helen. Wohl kaum hatte ihn die gleiche Sehnsucht wie ihn, das Luiserl – die Sehnsucht nach einem Kind – dazu bewogen. Der Bimbo hatte mit Gewissheit kein Baby gewollt.

Was für einen Ausweg gäbe es für diese Helen?

Wenn sie ihm, dem Luiserl, ihre kleine Tochter überließe? Sie hatte das Kind doch schon zur Adoption freigegeben? Und wer hätte mehr Anrecht darauf als er, das Luiserl, der Geliebte Bimbos, auf das, was Bimbo hinterließ? Unter diesem Aspekt gehörte ihm die kleine Annabell nicht nur ein ganz klein wenig – nein, sondern eigentlich fast zur Hälfte! Sofern man die vaterlose, farbige Annabell gewissermaßen als "Nachlass" bezeichnen konnte ...

Ein Nachlass, den niemand hatte haben wollen. Nicht einmal die Mutter. Nur das Luiserl, er! Daran hatte er erst gar nicht gedacht! Umso seliger überfiel ihn jetzt dieser Gedanke: Ja, so könnte er Vater werden – indirekt wenigstens. Welch ein Glück! von dem er geglaubt hatte, es wäre ihm niemals im Leben beschieden. Und nun würde es ihm, mit Bimbos Hilfe, doch noch zuteil?

Er selbst hatte weder Vater noch Mutter gehabt – nur seinen Onkel. Der hatte ihn nach Kräften versorgt, gewiss. Und dafür war ihm das Luiserl auch ewig dankbar. Aber Vaterliebe? Nein, die konnte man vom Onkel Ferdi wirklich nicht erwarten. Vaterliebe – das war ein Mythos. Das Luiserl dürstete so sehr danach, so viel lag ihm daran, selbst Vater zu werden. Annabell wollte er ein liebender Vater sein und ihr eine glückliche Kindheit schenken, stellvertretend für Bimbo, der ihm sozusagen sein Kind unmittelbar ans Herz legte.

Die Frage war nur, wie konnte er diese Helen dazu bringen, dass sie ihm Annabell überließ? Er zog das Evchen zu Rat. Sie hatte grade ihre Abiturprüfung abgeschlossen, war ganz Ohr für sein Problem und vollkommen enthusiasmiert: wenn sie schon ihr eigenes Baby hatte hergeben müssen, dann würde sie sich sehr gern um die kleine Annabell kümmern – aber halt auch nur neben ihrem geplanten Jura-Studium her.

Luiserls romantische Phantasien rückte sie ohne Erbarmen zurecht, schlug ihm wenigstens jedoch eine etwas realistischere Version vor:

"Adoptieren kannst du das Kind nicht, denn du bist nicht verheiratet. Höchstens kannst du diese Helen herholen, ihr in deiner Nähe eine Wohnung besorgen – und dann versuchen, dich mit der Annabell anzufreunden. Du kannst sie so oft wie möglich zu dir einladen, mit ihr spazierengehen, sie am Spielplatz betreuen, ihr Spielsachen schenken und den guten Onkel spielen. Mehr geht nicht, Luiserl, und das wäre schon viel!

Denn die Annabell, die kannst du nicht einfach zuhause behalten, die muss jeden Tag raus ins Leben, muss jetzt noch in einen Kindergarten und bald schon zur Schule, muss lernen, lernen, lernen. Wer weiß, am Ende macht sie ihr Abitur und studiert genau so wie diese Helen und ich?

Aber überstürze nichts. Schreib ihrer Mama erst mal einen netten Brief und dass du sie bald einmal kennenlernen willst. Irgendwann schreibt sie wieder zurück, und du merkst schon, ob's ihr richtig schlecht geht. Denn eins merk dir, Luiserl: nur dann wird sie dein Angebot annehmen. Nur notgedrungen gibt sie ihr Kind her – oder nein: teilt sie ihr Kind mit dir. Damit müsstest du dich zufrieden geben, aber das wäre doch auch schon sehr, sehr schön, Luiserl, nicht wahr? Solltest du allerdings auf die Idee kommen, die Helen zu heiraten, das leide ich nicht. Dann gibt's Krieg!"

Eine Ehe mit Helen? Welch ein verrückter Einfall! Aber ansonsten kamen die Wünsche Luiserls, mehr oder weniger illusionär, der Wirklichkeit näher.

Als allererstes kaufte das Luiserl eine Blockflöte – nachdem er der Helen für ihren Brief gedankt und sie zu einem baldigen Besuch mit dem Vorschlag eingeladen hatte, er wolle dann auch ihre wirtschaftliche Situation und wie er ihr *helfen könne, mit ihr besprechen.

"Warum eine Blockflöte, warum keine Puppe?"

"Eine Puppe kriegt das Kind sowieso. Aber hier, in unserem Viertel, welches bis vor kurzem noch ein reines Arbeiter- und Armenviertel war und wo ich als Waise beim Onkel aufgewachsen bin, da war eine Blockflöte und ist auch heute noch etwas Besonderes. Die meisten Leute würden ihren Kindern doch eher einen teuren Fußball statt einer Blockflöte kaufen. Obwohl es inzwischen berühmte Künstler gibt, die mit einer Blockflöte Konzerte geben, klassische Konzerte!

Ich, Evchen, habe nie eine bekommen – und ich hab' mir so sehr eine gewünscht! Der Onkel brauchte ja Jahre, bis er endlich Geld mit seinen Büchern verdiente. In der frühen Zeit hat es nicht einmal für eine Blockflöte gereicht. Aber ein paar von meinen Mitschülern hatten schon damals eine. Ihre Eltern wollten halt, dass einmal was Besseres aus ihnen wird und sie womöglich aus diesem Viertel hinauskommen. Und das denke ich hinsichtlich der Annabell auch."

"Luiserl, ich hatte eine Blockflöte – aber ob deshalb mal was aus mir wird? Ich habe sie gehasst! Diese entsetzlichen Töne! Und wenn erst vier, fünf Leute oder noch mehr zusammen blasen! Da kannst du nur noch davonlaufen. Sogar die Lehrerin hielt sich manchmal die Ohren zu."

Doch das Luiserl glaubte nun einmal an die magische Kraft einer Blockflöte.

Er hatte sich genau überlegt: vorausgesetzt, diese Helen war ein angenehmer Mensch, hatte keine schrille Stimme, versuchte nicht, ihm wie die Doro ihre Meinung aufzudrängen – und trampelte auch nicht ständig hasserfüllt auf dem Bimbo herum. Dann wollte er sie zum Bleiben bewegen, ihr in den Immobilien, die er vom Onkel geerbt hatte, eine kleine Wohnung als Heimstatt anbieten, und ihr mit ihrem Kind helfen, wo er nur konnte.

"Aber den Bimbo verunglimpfen, das werde ich ihr nicht erlauben!"

"Und nie wieder", so schwor er, "will ich, wie in Paris, ihn literarisch herumscheuchen auf Straßen und Plätzen wie ein Gespenst, sein kostbares Andenken vergeuden für ein absolut sinnloses Buch. Was hat es mir denn gebracht? Hinter dem fiktiven Bimbo verlor ich meinen wirklichen, meinen echten Bimbo. Ich suche ihn überall und finde ihn nicht."

Über Bimbos moralische Verantwortung für Mutter und Kind machte das Luiserl sich keine Gedanken. Nur ja nicht sein Bild beschädigen! Nur ja nicht der Wahrheit ins Auge blicken! Nur ja nicht zugeben: ein Schuft, ein Verräter war er, der Bimbo. Auch ihn, das Luiserl, hatte er ja einfach ohne eine Erklärung verlassen ...

Trotzdem: es gab keinen Vorwurf, es gab nur Sehnsucht nach ihm.

Den Bimbo mit aller Kraft seiner Phantasie noch einmal zurückzuholen aus dem furchtbaren Nichts, wohin er ihm als Phantom entschwunden war: würde es ihm gelingen?

"Und dann werde ich ihn für immer, in ewiger Treue und aller Stille, einschließen in mein Herz."

Wie eine Rüstung legte er sich dies Gelübde an. Es würde ihn schützen vor den Attacken der drei Grazien, denen er mit einem gewissen Bangen entgegensah: Dorothea, Evchen, Helen – drei, die den Kindsvater Bimbo einstimmig verurteilen würden.

In dieser Stimmung setzte er sich im Salon vor das Brautkleid, betrachtete es lange, lange. Schloss die Augen. Aus dem Dunkel trat ihm auf wundersame Weise nach und nach der Bimbo entgegen, wurde ihm wieder sichtbar: wie er da hereintanzte, sich wendete, drehte, knickste, verbeugte. Lächelnd, hinreißend, überwältigend – in seiner bräutlichen Eleganz. Kein Weißer käme je der Anmut dieses Afrikaners gleich!

Auch er, das Luiserl, hatte ja den Bimbo, dies von geheimnisvoll waltenden Kräften getriebene Wesen, nicht festhalten können. Nirgendwo und bei niemandem hielt er es aus – ein von seiner Schönheit gezeichnetes und, wer weiß, ein dem Untergang geweihtes Geschöpf?

In einem hohen, leeren Schrank, in dem früher der Onkel seine festlichen Roben aufbewahrt hatte, mit denen er zu Lebzeiten heimlich auf homophile Brautschau gegangen war, verschloss das Luiserl die schwarze Schaufensterpuppe, bekleidet mit Bimbos kostbarem Gewand.

Niemand, außer ihm, sollte sie jemals wieder erblicken, niemand sollte je dem Luiserl seine wiedergewonnene Erinnerung zerstören – auch nicht diese Helen. Schließlich war sie ja nur eine Frau.

"Jetzt erst recht!" sagte die Doro, als das Luiserl ihr Helens Brief zu lesen gab. Es war nicht zu leugnen: diese Helen hasste die Literatur. Nun ja, sie hatte ihr kein Glück gebracht. Aber was konnte die Literatur eigentlich dafür? Auch mit ihrem Hass auf den Bimbo war sie bei der Doro an der ausgesucht falschesten Stelle.

"Wir lassen uns doch von so einem jungen Ding nicht ins Bockshorn jagen!

Der Verlag sagt mir, viele Leser würden gern wissen, ob's mit dem Bimbo nicht doch noch ein glückliches Ende nimmt. Jetzt, wo er sogar ein Kind hat. Und was für eins! Was meinst du, Luiserl?"

Die Doro war ohnehin vom Erfolg des Romans wie berauscht und hatte schon vorher insgeheim mit dem Gedanken gespielt, eine Fortsetzung zu verfassen. Aber wirklich nicht um des Geldes willen! Eine gewaltige Herausforderung war auch ihr anfangs das Schreiben gewesen. Kann ich es überhaupt? Aber in kürzester Zeit stieg ihr das Schreiben, wenn auch nur quasi als Mitautorin, einfach zu Kopf.

Dann schaute auch noch der Ferdi aus dem Jenseits zu ihr herüber:

"Traust du dich nicht, alte Besserwisserin? Mir hast du doch immer erzählt, dass du in der Literatur – die du die echte, einzige, wahre nennst – so gut Bescheid weißt. Na, da fehlt doch nicht viel, dass du es selber einmal damit probierst? Ja, zeig halt, ob du bloß immer große Töne gespuckt hast, oder ob du es wirklich so viel besser kannst als dein Bruder, an dem du zu Lebzeiten kein gutes Haar ließest. Los! Probier's!"

So war "ihr" erstes Buch entstanden, mit dem Luiserl zusammen. Der Versuch war geglückt. Und der Erfolg schmeckte süß, unbeschreiblich süß. Sie verdankte ihm weit mehr: er entriss sie ihrem Handarbeitslehrerinnen-Dasein, sie wurde über Nacht zur Schriftstellerin. Beseligt signalisierte sie dem Bruder:

"Ferdi, das Schreiben allein ist schon eine Erlösung:

Mir ist, als ob ich zum ersten Mal im Leben Schlittschuhe trüge an meinen Füßen. Aber ich stolpere, stürze nicht, nein. Ich fliege nur so dahin – gleite über das glitzernde Eis, schwebe, als wären mir Flügel gewachsen. Wohin? Bis nah an den Horizont, Ferdi! Ob du es glaubst oder nicht: Bis nah' an den Horizont!"

Und mit einem Mal überfiel sie etwas, was sie nie gekannt hatte: eine wahnsinnige, schamlose Lust, sich die Kleider vom Leib zu reißen. Gäbe es irgendwo in der Stadt ein Bordell für Frauen: sie wäre schnurstracks gelaufen, um sich dort zum zweiten Mal von der schrecklichen Anhaftung ihrer Jungfräulichkeit zu befreien – aber diesmal für immer! Minutenlang tobte sie – eine Besessene – durch ihr kleines Appartement: WohnSchlafzimmer-KücheBad. Bis sie erschöpft, nach Luft ringend, auf ihre Couch sank.

"Bin ich verrückt geworden? Nein, mir ist etwas widerfahren, ein Wunder, eine Erweckung. War lebenslänglich solide, brav und verschroben – endlich aufgewacht bin ich daraus."

Sie hatte alles versäumt: nie geliebt, nie gelitten, kein Kind geboren, niemanden betrauert, keinen geliebten Menschen verloren – außer Ferdi. Und außer jener seltsamen Frau, im Zug nach Paris, jener verführerischen Person, die sie erst mit Gewalt an sich riß und dann einfach im Stich ließ. Sex? Sie hatte jegliche Bindung nicht nur an einen Mann, auch an ihre Beste Freundin stets peinlich vermieden, deren lesbische Avancen sie nur mit Mühe abzuwehren vermochte und mit der sie sich aus diesem und manch anderem Grund oft genug stritt. Banalitäten, über die zu schreiben ihr im Traum nicht einfiel, sie hatte das Thema aus ihrer Erinnerung gestrichen..

"Wenn ich's dagegen wagte, diesen unsagbar schamlosen Liebesakt zu beschreiben: zwei Frauen, ohne sich zu kennen – in einer Schnellzug-Toilette in den letzten Minuten kurz vor Paris? Wenn ich bekennen würde: Ja, ich war's! Ich und eine Unbekannte, wir haben das gemacht. Und gleich danach verloren wir uns in der Gare de l'Est aus den Augen, suchten uns, suchten und fanden uns niemals wieder.

Ja, so ein Buch will ich schreiben, Ferdi: ein böses, schmutziges, schamloses, ein ehrliches Buch – auf keinen Fall mit einem schönen, herzergreifenden Ende . . .

Hörst du mich, Ferdi?"

"Ich höre dich, Doro. Nenn es doch gleich Pornographie!"

Aber wie das, am Luiserl vorbei?

Als Stofflieferant und Helfershelfer brauchte sie zwar das Luiserl nicht mehr. Das Luiserl war hinfort verzichtbar. Das 'Wie' des Schreibens beherrschte die Doro ohnehin – und das 'Was', der Stoff ging ihr jetzt auch nicht mehr ab. Mit anderen Worten: das Leben selbst kam ihr zu Hilfe. Es brannte in ihr. Sie musste von jetzt an nichts mehr erfinden.

"Ich selber bin jetzt mein Gegenstand!"

Doch hatte die Doro das Gefühl, sie müsse hinsichtlich ihres moralisch vielleicht etwas anrüchigen Vorhabens für ein Gegengewicht sorgen. Dafür wäre zum Glück das lammfromme Luiserl geeignet.

Das Luiserl fragte sich schon seit Tagen: War da etwas im Busch?

Allzu lange hatte die Doro nichts mehr von sich hören lassen..

Mit Bangen registrierte das Luiserl dies quälende Schweigen. Was hatte die Doro im Sinn?

Während ihrer früheren, delikaten, familiären Dreieinigkeit – vielmehr Dreiuneinigkeit – hatte das Luiserl gelernt, den geheimsten Hintersinn aus jedem gesprochenen Wort des Onkels oder der Tante herauszuhören – und erst recht aus dem, was in einem vielsagenden Schweigen ungesagt blieb. Davor musste man sich sogar ganz besonders in acht nehmen! Im Schweigen drohte der Familien-Harmonie höchste Gefahr. Von einer vagen Ahnung beseelt, die Tante hielte schon wieder ein irgendwie unangenehmes Vorhaben für ihn bereit, erwartete das Luiserl bedenklich ihren nächsten Besuch.

Die Doro kam jedem Einwand zuvor.

"Luiserl, ich würde so gerne nochmal ein Buch schreiben. Weißt du, ich möchte einfach noch etwas haben vom Leben. Verwöhnt hat es mich nie. Handarbeitslehrerin! Im Kollegium hat man die ganzen Jahre über mich weggeschaut, mich nicht ernst genommen. Und jetzt – das Buch. Du verstehst nicht, was das für mich bedeutet, Luiserl. "

"Doch, ich versteh' dich, Doro. Mir geht es ja fast genauso. Nein, schlimmer! Ich weiß nichts, bin nichts, kann nichts. Bin noch viel weniger als du, bin ein Garnichts, ein Niemand!"

"Aber Luiserl, wir beide haben zusammen dies Buch geschrieben, das viele Leute gekauft und gelesen haben. Ist das nichts?"

"Doro, das hält doch nicht vor, nicht lang jedenfalls! Und dann auch noch unter falschem Namen!'"

"Stimmt. Aber du weißt ja, der Ferdi hat auch erst einmal mehr und immer mehr Bücher schreiben müssen, bis er sich einen Namen erschrieben hatte. Und das machen wir genau so jetzt auch! Aber jeder für sich und jeder mit seinem ehrlichen Namen, nicht mit einem geklauten!"

"Doro, für mich war das Schreiben eine einzige Qual, mir fällt ja nichts ein – und wenn nicht du immer gewusst hättest, wie's weitergeht, dann wäre das Buch auch jetzt noch nicht fertig. Nein, zum Schriftsteller bin ich nicht geboren! Du vielleicht schon, Doro, wenn's dir halt gar so viel Spaß macht?"

"Luiserl, Schreiben – das ist kein Spaß, das ist Arbeit, Schwerarbeit. Für mich und für jeden, der schreibt. Aber manchmal, mitten in tiefster Nacht, kommt es über mich. Immer liegt ein Schreibblock neben meinem Bett. Und mitten heraus aus einem Traum wach' ich auf – und habe im Schlaf eine Geschichte von dir und deinem Bimbo geträumt oder eigentlich gedichtet, von der mir grade noch ein paar Sätze blieben. Wie wir ihn suchen und suchen – und finden ihn am Ende vielleicht – oder auch nicht. Schon nach ein paar Minuten ist das Geträumte vergessen, ist mir einfach entfallen – nur ein allerletzter Satz bleibt mir im Gedächtnis.

Und ich kann nicht anders, ich muss ihn einfach aufschreiben, um ihn irgendwann zu verwenden – so gut ist er mir gelungen. Aber was soll mir ein einzelner, noch so gelungener Satz? Und trotzdem macht mein Kopf am nächsten Tag immer und immer weiter und ist auf der Suche.

Es geht es mir dabei gar nicht mehr um den Bimbo, das ist jetzt deine Sache, Luiserl. Ich hab' für mich ganz was Abstraktes vor. Mir geht's nur noch um dies Suchen, dies niemals Finden – oder, wenn doch, dann bald wieder Verlieren und trotzdem Weitermachen. Aber noch immer seh' ich irgendwo deinen Bimbo, wie er herumirrt, sich nach dir sehnt und sich wünscht, er hätte dich niemals verlassen. Schau, Luiserl: das erste Buch hat der Helen den Weg zu uns gezeigt. Ein zweites Buch würde vielleicht ihn selbst, deinen Bimbo, zu dir zurückbringen?"

"Du meinst, ich soll es nicht aufgeben – die Suche nach ihm?" Schon war die Falle zugeschnappt.

"Ich meine sogar, so ein Buch wäre die wunderbarste, die direkteste Art, ihn herbeizulocken – unmittelbar in deine Arme, denn du liebst ihn ja noch immer.

Es kommt ja auch noch was Wichtiges hinzu, das Allerwichtigste überhaupt: das vaterlose Kind, die Annabell."

Damit kriegte die Doro das Luiserl vollends herum.

Sie zettelte also etwas an, was nach Menschenkenntnis und Welterfahrung kaum ein glückliches Ende nehmen konnte. Es war so unglaubwürdig, als habe der selige Ferdi es für einen seiner sentimentalen Romane erfunden. Die Doro würde aufpassen müssen, dass ihr die Bimbo-Geschichte nicht aus der Spur lief! Sie schob es einfach dem Bruder in die Schuhe:

"Ferdi, alter Schlawiner! Förmlich hineinstolpern hast du mich lassen. Ein Glück, dass sich das Luiserl für die Rolle des Gutmenschen so hervorragend eignet! Ich die Schlechte und er der Gerechte!"

Die Zeit, die sie tagtäglich im fiktiven Dialog mit dem Bruder verlor, strich mit immer längerem Nichtstun dahin. Noch stand keine einzige Zeile auf dem Papier, und schon gar nicht im Computer. Der Anfang! Die Doro wusste nur allzu gut, was mit dem ersten Satz auf dem Spiel stand: Alles oder nichts! Aber sie konnte nun einmal nicht einsam und allein einen Plan fassen, Gedanken formulieren, sie brauchte unbedingt einen Zuhörer, und außer dem Ferdi hatte sie niemand. Auch musste sie mit ihm die ewige Streitfrage klären: war sie endlich bereit, ihren literarischen Hochmut aufzugeben?

Zeitlebens hatte sie den erfolgreichen Bruder damit übertrumpft, gebildeter zu sein als er. Das könnte, müsste sich jetzt vielleicht ändern? Die Gattung Pornographie verlangte keine anspruchsvolle Schreibkunst, eher das Gegenteil: den robusten sprachlichen Zugriff auf Busen und andere Geschlechtsteile. SEX: nur ja keine Umschweife, kein stilistisches Getue! Pornographie schrieb man möglichst einfach, wenn nicht primitiv, für die Unterschicht und vielleicht noch für ein paar besondre Gebildete – die grade das mochten, die exklusive Schweinerei?

Aber die Doro war eine eigensinnig störrische Person. Sie hatte sich nun mal entschieden, diesem Stoff – gerade ihm, ihm erst recht! – ihren literarischen Ehrgeiz angedeihen zu lassen. Es sollte Kunst sein, Sprach-Kunst. Es gab berühmte Vorbilder aus früheren Zeiten. Daran galt es anzuknüpfen.

Andererseits sollte der Bruder ihr unbedingt bei diesem Abenteuer zur Seite stehen. Das Gezänk zwischen ihnen musste also aufhören. An die Stelle der täglichen Raufereien war von jetzt an – über das Grab hinweg – ein tiefes, geschwisterliches Einvernehmen geboten.

Sie musste sich ja bis auf die nackte Haut ausziehen, wenn sie wirklich ihre eigene Geschichte erzählen wollte – die Geschichte ihrer Verführung durch eine Frau. Das kostete Mut! Diese verrückte Schamlosigkeit, die sie kürzlich nackt durch ihre kleine Wohnung toben ließ und die natürlich nicht über Wochen anhielt, sie bedurfte der Unterstützung durch Ferdis Beifall. Immer wieder musste sie angefeuert, bewundert werden von ihm. Gleichzeitig wollte sie ihm nur zu gern beweisen, dass sie nicht nur auf ihre Art genauso erfolgreich schreiben konnte wie er – nein, sogar weitaus aggressiver, schamloser, moderner? Wenn ihr das gelänge, welch ein Triumph!

"Jetzt, Ferdi, schreibe ich also mein zweites Buch – unter meinem eigenen Namen, nicht mehr dem deinen! Mein Debut! Hättest du mir das zugetraut?

Allerdings: du hattest Phantasie, warst der geborene Schicksals-Erfinder. Solche Geschichten, wie sie dir zuflogen, fallen mir leider nicht ein. Ich müsste echten Menschen ihr Wesen, ihren Charakter, ihr Wohl und Wehe abkupfern. Aber ich kenne gar keine dafür geeigneten Menschen. Die, die ich kenne, sind alle entsetzlich harmlos, solide, langweilig bis in die Knochen.

Stattdessen werde ich mein eigenes Schicksal schildern, mit allen Leiden und Freuden – und so grell, so leidenschaftlich, so unanständig, dass daraus eine stilistisch aufs Feinste durchdachte, wohlklingend durchkomponierte, pornographisch perfekte Geschichte wird. Denn das kann ich – bilde ich mir jedenfalls ein.

Meine doch recht unscheinbare reale Existenz, abgesehen vom Zugabenteuer, genügt natürlich nicht für ein ganzes Buch. Umschreiben muss ich sie, anreichern, irgendwann einen Tiefpunkt setzen, den Leser genießen und leiden lassen. Und – wenn endlich die erforderliche Seitenzahl erreicht ist – das Geschehen noch einmal zuspitzen und eine allerletzte Entscheidung treffen:

Entweder dann ein samtenes, effektvoll-sentimentales Ende hinlegen – oder entschlossen auf die Schluss-Katastrophe zusteuern. Sie eiskalt zelebrieren wie einen Weltuntergang. Momentan, was ich so lese quer durch die Neuerscheinungen, scheint das gesamte literarische Gewerbe letzteres zu präferieren. Das wäre auch mein Geschmack. Ich liebe literarische Weltuntergänge! Oder muss ich, angesichts meiner Klientel, doch eher gegenläufig ein glückliches Ende etablieren? Das hat mich nach langem Zögern und Überlegen das Beispiel deiner Roman-Schlüsse gelehrt, Ferdi. Gib deinen Lesern, was deine Leser sich wünschen! Ein Futter, das ihnen schmeckt. Auch wenn man sich als Autor damit von der Kritik keinen Beifall erwirbt und deshalb auch beinahe Mut dafür braucht."

Eines Tages klingelte es Sturm beim Luiserl. Er rannte zur Wohnungstür, riss sie auf. Ein Kinderfinger drückte auf seine Glocke, sie läutete und läutete. Dann zog die junge Frau das kleine Mädchen – es hatte eine dunkle Hautfarbe – endlich weg von der Glocke.

Annabell!

Es überwältigte ihn einfach! Er kniete nieder, nahm das Kind in seine Arme: "Annabell! Annabell!"

Aber die Kleine wehrte sich, stieß ihn weg, trat mit beiden Füßen gegen ihn, schrie. Entsetzt ließ er sie los, stand auf.

"Entschuldigung! Sie sind Helen? Ich habe mich so auf das Kind gefreut, ich wollte es nur begrüßen."

"Ja, ich bin Helen und das ist Annabell. Aber sie fremdelt natürlich und hat sich erschreckt. Nehmen Sie es bitte nicht persönlich. Wir haben Sie ja auch einfach so überfallen."

"Ich bin das Luiserl und heiße Sie herzlich willkommen."

Er ließ sie eintreten, nahm ihren schweren Koffer, der vermuten ließ, sie seien für länger, wenn nicht für immer gekommen. So sehr sich das Luiserl als Gastgeber bemühte, für Speis' und Trank sorgte, es war keine glückliche erste Begegnung. Das Kind verkroch sich in die Mutter, wehrte sich gegen ihre Beschwichtigung, immerzu weinend.

Das Luiserl stand auf, entfernte sich kurz und als er zurückkehrte, blies er auf der für Annabell gekauften Flöte das Kinderlied:

Alle meine Entchen, schwimmen auf dem See,
Schwimmen auf dem See.
Köpfchen in das Wasser,
Schwänzchen in die Höh ...

Das Weinen verstummte, ein tränennasses Kindergesicht kam zum Vorschein.

Das Luiserl blies und blies eine weitere Strophe. Eine Kinderhand streckte sich ihm entgegen. Behutsam legte er die Flöte hinein. Annabell verkroch sich mit ihr in eine Zimmerecke.

"Vier Weiblichkeiten! Vier Stück! Die Helen, die Annabell, das Evchen, die Doro!" sagte das Luiserl am späten Abend, nachdem er seine Gäste im nahegelegenen kleinen Familienhotel untergebracht hatte.

"Das kann der Himmel, das kann aber auch die Hölle werden".

"Luiserl", sprach sich das Luiserl anderntags selber zu.

"Jetzt hast du vom Vaterwerden und Vatersein schon mal einen Vorgeschmack: Fußtritte und Wutgeschrei! Kannst es dir immer noch überlegen, ob du dir so etwas antun willst. Ja, wirklich, überleg' es dir gut!"

Zur gleichen Meinung kam auch das Evchen, nachdem sie mit Helen Bekanntschaft geschlossen hatte, und Annabell, trotz mütterlicher Ermahnung, um keinen Preis bereit war, Evchen zu begrüßen.

Da half nun kein langes Herumreden: Annabell war und blieb von Geburt an ein Problem. Ihre Betreuer hatten sich angeblich ebenfalls schwer mit ihr getan, obgleich sie das Kind nur ein paar Stunden täglich aufnahmen. Sie waren einfach nicht mit ihm zurechtgekommen und hatten sich endlich von ihrer Aufgabe entbinden lassen. Und auch Helen musste sich vor ihrer Tochter vorsehen. Auch zur Mama hielt Annabell Abstand. Sie wollte nicht von ihr liebkost werden, sie entzog sich jedem Streicheln, jeder zärtlichen Berührung. Wenn Helen es trotzdem versuchte, stieß sie die Mama weg, drehte sich um und warf nur noch einen finsteren Blick auf sie zurück. Sie hatte offensichtlich kein Vertrauen zu ihr und ihre Zuneigung ertrug sie schon gar nicht. Aber natürlich beschwieg man das Thema untereinander.

Annabell sagte weder Danke noch Bitte, eigentlich sagte sie so gut wie nie etwas. Gegen jede Berührung wehrte sie sich mit Händen und Füßen. Sie war mit ihren mehr als fünf Jahren eine höchst aggressive kleine Person, die sich furchteinflößend in ihre Abwehr hineinsteigern konnte. Eine kleine Wilde, ungezähmt, wie geradeswegs aus dem Urwald.

Und, seltsam: trotzdem spielte Annabell vom ersten Moment an die Hauptrolle, wetteiferten alle Erwachsenen miteinander, wer endgültig ihre Gunst erreichen würde - die Gunst einer kleinen schwarzen Prinzessin – vielmehr die Gunst einer verzogenen Göre. Niemand wusste, welcher Stammes-Hierarchie sie zur Hälfte entsprungen war, doch gerade deshalb schien sie dazu bestimmt, mit ihrer afrikanischen Mentalität das schöne Gleichgewicht dieser in gutbürgerlicher Harmonie vereinten Menschen gewaltsam auf die Probe zu stellen und sie – wer konnte das wissen? - vielleicht für immer brutal zu zerstören.

Und dann war es ausgerechnet die Doro, der Annabell ihre kleine Hand – wenn auch nur die linke – zur Begrüßung hinreichte. Die Doro enthielt sich jeder Belehrung. Sie sagte freundlich:

"Du bist also die Annabell und ich bin die Dorothea. Das ist lateinisch und bedeutet, ich bin ein Geschenk Gottes. Aber jeder Mensch ist so ein Geschenk. Auch du bist ein Geschenk vom lieben Gott, Weißt du, was *dein* Name bedeutet?"

Annabell verneinte stumm.

"Annabell bedeutet 'Die schöne Anna'. Das gefällt mir, das passt zu dir, ein Leben lang wirst du immer die schöne Anna sein!"

Die Doro redete und redete, während Annabell diesem Redefluss, der absolut nie, nie mehr versiegen wollte und sich unverwandt dem Kind zuwandte, wie gebannt lauschte. Am Schluss sagte die Doro, nun doch ein wenig erschöpft:

"Wenn du willst, Annabell, setzen wir uns ein wenig weg und ich erzähle dir das Märchen von Hänsel und Gretel. Willst du?" Annabell ergriff ihre Hand und führte sie in eine Ecke. Dort setzten sie sich auf den Boden. Schon das war ein Wunder!

"Es war einmal ..." begann die Tante flüsternd. Es klang – leise, fast monoton – als umwinde sie das kleine Mädchen mit sanfter Stimme wie mit einem wunderbar feinen, seidenen Faden, ein Gespinst, das – so schien es – dem Kind, sich an die Doro hinkuschelnd, das Gefühl niemals gekannter Geborgenheit gab.

Das Luiserl zog eine Lehre daraus. Seine Vatergefühle litten, sie mussten zurückstehen. Die Doro, nur sie, besaß vorerst den Schlüssel zum Herzen dieser kleinen, verstockten Person. Daher lud er von da an Helen und Annabell stets nur mit Doro zusammen zu sich ein. Jedes Mal fasste das Kind dann die Doro bei der Hand, führte sie in die Ecke, zog sie zu sich herunter. Da hockten sie dann miteinander am Boden und Annabell sagte ganz leise: "Erzählen!"

Stets kam die Doro wohlpräpariert mit einem Märchen der Brüder Grimm zu Besuch. Nur mit einem! Wenn es zu Ende war, verlangte Annabell kein zweites, wortlos schmiegte sie sich dann an die Doro.

Als Helen sie fragte, ob nicht auch sie, die Mama, ihr ebenfalls Geschichten wenn nicht erzählen, so doch vorlesen solle, hatte sie nur störrisch den Kopf geschüttelt. Es war anscheinend das alleinige Privileg Doros. Aber warum? Warum nur?

Mit ihrem einzigen, wenn auch imaginären Vertrauten versuchte die Doro das Problem zu bereden.

"Ferdi, sag mir: warum darf nur ich die Annabell anfassen – warum darf es das Luiserl nicht? Auch die eigene Mutter stößt sie weg. Neulich hat sie sogar – ich hab's beobachtet, sie meinte, ich seh's nicht – ihrer Mama ins Gesicht gespuckt. Der Helen liefen die Tränen herunter. Aber gewehrt hat sie sich nicht. Ich hab' natürlich nichts gesagt ...

Ich bin mir sicher: nie würde Helen ihr Kind schlagen, ihr etwas antun. Ich sehe doch, wie sie leidet, aber sie unternimmt nichts. Sie erträgt alles stumm. Ich versteh's nicht.

Die Annabell ist ein gutes Kind, ein liebes Kind, aber ein irgendwie verstörtes – nein, ein *zerstörtes*! Kaputt!

Ferdi, bitte, erklär's mir!

Aber dieses Mal antwortete ihr der Ferdinand nicht.

Das Evchen hatte es in Kindheit und Jugend nicht immer leicht mit ihren Eltern gehabt. Mit einer frustrierten Mutter, die niemals eine richtig schöne Urlaubsreise erlebte, die nie mit hübschen neuen Klamotten ihre Nachbarinnen beeindrucken konnte, und für die sich die ganz große Liebe vielbewunderter Kino- und Fernseh-Helden im eigenen Fall als der ganz große Schwindel erwies.

Dem Evchen war all das wohlvertraut, es hatte ein Gutteil der elterlichen Entbehrungen ja miterlebt, gelegentlich auch den Frust handgreiflich zu spüren bekommen. Vieler liebloser Szenen und auch Strafen, jawohl! erinnerte sie sich. Wie wehrlos war man der väterlichen Wut ausgesetzt, wenn man Pech hatte und nicht rechtzeitig abhauen konnte!

War es der Annabell ähnlich ergangen? Vielleicht hatte die Helen ihr Kind nicht immer genug vor dem Unwillen oder gar vor dem Zugriff eines mutmaßlichen Liebhabers geschützt, dem dies überflüssige, störende Wesen total auf die Nerven ging?

"Wenigstens dann würde es mich nicht wundern, dass sich die Annabell so zu ihrer Mama verhält!"

Am schlechtesten kam bei der Annabell das Luiserl weg. Ihn mied das Kind so offenkundig, dass es ihm vor Doro, Evchen und Helen echt peinlich war. Und er hatte sich doch so sehr auf sie gefreut!

"Was habe ich ihr denn getan? Ja, natürlich, sie hat sich vor mir erschreckt, als ich sie damals umarmte. Und deshalb hat sie jetzt Angst vor mir? Weicht mir aus? Schaut mich nie an. Ja, hält sie mich denn für einen Unhold?"

Es war wirklich seltsam, mysteriös: alle suchten den Grund, weshalb sie von Annabell abgelehnt wurden, erst einmal bei sich selbst – der eine mehr, der andre weniger. Aber keiner schob ihr die Schuld zu – obgleich es sich genau so verhielt: diese Annabell war einfach ein kindliches Ungeheuer, sie terrorisierte die ganze Familie – und gerade daraus bestand ihre Faszination.

Seit die kleine Annabell in ihr Leben getreten war, hatte die Doro erst recht Schwierigkeiten, sich mit ihrem noch immer nicht begonnenen, ihrem erotischen, nein: ihrem pornographischen Roman zu befassen. Noch immer stand keine einzige Zeile auf dem Papier, den Computer fuhr sie schon gar nicht mehr hoch.

Sie merkte, sie war im Begriff, alles hinzuwerfen, was sie noch vor kurzem so wagemutig in Angriff nehmen wollte: den Traum eines Lebens jenseits des unsäglich spießigen Daseins einer pensionierten Mittelschul-Handarbeitslehrerin – den Traum einer nie zuvor gedachten, unendlichen Freizügigkeit, besser: Gesetzlosigkeit! Frei von Verschämt- und Verdrucktheit, frei von allem, was ihr bisher so wichtig gewesen war: Vorschriften, Ge- und Verbote, Verzicht und Bestrafung.

Ein Traum, den sie jetzt verraten würde. Nur weil ihr dieser verdammte, allererste Satz, der Fluch jedes Schriftstellers, einfach nicht gelingen wollte?

Aber das war nicht die ganze Wahrheit, nicht einmal die halbe.

Sondern, weil sie und nur sie, die Doro, als Einzige von diesem seltsamen Kind erwählt worden war, weil sie und Annabell sich miteinander in eine unendlich reine Beziehung versponnen hatten! Wie konnte sie sich daneben, wenn auch nur heimlich, ihrer pornographischen Schreiblust hingeben?

Und dann wurde sie auch noch vom Luiserl bedrängt.

"Doro, könntest du nicht die Annabell einmal fragen, ob und warum sie Angst vor mir hat? Bitte! Manchmal denke ich sogar, sie hasst mich. Das tut weh. Aber auch mit ihrer Mutter, mit Helen, kommt sie nicht gut aus."

"Luiserl, ich kann dir nicht helfen. Ich möchte das Kind nicht ausfragen, das ist unfair. Ich bekäme wahrscheinlich auch gar keine Antwort von ihr, würde höchstens ihr Vertrauen verlieren. Es gibt nur eines: Geduld, Geduld, Geduld. Eines Tages vielleicht wird alles, was dahinter steckt, ans Licht kommen."

Das Geheimnis kam weit eher, als von ihr prophezeit, halbwegs ans Licht, bloß wurde es von niemand verstanden: es war ganz einfach ihre dunkle

Haut, das Gaffen der Weißen, sogar ihre Bewunderung, unter der sie litt. Sie war ja wirklich ein besonders hübsches, aber eben ein farbiges Kind.

Helen, die eine Schneiderlehre als Vorstufe eines Modestudiums begonnen hatte, absolvierte gelegentlich einen Auftritt als Model. Sie war eine attraktive Person und fand recht bald Bewunderer in Modekreisen. Jetzt, wo sie mit Luiserls Hilfe keine Sorgen um Unterkunft, Unterhalt, einen Kindergarten-Platz für Annabell und um ihre eigene berufliche Zukunft mehr hatte, wurde sie bewundert, blühte zur Schönheit auf, hatte zahlreiche Verehrer. Einer erreichte sein Ziel, durfte sie ausführen und wurde auch eines Nachmittags zu einer Tasse Kaffee in Helens Wohnung eingeladen. Dass Helen eine kleine Tochter hatte, wusste er – aber nicht, dass sie schwarz war. Damit wollte sie den Besucher überraschen, ihn auf die Probe stellen. Nicht Helen, sondern die kleine Annabell, weißgekleidet, durfte dem Besucher die Tür öffnen. Auf sie also fiel das Auge des Besuchers zuerst – und er konnte, entzückt, bei diesem Anblick nicht an sich halten:

"Schau an, eine Prinzessin! Eine kleine, schwarze Prinzessin!"

Darauf stieß das Kind einen markerschütternden Schrei aus, rannte ins Kinderzimmer, schlug die Tür hinter sich zu und hämmerte verzweifelt mit ihren kleinen Fäusten dagegen. Und der Gast, sprachlos, entsetzt, ergriff, ohne auch nur den Mantel abzulegen, die Flucht.

Helen gelang es nicht, das Kind durch Zureden zu beruhigen. Es hatte sich verbarrikadiert. Seine wilden Schreie alarmierten sämtliche grade im Haus weilenden Mitbewohner. Sie riefen die Polizei. Als die Polizisten anrückten, waren die Schreie verstummt und die Mutter, Helen, erklärte beruhigend, alles sei wieder gut. Das Kind habe eben manchmal, wenn etwas nicht nach seinem Kopf ginge, solche Anfälle. Aber der Kinderarzt habe ihr versichert, das wachse sich aus. Sie danke ihnen vielmals und werde sich bei allen Mietern im Haus für die unliebsame Störung entschuldigen.

Das Luiserl, als Hauseigentümer, erfuhr umgehend davon, aber niemand konnte ihm sagen und erst recht nicht erklären, warum das Kind einen solchen Ausbruch gehabt hatte. Den beunruhigten Mietern diente er wochenlang zum Gespräch. Zumal die Mutter der kleinen Missetäterin nicht etwa persönlich die Runde von Tür zu Tür machte, sondern bloß jedem Mitbewohner einen Zettel mit kurzer Bitte um Entschuldigung in den Briefkasten warf.

Von der Mutter, von Helen würde das Luiserl sicher erst recht keine Erklärung für den Grund von Annabells harscher Ablehnung bekommen. So fragte er sie gar nicht erst, sondern bat das Evchen um Rat. Die wiederum verwies ihn gleich an die Doro. Aber grade der Doro neidete er im Stillen die ihr von Annabell geschenkte Zuneigung und das Vertrauen so sehr. Warum ihr? grade ihr? und nur ihr? Förmlich gestohlen hatte sie ihm die Zuneigung Annabells! Wie konnte er sie da noch um Rat fragen? Er litt. Mehr als er jemals unter Bimbos Verschwinden gelitten hatte, litt er jetzt unter Annabells Verachtung. Eine unbegreifliche, eine große Liebe – und keine Resonanz.

Auch die Doro zerbrach sich natürlich den Kopf über Annabels Tobsuchtsanfall. Manchmal nahm sie die Annabell nach dem Kindergarten noch für eine Weile in Obhut, wenn die Mama nicht rechtzeitig vom Unterricht zuhause sein konnte. Dabei war sie dann mit ihr allein. Eine Gelegenheit, Annabell zum Reden zu bringen? Noch immer sprach sie kaum ein Wort, schüttelte nur stumm den Kopf oder nickte.

Da stieß die Doro im Internet zufällig auf das Fadenspiel. Nur noch vage erinnerte sie sich aus ihrer Kindheit daran. Es war uralt, "so alt wie die Menschheit", überall in der Welt verbreitet, bis hin zu den letzten Eingeborenen – und faszinierend. Ein Spiel, über das man lange nachdenken konnte. Aus nichts als einer langen, an den Enden verknüpften Schnur oder Kordel bestehend, wurde es um die beiden auseinandergehaltenen, gespreizten Hände geschlungen, bildete dann zwei lange, parallele Bahnen. Wer es beherrschte, indem er mit Zeige-, Mittel- und Ringfinger die beiden Bahnen kreuz und quer miteinander verband, ineinander flocht, übereinander hob, untereinander durchzog, der ließ aus einem einfachen Strick die erstaunlichsten geometrischen Faden-Gebilde entstehen.

Als Höhepunkt gab es noch ein besonderes Kunststück, geheimnisvoll, rätselhaft. Wusch! Ein dickes, absolut unauflösbar scheinendes Fadenknäuel löste sich blitzschnell auf, war plötzlich wieder ein langer, gerader Faden. Zauberei!
Es gebe tausend Fadenspiele, hieß es, ganz einfache und hoch komplizierte.

Sobald die Doro fingerfertig mit zwei, drei einfachen Spielen wieder vertraut war, wollte sie auch Annabell in die Mysterien des Fadenspiels einweihen. Indes – die Doro dachte weiter: würde sie damit dem Kind wieder ein Stückchen näherkommen? Würde es sich dann vielleicht öffnen? Über all das sprechen, was es bisher in Schweigen begrub? Schmerz? Angst? Was war dem Kind in der Vergangenheit angetan worden? Annabell darüber hinwegzuhelfen, sie zu trösten – was für ein Mittel könnte es dafür geben?

Wäre vielleicht gerade dies anfangs so einfache und dann immer geheimnisvoller, komplexer werdende Fadenspiel ein ganz klein wenig heilsam für ihre verwundete Seele? Durch seine Vielfalt, aber auch durch das Selbstbewusstsein, den Stolz, wenn man ein neues Fadenbild nicht einem Buch ablernte, sondern selber erfand?

Und überdies: Wozu diente ein Faden – ein Strick, ein Seil, eine Kordel, eine Schnur? Doch nicht nur zum Fesseln, Ersticken, Erwürgen, Erhängen! Nein!

Einmal taugte vor Zeiten ein einziger, dünner, seidener Faden als Führer, Begleiter, Weg-Zeiger, Retter!

„*Unbedingt* muss ich der Annabell *die Geschichte von Theseus, Ariadne und dem Labyrinth des Minotaurus* erzählen! Im Internet sind unzählige Labyrinthe abgebildet, in denen man sich mit dem Zeigefinger lustvoll verirren kann. Einst lauerte zuinnerst in einem meisterhaft ersonnenen Ur-Labyrinth das menschenfressende Ungeheuer Minotaurus – halb Mensch, halb Stier – auf seine Opfer. Aber selbst Theseus, der furchtlose Held, der das Untier besiegte, hätte niemals den Weg hinaus aus dem tödlichen Irrgarten gefunden, wäre, wie all seine Vorgänger, im Labyrinth verdurstet, verhungert – hätte ihn nicht ein dünner Faden zum Ausgang geleitet.

Wer aber gab Theseus den rettenden Faden mit auf den Weg?

Die Königstochter! Ariadne! Eine Prinzessin!"

Das wird Annabell gefallen."

Und so kam es. Annabell war vom Ariadne-Faden ebenso tief beeindruckt wie von der Vielfalt der Labyrinthe im Internet. Eine kostbare Geschichte. Sie sollte Annabell, wünschte die Doro, durchs Leben begleiten: ein unvergessliches Gleichnis. Auf dass stets ein symbolischer Faden für sie zur Hand wäre, um sie aus allen labyrinthischen Irrungen und Wirrungen zu retten.

„Ja, Annabell", dachte sie, „wenn es das doch gäbe!"

Jetzt war die Annabell besonders neugierig auf das Fadenspiel. Stellte sich auch recht geschickt an. Die Doro war richtig stolz über dies Gelingen.

Es war ihr erster, wirklicher Erfolg bei diesem merkwürdigen Kind!

Den wollte sie nun doch im Gespräch mit dem Luiserl so richtig auskosten – möglichst bald, am besten sofort.

Aber dem Luiserl passte an diesem Tag und zu dieser Stunde eine Zusammenkunft mit der Doro überhaupt nicht.

Er hatte soeben wieder einmal eine jener Selbstbefragungen absolviert, welche nur immer zum gleich unerfreulichen Ergebnis führten: er sei eben ein Garnichts, nur Luft für die übrige Menschheit. Das war keine Depression, keine wirkliche Krankheit. Aber er hatte sich schon – und dies mit wahrhaft virtuoser Vorstellungskraft – in eine so erstaunliche Vielfalt von Versager-, Verlierer- und Nichtskönner-Rollen verrannt, dass sie, wie so viele menschliche Narreteien, von ihrem Urheber nicht mehr zu trennen waren: verursacht von einem imaginären, seelisch-geistigen Virus. Unheilbar?

Das Verquere, Abnorme daran: Er griff immer gleich nach den Sternen, wäre von vornherein gerne ein *Könner,* etwas Besonderes halt, gewesen: ein Komponist etwa, ein Philosoph – oder am Ende vielleicht ein Schriftsteller sogar … ? Träume! Er konnte nicht einmal Noten lesen, hatte weder von Komposition noch von Philosophie die leiseste Ahnung – und erwiesenermaßen ebenso wenig von der Dichtkunst. Nur in seiner Not hatte er sich auf die Schriftstellerei eingelassen, die ihm die Doro aufgeschwatzt hatte.. Deshalb würde er auch in Zukunft die Strapazen des Bücherschreibens, die sich ja wiederum nur auf den Bimbo bezogen, zutiefst verabscheuen. Trotzdem hatte er sich brav ein Paket Schreibpapier besorgt, sich vor den Computer gesetzt und auf eine Eingebung gewartet – ohne dass ihm bis jetzt auch nur ein einziger Satz eingefallen wäre. So nämlich sah es in Wirklichkeit mit ihm aus!

Im nächsten, einem heroischen Augenblick, ging dem Luiserl plötzlich ein Licht auf – ähnlich der Porno-Idee, die wie ein Blitz vor kurzem die Doro erleuchtet hatte – und er begriff: er, der ewige Versager, hatte keine Schuld, er war ja genetisch unveränderbar festgelegt! Erst wenn er endlich seine notorischen Unzulänglichkeiten akzeptierte und nichts anderes mehr sein wollte als das, was er nun einmal war: der geborene Trottel, käme er mit diesem fatalen Ego auf die Dauer in Frieden zurecht.

Eines allerdings wollte er doch noch wissen:

"Bin ich denn immer schon so ein Trottel gewesen? Zeitlebens? Dem Onkel Ferdi war ich doch gut zwanzig Jahre ein Helfer. Er hat mich gebraucht, gelobt, mir alles anvertraut, Geld und Gut und sogar das Manuskript, an dem er gerade schrieb – ich durfte drin rumredigieren, so viel ich nur wollte. Ich war ihm in allen Dingen ein echter *Gehilfe*. Ich bin nur für mich allein ein Nichts, weil es halt es keinen Ferdi mehr für mich gibt.

Ich brauche also immer jemand wie ihn, für den ich Gehilfe sein kann! Und der oder die muss keineswegs so dick und rund und mächtig sein wie der Ferdi, es könnte auch eine ganz kleine Person sein, nicht einmal eine weiße – sogar eine wilde kleine Afrikanerin würde mir passen. Wäre ich ihr Gehilfe, verschwände der Trottel und es käme vielleicht, wie ehedem beim Onkel Ferdi, ein wieder mit sich selbst einvernehmliches Luiserl zum Vorschein? Ach. wie er sich danach sehnte! Annabell! Annabell!

Die vielen mysteriösen Telefonanrufe der vergangenen Wochen, deren Anrufer sich mit keinem Hauch zu erkennen gab – fügten sie sich nicht ebenfalls in diese erfreuliche Vision? Bisher hatten sie ihn von Mal zu Mal immer mehr irritiert. Jetzt aber fragte sich das Luiserl: appellierte vielleicht eine geheimnisvoll höhere Stelle wortlos an ihn, auch er sei ein durchaus respektables Wesen, das eben nur einer gewissen Anleitung bedürfe. Glücklicherweise hatte er das ja soeben auch selber kapiert!

Und deshalb hatte er jetzt auch für die Doro keine Zeit, sondern musste dringend zum Einkaufen in die Stadt. Als er zurückkam, wartete die Doro noch immer stoisch auf ihn.

"War das jetzt so wichtig, dass du mich hier eine Ewigkeit sitzen ließest?"

"Ach, Doro, es war mir überaus wichtig wegen Annabell. Ich wollte eine Schildkröte für sie kaufen. Aber ich komme mit leeren Händen zurück."

"Luiserl, bist du verrückt? Erst eine Flöte, jetzt eine Schildkröte? Was soll denn ein kleines Mädchen mit einer Schildkröte anfangen? Die keinen Laut von sich gibt und zu der man auch keine Beziehung haben kann. Nein, was hast du dir bloß dabei gedacht?"

"Erinnerst du dich nicht an die Schildkröte, die mir der Onkel Ferdi geschenkt hat, als ich so fünf, sechs Jahre alt war? Mein Karlchen? Ich habe ihn heiß geliebt. Natürlich konnte Karlchen nicht reden. Aber zuhören konnte er! Alles Leid, alle Freuden meiner Kindertage habe ich ihm erzählt.

Draußen in unserm kleinen Garten ist er einige Sommer unermüdlich umhergewandert und hat sich an unserem Blumenbeet sattgefressen. Oft flogen im Herbst diese unseligen Rabenvögel herzu, die bei uns überwintern. Sie versuchten, das wehrlose Karlchen auf den Rücken zu drehen, um an seine Weichteile zu kommen. Rechtzeitig haben wir sie aber immer verscheucht. Eines Tages fanden wir ihn dann doch auf dem Rücken, leblos, zerhackt. Wir brachten ihn noch zum Tierarzt – aber er war nicht mehr zu retten. Eine letzte Spritze beendete sein Leiden. Mit vielen Tränen habe ich mein Karlchen begraben."

"Nun gut. Aber warum hast du für Annabell dann doch keine Schildkröte gekauft?"

"Weil sie keinen Garten hat. Sie wohnt ja im zweiten Obergeschoss. Das hätte mir auch schon früher einfallen können! Ich stand schon an der Kasse. Ach, Doro, ich bin und bleibe halt ein Versager."

Angesichts seines Elends behielt die Doro ihren Erfolg mit dem Fadenspiel lieber für sich.

Nach wie vor erwies sich das Evchen als sensible Trostspenderin.

"Evchen, ich will dieses Kind retten. Ehe es zu spät ist, denn es ist fast schon zu spät! Wenn sie so, wie sie ist, demnächst eingeschult wird, dann ist sie verloren. Ihre Klasse stampft sie in Grund und Boden."

"Luiserl", sagte das Evchen, "auch wir machen uns Sorgen. Keinen von uns hat die Annabell akzeptiert und niemand versteht, warum die Annabell so garstig mit dir und auch mit mir, nur nicht mit der Doro ist – sogar mit ihrer Mama. Vielleicht habe ich eine Ahnung? Ich glaube, sie erträgt es einfach nicht, dass sie als einzige schwarz ist und wir anderen alle weiß. Beziehungsweise" – das Evchen nahm schon im ersten Jura-Semester eine leicht akademische Sprechweise an – "sie wird viel zu oft und kein bisschen einfühlsam von wildfremden Menschen auf ihre Hautfarbe angesprochen. Sie schaut ja wirklich aus wie eine kleine Prinzessin. Nur die dummen Leute respektieren das nicht:

'Ach, was für eine besonders hübsche kleine Schwarze!'

Sie zücken einfach ihr Handy und machen ein schnelles Foto von ihr. So habe ich's auf meinen Spaziergängen oft mit ihr erlebt. Die Annabell hat nur noch geweint und sich ein Tuch, einen Schal übers Gesicht gezogen.

Zum Sandkasten will sie schon gar nicht mehr hin, da quatschen sich die Mütter den Mund fasrig über sie.

Dass sie als Farbige zur Welt kam, dafür gibt sie ihrer *Mama* die Schuld,. *Uns* kann sie nicht leiden, weil wir weiß und nicht farbig sind. Wir können ja nichts für unser Weiß, und sie kann nichts für ihr Schwarz. Dabei ist sie ein so bezauberndes Geschöpf. Ich mag sie. Aber helfen kann ich ihr nicht."

Und dann hatte das Evchen doch eine Idee.

"Was wurde eigentlich aus deiner Flöte, die du ihr gleich am allerersten Tag geschenkt hast? Weißt du, einer allein fängt mit einer Flöte nichts an. Kauf doch – wenn nicht gleich ein Klavier, dann wenigstens einen Klavierersatz, ein Keyboard. Das wird hin und wieder auch auf Flohmärkten angeboten. Dann würdet ihr zusammen spielen, das gäbe schon einen Zweiklang, eine Harmonie. Und Harmonie, Luiserl, genau das wollen wir ihr doch beibringen, der Annabell."

"Evchen! Ich kaufe doch nichts auf dem Flohmarkt! Und schon gar nicht für Annabell!"

"Ach Luiserl, du hast keine Ahnung vom wirklichen Leben! Auf einem Flohmarkt könnten wir alle miteinander danach stöbern: du, ich und die Annabell! Und es wäre doch wunderbar und romantisch, wenn wir wirklich auf dem Flohmarkt ein Keyboard fänden!

Demnächst käme dann die Annabell mit ihrer Flöte zu dir. Du würdest ihr zuerst auf dem Keyboard eine einfache Melodie vorspielen, danach auf der Flöte. Wer weiß, vielleicht mag sie Musik? ist sogar musikalisch? Und dann lässt du sie probieren, Zeigst ihr, wie man Blockflöte spielt. Wie man atmet. sie ansetzt und so, du weißt schon. Und wenn du willst, ich besitze noch immer mein Instrument aus der Schulzeit und sogar Notenhefte mit Stückchen für die Blockflöte. Ich könnte dir ein bisschen helfen, dir vor allem Noten beibringen. Weil ohne Noten geht gar nichts! Was meinst du? Damals, als du die Flöte für Annabell gekauft hast, musst du dir doch irgend etwas Gescheites dabei gedacht haben, Luiserl?"

Für das Luiserl bot sich eine ferne Vision: Vielleicht könnten sie eines Tages zusammen sogar im Trio spielen? Und wenn es nur "Alle meine Entchen ... " wäre! Auch "Alle meine Entchen" war ja Musik, wenn auch nur eine sehr einfache – eigentlich nur eine Melodie. Und selbst jene fünf simplen Noten hatten damals wie ein Zauber auf die widerborstige kleine Annabell gewirkt. Sie hatte ihre Händchen ausgestreckt, um die Flöte bittend, ja, sie fordernd - und sich mit ihr in einen Winkel verkrochen.

Der Spaziergang auf dem nächsten Flohmarkt wurde zum Fest! Selbst das anfangs noch etwas mürrische Luiserl taute auf. Und erst die Annabell! Sie staunte, rannte hierhin und dorthin, befühlte einen Zylinderhut, eine Trompete – und schließlich begann sie zur Musik einer von irgendwoher erklingenden Jahrmarktsorgel zu tanzen. Wiegte sich, drehte sich, knickste, trat ein paar Tanzschritte vor und zurück, nach rechts und nach links, verbeugte sich, breitete ihre Arme aus, sank anmutig zu Boden. Die Leute um sie herum blieben stehen, traten zurück, bildeten einen Kreis, lächelten, freuten sich, zum Schluss klatschten einige, und dann klatschten alle, die grade vorbeikamen.

Und Annabell? Genierte sie sich? Ängstigte sie sich? Fühlte sie sich ihrer Hautfarbe wegen diskriminiert? Nein, sie lächelte, knickste noch einmal, kehrte zu Luiserl und Evchen zurück und zog mit den beiden weiter.

Unmittelbar danach kehrte das Luiserl – beseligt, berauscht, taumelnd vor Glück – mit Evchen und Annabell von ihrem Ausflug nach Hause zurück. Auch wenn sie kein Keyboard gefunden hatten – auf diesem Flohmarkt und am heutigen Tag hatte sich mit ihrem Problemkind ein Wunder ereignet! Einen Augenblick lang hatte das Luiserl geglaubt, er sähe Bimbo vor sich: mit der gleichen Anmut wie damals *er*, so hatte heute Annabell, seine Tochter, ihre Tanzschritte gemacht, mit demselben Lächeln war sie nach einem höflichen Knicks in die Knie gesunken.

"Ich träume", hatte das Luiserl gedacht. "Ich träume!"

Zuhause angekommen, sagte das Evchen ganz versonnen, so, als wäre sie mit sich allein und keiner hörte ihr zu:

"Ach, wenn wir doch heiraten könnten – du, Luiserl und ich – und die Annabell gehörte zu uns, für immer ... Ach, wär' das schön!"

Das Kind rief aus:

"Sag ja, Luiserl, sag ja! Bitte! Bitte!"

Das Luiserl nahm beide in die Arme:

"Ich bin nicht der richtige Mann für dich, Evchen, du weißt es – und dich, süße Annabell, gibt deine Mama niemals her. Aber wir können Freunde sein, drei Freunde, drei aller-, allerbeste Freunde! Einverstanden? Annabell?

Evchen?"

Er ließ sie los, malte einen Kreis in die Luft, sagte:
"Jetzt fassen wir uns an und geloben feierlich:
Freunde wollen wir sein, Freunde, jawohl! Das hält vor fürs ganze Leben!"

Und – als wäre das ein Zauberspruch – verwandelte sich von diesem Tag an die kleine Annabell. Wenn sie bislang durch ihr Äußeres auffiel und man ein ausnehmend hübsches, schwarzes, aber tief in sich verschlossenes, mürrisch abweisendes Kind vor sich hatte, so begegnete man jetzt einer lebhaften, wenngleich immer noch farbigen, jedoch glücklichen, teilnehmenden, ihrer Umgebung zugewandten, strahlenden Annabell.

Die Doro staunte nur so, genau wie Helen, die Mama.

Das Luiserl hingegen wusste von da an, er hatte eine Bestimmung. Eine Bestimmung, die ihm seither gefehlt, wonach er sich so verzweifelt gesehnt hatte – ohne genau zu wissen, was er unter einer Bestimmung verstand.

Seine Bestimmung, das wusste er jetzt, war Annabell.

Er würde für sie da sein, ihr eine Bahn ins Leben bereiten, sie stark machen. Es beseelte ihn ein adventliches Gefühl: Annabell war endlich angekommen in seinem Leben!

Wie sonderbar! So lange hatte er mit sich gerungen, praktisch seit Onkel Ferdis Tod. Wozu er überhaupt auf der Welt sei? Jetzt wusste er es: zu etwas berufen würde sich einer wie *er* niemals fühlen, nein. Berufen wurde man zu etwas Größerem, etwas richtig Großem. Zum Staatsmann, zum Geistlichen, zum Ordensbruder – er, das Luiserl doch nicht! Er war nur einfach zu etwas bestimmt. Das war viel weniger als eine Berufung, aber viel mehr als ein bloßer Beruf, eine Ausbildung, eine Arbeit. Über ihn hatte eine höhere Instanz verfügt, ihn für diesen und keinen anderen Platz bestimmt. Und wie geeignet er dafür war, das wollte er jetzt beweisen, mehr wurde nicht von ihm verlangt. Das war wenig und war doch sehr viel. Nein, ihm war es *Alles*! Die reine Seligkeit.

Die Doro sagte:
"Sie wird natürlich nicht immer deine kleine Prinzessin bleiben, die du verwöhnen kannst!"
"Natürlich nicht! Ich will sie auch gar nicht verwöhnen, ich will sehen, was in ihr steckt."

"Weißt du, Luiserl, es steckt ja in manchem eine ganze Menge – nur kommt es dann doch nie ans Licht, ist bloß so ein Traum. Ich zum Beispiel hab' einen Roman schreiben wollen, keinen normalen wie den unsren, sondern pure Pornographie. Hättest du das von mir gedacht, Luiserl?"

"Gewiss nicht, Doro!" sagte das Luiserl nach einigem Schweigen, ganz benommen, denn das war ja nun wirklich kaum zu verkraften. Die Doro und Pornographie! Aber dann überkam es ihn:

"Doro! Recht hast du! Schreib' so was, schreib' es! Wir sind ja alle total verklemmt. Du – und ich sowieso!"

"Ist das dein Ernst, Luiserl?"

"Mein heiliger! Das wird dir gut tun. Doro. Weil du es im richtigen Leben nicht gehabt hast, holst du es jetzt, im Nachhinein, einfach schwarz auf weiß nach. Raus muss es, dann bist du befreit!"

"Woher weißt denn grad' du auf einmal so was? Du bist doch immer ein ganz Braver gewesen. Schon damals in der Schule – und später in Beruf und Arbeit erst recht. Und jetzt redest du so ruchlos daher?"

"Ja, Doro, es ist auch nur seit wir auf dem Flohmarkt waren und die Annabell vor allen Leuten getanzt hat, wie damals der Bimbo – da hab' ich plötzlich begriffen: ich lebe ein ganz falsches, verdrucktes Leben und wäre viel lieber frei und würde mich ebenfalls tanzen trauen, wie die Annabell – symbolisch, verstehst du. Für dich, Doro, wäre das Tanzen zum Beispiel wie das Schreiben deines pornographischen Buchs. Tanzen – das bedeutet für jeden Menschen etwas ganz Eigenes, er muss es nur für sich herausfinden. Und das kann ziemlich kompliziert sein, glaub mir."

"Und was steckt in dir, Luiserl? Hast du es schon entdeckt?"

"Ich mein' fast ja, Doro. Erst vor kurzem. Nämlich, dass ich im Leben ein Zuschauer bin, kein Mitspieler – bloß ein Zuschauer halt. Das tut am Anfang ein wenig weh – denn jeder meint doch, er muss eine saftige Rolle kriegen. Und *wie* ich darum gekämpft hab'! Unbedingt wollte ich mitspielen, am liebsten gleich ein Star sein. Auftreten, meinen Text runterbeten, auf der Bühne rumstolzieren, mich am Schluss verbeugen und mich am Applaus besaufen.

Jetzt weiß ich, mein Platz ist unten im Zuschauerraum, im Dunkeln. Und oben im Scheinwerferlicht, da tanzt Annabell! Und alle jubeln ihr zu.

Glaub' mir, seitdem ich das begriffen hab', geht's mir gut!

"Dir wird's auch besser gehen, wenn du endlich zu schreiben anfängst, Doro!"

"Aber genau das ist ja die Kalamität. Ich kriege den ersten Satz nicht hin. Und weißt du, was das bedeutet? Natürlich weißt du's, hast lang genug beim Ferdi nebenher geschriftstellert, wenn du es auch nicht zugibst. Das bedeutet: Ich kann es eigentlich gleich bleiben lassen. Wer keinen anständigen ersten Satz fertigbringt, der beherrscht sein Handwerk nicht, der ist ein Stümper – oder ich, eine Stümperin.

Mit sechzig bin ich aus dem Schuldienst raus, hab' mich pensionieren lassen. Und jetzt will ich endlich was tun, einen Porno schreiben – und da fällt mir nichts ein? Warum wohl? Kann mir ja gar nichts einfallen! Hab' ja nie was dergleichen erlebt! Bin sozusagen eine ewige Jungfrau, wenn nicht ganz, so doch beinahe!"

"Ja, Doro, da hast du doch schon deinen Leitfaden! Daraus machst du jetzt deinen ersten Satz. Lass erst die ewige Jungfrau tief, ganz tief in dich einsinken, – und auf einmal, glaub' mir, vielleicht erst nach Tagen, taucht sie aus dir wieder auf wie ein versunkener Schatz aus einem tiefen, tiefen, dunklen Gewässer – und da hast du ihn, deinen ersten Satz, auch wenn er nur aus zwei, drei oder fünf Worten besteht, aber er reißt einen gleich mitten hinein in die Geschichte!"

Die Doro, vollkommen hingerissen, sprang auf:

"Luiserl, in dir steckt viel mehr als ein Zuschauer da unten im Dunkeln. Das hast du grad eben mit deinem Vorschlag bewiesen. Du willst es nur einfach nicht wahrhaben! Du hast mir wirklich geholfen – ich geh und vielleicht schaff' ich's jetzt doch noch? Wenigstens will ich's noch einmal versuchen!"ˣ

Sie verabschiedete sich in größter Eile.

"Gottseidank hat sie mich nicht nach einer Fortsetzung zu unserm Bimbo-Buch gefragt. In dieser Familie, so hat es den Anschein, bricht das Bücherschreiben wie eine Seuche aus! Im Ersten-Satz-Erfinden war der Onkel Ferdi tatsächlich ein Meister. Vielleicht verdankte er den Erfolg seiner Romane zum Teil auch diesem besonderen Talent? Man las immer gleich weiter, konnte gar nicht mehr aufhören, obgleich es nur Unterhaltung war. Aber was heißt "nur"? Davon lebe ich heute sorglos und kann mich ganz meiner Bestimmung hingeben: die Seele Annabells zu behüten. Die Doro hat ja mit ihrem Fadenspiel und dem drumherum geflochtenen, mythologischen

Gedankengespinst schon versucht, die kleine Annabell sacht in die höheren Gefilde der "Bildung" zu locken. "Bildung", die der Doro so unendlich viel, wenn nicht alles bedeutet. Und dazu kommt jetzt noch die Pornographie. Welch eine Mischung!"

Ihn, das Luiserl. kümmerte die "Bildung" weniger. Für die Annabell war es ihm dazu viel zu früh. Er konnte vor allem so schnell nicht vergessen, wie sie noch vor ganz wenigen Tagen ein fast unerträglich widerspenstiges Geschöpf gewesen war – und er wappnete sich im Stillen gegen einen unliebsamen Rückfall. Aber nichts dergleichen geschah. Auch revoltierte die Annabell nicht, als ihr die Mama eröffnete, sie würde demnächst heiraten – und zwar eben jenen Unglückseligen, der damals mit seiner ungeschickten Bemerkung ihre schreckliche Wut herausgefordert hatte. Annabell nahm es mit Geduld auf, begab sich nach nebenan zum Luiserl und sagte nur:

"Wir heiraten. Du kennst ihn, den Elmar. Aber ich habe ja dich, Luiserl, du gehörst mir und wir sind Freunde – auf ewig, nicht wahr?"

Das Luiserl rief sofort bei der Helen an, übermittelte seine Glückwünsche und kündigte der Braut an, sie möge jenes exquisite Gewand – wenn sie es zur Hochzeit tragen wolle – rechtzeitig zur Anprobe bei ihm abholen, damit sie es bei Bedarf auf ihre Maße verändern könne. Er hatte sich dies Angebot wohl überlegt. Ihm war bewusst: das war ein entscheidender Schritt, von symbolischer Bedeutung – und es gehörte Mut für die Braut und auch für ihn dazu. Helen nahm das Angebot an. Sie würde in diesem Gewand selbstbewusst über die Erinnerung an ihre Vergangenheit triumphieren – für das Luiserl wäre es ein bittersüßes Adieu.

Es wurde eine wunderschöne, große, durch nichts getrübte Hochzeit, denn Helen hatte schon viele Freunde in ihrer Ausbildungszeit gewonnen. Es fiel nur ein einziger Schatten auf das Fest, von dem außer dem Luiserl niemand etwas bemerkte. Am Vorabend des Hochzeitstages hatte er, nach langer Pause, wieder einmal einen anonymen Anruf bekommen. Lange hatte er, wie immer, dem Schweigen gelauscht.

Dann sagte plötzlich eine unvergessene Stimme – böse, drohend: "Trau dich nicht! Wehe, du traust dich!" Der Hörer wurde aufgelegt.

Damit erwies sich die "Höhere Stelle", die sich das Luiserl als Anrufer eingebildet hatte, als durchaus irdische Person. Als jener Mensch nämlich, nach dem er sich so lange gesehnt, den er verzweifelt für immer verloren geglaubt hatte: Bimbo. Was er nicht ahnte: unabwendbar, doch weiterhin unsichtbar würde er von jetzt an immer wieder Einfluss auf Luiserls Schicksal nehmen. Die ominösen Anrufe waren nur der Auftakt.

Das Luiserl begriff bald: er musste sich fürchten. Der Anonymus am Telephon, Bimbo – wo verbarg er sich? Irgendwo in der Nähe? Beobachtete und bedrohte er ihn und mit ihm alle die Seinen? Am meisten gefährdet war sicher die Annabell: das Faustpfand einer möglichen Entführung?

Nach der Hochzeitsfeier brachte das Luiserl das Traumkleid zur Reinigung, um es anschließend wieder der Puppe anzuziehen Vielleicht würde sogar später einmal die Annabell darin heiraten? Aber als er es abholen wollte, war das Kleid verschwunden: man hatte es einem Unbekannten ausgehändigt, der die Rechnung bezahlt und glaubwürdig vorgegeben hatte, der Kontrollzettel sei im Trubel der Feierlichkeiten verlegt worden. Kurz darauf erhielt das Luiserl mit der Post ein aus der kostbaren Robe geschnittenes Stück. Dazu ein paar Zeilen:

"*Ich* bin die Braut, nur *Ich*. Du hast mein Brautkleid geschändet! Verräter!"

Also nicht das Kind, das Kleid wurde entführt – wenigstens nur das Kleid! Und wurde für immer zerstört.

Wusste der Bimbo überhaupt, dass er eine Tochter hatte?

Das Luiserl verschwieg den Verlust. Die Puppe schaffte er weg, schweren Herzens.

Im Herbst begann für das Luiserl eine herrliche Zeit. Annabell wurde eingeschult. Frühmorgens begleitete er Annabell zur Schule, mittags holte er sie von dort wieder ab und ließ sich auf dem Heimweg erzählen, was heute alles gelernt worden war und was der Annabell so durch den Kopf schwirrte. Mittagessen gab es sowieso beim Luiserl, weil Helen ganztägig inzwischen berufstätig war. Die Hausaufgaben absolvierten die beiden dann mehr oder weniger gemeinsam. Jedes Wochenende verbrachten sie miteinander, unternahmen eine kleine Wanderung, gingen in den Zoo, ins Kino, ins Kindertheater, winters zum Schlittschuhlaufen, sommers an die grüne Isar. Und Sonntags führte er sie – nur zum Anschauen – manchmal in eine der wunderbaren alten Kirchen inner- und außerhalb der Stadt. Immer von

Samstag auf Sonntag übernachtete Annabell beim Luiserl. Das bedeutete jedes Mal ein spätes Zubettgehen, dann wurde vorgelesen, so lang, dass der Annabell und zuletzt sogar dem Luiserl lang vor dem Ende der Geschichte die Augen zufielen.

Für Annabell eine ungetrübte Grundschulzeit in heiterem Frieden, für das Luiserl die vier glücklichsten Jahre seines Lebens! Er durfte, was er als Kind hatte entbehren müssen: selbst wieder Kind sein. Seine eigene Kindheit nachholen, die überschattet gewesen war von den frühen Berufsjahren des alleinerziehenden Onkels. Der musste schreiben, schreiben, schreiben, um sich und das Luiserl durchzubringen – bis er sich endlich, nach Jahren, einen Ruf, ein Gesicht, einen Namen erschrieben hatte. Für kindliche Lustbarkeiten hatte er weder Mittel noch Zeit. Es waren für alle beide schwierige Jahre. Der Onkel erlaubte sich dafür hin und wieder eine kleine Extravaganz. Zum Beispiel verdankte der Luis ihm seinen neuen Namen, er wurde zum Luiserl. Vielleicht war das eine merkwürdige, homoerotische Variante, die auszuleben der Onkel Ferdi selbst in diesen Anfangsjahren absolut keine Muße fand? Auch in seinen Romanstoffen ging er manchmal mit solchen Nuancen so haarscharf an Doppeldeutigkeiten vorbei, dass ihm grade noch kein diesbezüglicher Vorwurf gemacht werden konnte – auch nicht von seinen kritischsten Kritikern.

Sämtliche Familienmitglieder waren in diesen vier Jahren mit sich selber beschäftigt: die Doro mit ihrem Porno-Projekt, das Evchen arbeitete sich durch die Jurisprudenz, und Helen versuchte sich seit dem letzten Jahr mit einem eigenen kleinen Modeatelier als Schneidermeisterin, wobei ihr bei Bedarf die Doro als Aushilfskraft zur Seite stand.

Nach dem allerletzten Grundschultag, an ihrem zehnten Geburtstag stellte Annabell zum ersten Mal jene Frage, vor der sich das Luiserl schon lange fürchtete.

"Du bist mein allerbester Freund, Luiserl – und ich wollte, du wärst auch mein Papa. Ich weiß ja gar nicht, wer mein Papa ist – aber wenn du es weißt, sag' es mir, bitte!"

Sie schaute ihn flehentlich an, es zerriss ihm das Herz. Dass sie schwarz war und ihr Vater ein Afrikaner, damit hatte sie sich lange genug gequält. Doch jetzt wollte sie wissen: wie war er? Was für ein Mensch? Gut oder böse? Und vor allem: Warum versuchte er nie, seine Tochter Annabell kennenzulernen?

Was sollte das Luiserl da antworten? Ihr Vater, der sie gezeugt, der ihre schwangere Mutter schnöde verlassen und sich bis zum heutigen Tag nie um sein Kind gekümmert hatte, auch für ihn war dieser Bimbo doch vollkommen anonym. Er wusste weder seinen richtigen Namen, noch wie alt er war, wo geboren, wo und wovon er lebte. Er wusste im Grunde nichts von ihm, gar nichts! Konnte er da nicht guten Gewissens behaupten, er habe keine Ahnung von Annabells Vater? Darauf redete er sich dann auch hilflos hinaus.

In diesem Augenblick ging durch das tiefe Vertrauen, das die ganzen Jahre ihre Freundschaft beseelt hatte, ein Riss: Annabell glaubte ihm nicht! Sie war überzeugt, dass er sie belog. Der Riss würde sich vertiefen.

Anfangs hatte seine Liebe schwer unter Annnabells Aggressionen gelitten, bis ihm die ihre wie durch ein Wunder auf dem Flohmarkt zufiel. Es folgten die vier wundervollen Grundschuljahre – die, soeben in ein unheilbares, wenn auch unausgesprochenes Zerwürfnis mündeten. Sie waren nun nicht nur beendet, sondern im Nachhinein durch seine Lüge beschädigt.

Dabei liebte er dieses Kind doch so sehr, vom Tag ihrer Ankunft an, als er vor ihr kniete, sie umarmte und sie ihn mit ihren Füßen wegstieß. Mehr als man ein Kind liebt, liebte er sie – oder jedenfalls anders. Auch er selber begriff das inzwischen.

"Sie weiß gar nicht, was sie mir bedeutet. Aber weiß ich es? Sie ist ja noch ein Kind ... Ich habe mich in diese Liebe verirrt, mich darin verloren. Ich will auch gar nicht mehr aus ihr herausfinden. Ich will darin untergehn."

Von jetzt an litt er um beide: um Bimbo nur noch ein wenig, um Annabell zutiefst.

Mit dem Wechsel zum Gymnasium hörte die Schulwegbegleitung ohnehin auf. Annabell bekam mittags ihr Essen in der Schulspeisung – und von gemeinsamen Hausaufgaben war nie mehr die Rede. Der Riss würde auch mit den Jahren nicht heilen, er würde sich nur vertiefen. Das Luiserl büßte seine Lüge schwer.

Wenig bedeutete es ihm dagegen, als Bimbo plötzlich seinen Rachefeldzug fortsetzte. Lange Zeit hatte er ihm nur in unregelmäßigen Abständen einzelne enervierende telephonische Schweigeminuten zukommen lassen.

Das nächste aus dem Brautkleid geschnittene Stück Stoff enthielt wieder ein Beischreiben:

"Du kennst – nein, du kennst natürlich nicht, weil du ein ungebildeter Mensch bist – das Gedicht „Nänie" von Friedrich Schiller.

Seine ersten beiden Zeilen lauten:

'Auch das Schöne muss sterben! Das Menschen und Götter bezwinget.
Nicht die eherne Brust rührt es des stygischen Zeus.'

Ich, der Wilde aus dem Urwald, sende es dir nach und nach zu, siebenfach, immer zwei Zeilen auf einmal. Wenn es dann eines Tages mit seinen vierzehn Zeilen in seiner ganzen Schönheit vor dir liegt, dann weißt du: das Spiel ist aus!"

Ein Schiller-Gedicht! Wer las heute noch Schiller-Gedichte? Überhaupt Gedichte? Aber Lyrik, solche Lyrik, die passte zu Bimbo. Bimbo hatte oft Gedicht-Zeilen vor sich hin gesagt, erinnerte sich das Luiserl. Bimbo liebte Gedichte, deutsche Gedichte, er, ein Afrikaner. Über eins war sich das Luiserl inzwischen im Klaren:

"Er hasst mich aus dem gleichen Grund, aus dem einst seine Tochter Annabell mich und mit mir die ganze Welt der Weißen gehasst hat – weil sie nun einmal *beide* schwarz sind und sich von uns Weißen verachtet fühlten. Weil wir angeblich denken, sie kämen direkt aus dem Urwald? und sie wären für uns nicht gut genug? Mein schöner, mein kluger, mein Schiller zitierender Bimbo – glaubst du diesen Nonsense wirklich? Aber du bist ja gar nicht mehr mein Problem."

In seiner Not öffnete er sich wieder einmal dem Evchen mit seiner Trauer um Annabell.

"Ja" sagte sie. "Das habe ich kommen sehen. Du hast die Annabell immer so vorsichtig behandelt, als könnte sie kein bisschen Wind, geschweige denn einen richtigen Sturm vertragen. Und hast sie doch stark machen wollen, Luiserl, für alles Unangenehme, was einem das Leben zumutet! Auch sie selber will stark sein und keine Mimose. Deshalb musstest du ihr die Wahrheit sagen, nichts als die Wahrheit, denn nur die wollte sie hören, sonst hätte sie dich nicht nach ihrem Vater gefragt. Und selbst wenn er ein Dieb, ja, ein Mörder wäre – die Annabell würde es lieber erfahren, als ewig im Ungewissen darüber zu grübeln. Wer ihr den Vater verschweigt, der macht ihn in ihren Augen zum Monstrum. Das und nur das hast du mit deinem

Ausweichen, Abstreiten, Verleugnen erreicht."

Jetzt, da er sich immer weniger und letztlich gar nicht mehr um Annabell kümmern durfte, hatte das Luiserl viel zu viel freie Zeit. So freundete er sich mit Elmar, Helens Ehemann und Annabells Stiefvater an, eine letzte Verbindung zu Annabell. Der sich übrigens als bedachtsamer und angenehmer Mensch erwies: halb Wissenschaftler, halb Hausmann – diese erst im 21. Jahrhundert erfundene, äußerst nützliche Form männlicher Existenz. Aber die Menschheit genderisierte sich ja ohnehin derzeit durch allerlei Geschlechts-Varietäten. Der Neuzugang Elmar war zum Glück völlig normal, er fügte sich ausgezeichnet in die Familie. Auch Annabell vertrug sich mit ihm, nachdem sie probehalber festgestellt hatte, dass er seine zurückhaltende Fürsorge nicht bloß mimte, sondern sie, Annabell, als Person ernst nahm, trotz ihrer pubertären Aufmüpfigkeit. Sie respektierte ihn also – während sie sich fast täglich mit ihrer Mutter lautstark zankte und stritt.

Helens Mann, Achäologe, hatte sich schon früh nebenher mit historischen Kleiderordnungen befasst. Sie wurden sein Lieblingsspielzeug und noch immer hielt er ihnen die Treue. Es freute ihn, dass er im Luiserl einen aufmerksamen Interessenten für diese vielleicht etwas abseitige Spezialität gefunden hatte.

"Bedenken Sie, bei uns heute ist Mode nur noch Ware, beliebig. Aber früher war überall in der Welt die Art und Weise der Bekleidung, der Modus ritualisiert. Die Schamanen der letzten, weltfernen, indigenen Stämme halten sich bis heute an ihre uralten Bekleidungsvorschriften. Für sie ist wie für den Papst in Rom und für den einfachen katholischen Priester überall in der Welt die Bekleidung ein sakraler Gegenstand. – und, Sie wissen ja: sein Gewand ist im wörtlichen Sinne ein Kleid! Er trägt zwar darunter eine lange Hose – aber seine Hülle ist ein fast bis zum Boden reichendes Kleid.

Derzeit, sagte Elmar, beschäftige er sich mit Afrika, das gerade dabei sei, die ganz eigene, wunderbar farbenfrohe Bekleidungs-Tradition seiner verschiedenen Völkerstämme zu europäisieren und damit einen Teil seiner Seele billig an unsern industriellen Warenhausramsch zu verkaufen.

"Jawohl, einen Teil seiner Seele!" bekräftigte Elmar.

"Denn Bekleidung, das ist ursprünglich die zweite Haut des Menschen – und Haut hält den ganzen Menschen zusammen – ist ja keine Wegwerf-Verpackung. Selbst die ärmsten Völker hatten – wenn auch ungeschrieben und mindesten für ihre Hierarchen, – eine zeremonielle Bekleidung: Ornat, Kopfbedeckung, exklusiven Kopf- und Halsschmuck, Haartracht. Auch ein besonders verzierter Stab gehörte dazu, der ihre Macht und Würde versinnbildlichte. In unserm alten Europa gibt's noch die Orden und Ehrenzeichen, die feierlich-symbolischen Gebärden, es kommen die akustischen Ehrenbezeugungen hinzu: der Salut-Schuss, der Trommelwirbel. Dann die schimmernden Blasinstrumente, der rote Teppich, das Abschreiten der Ehrengarde, die Körpersprache der Untergebenen, die sich verbeugen oder sogar niederknien, selbst der Handkuss, der dem Ring des Papstes zusteht – all dies ist Teil majestätisch aufgetakelter Zeremonien – ist "Mode". Man muss es im allerursprünglichsten Sinn so nennen. Es ist der *Modus,* die Art und Weise nämlich, wie die Menschen miteinander leben, sich einander mitteilen, hoch und niedrig unterscheiden, die Obrigkeit ehren und – alles in allem – ihr gegenseitiges Miteinander-Auskommen "modifizieren". Ist "Sprache"! Und wird immer viel mehr sein als "Kleider machen Leute" – nämlich Botschaft, Signal, Zeichen aus Form und Farbe – ja, eigentlich sogar der nach außen tretende Teil ihrer Seele!" Darauf bestand Elmar.

Dem Elmar, dachte das Luiserl, könnte er vielleicht noch am ehesten von Bimbo, Annabells Vater, erzählen, der ihm einst so unendlich viel bedeutet hatte, noch immer viel bedeutete und der ihm jetzt vielleicht den Tod androhte.

Elmar nahm die Geschichte des schicksalhaften Brautkleids und seine Bedeutung nicht nur für das Luiserl, sondern auch für sich als Bräutigam und für Helen als Braut betroffen zur Kenntnis. Ihm schien sofort bewusst, welche verhängnisvolle Rolle dies kostbare Gewand für Bimbo von Anfang an gespielt haben musste. Und weshalb er es nun zerstückelte, es grausam für immer zerstörte und demonstrativ dem Luiserl stückweise zusandte.

Für Bimbo war das Kleid entweiht – durch Helen. Es war ja sein eigenes Brautkleid, nur seins. Niemand sonst hätte es tragen dürfen, schon gar nicht eine Frau – und zuallerletzt Helen, die er treulos verließ – oder vielleicht sogar verstieß?

"Er macht es tot!" sagte Elmar. "Er schlachtet es ab, als Racheopfer auf imaginärem Altar."

Elmar, gemäß seinem besonderen Respekt für jede Art Kleidung und erst recht für ein so zeremonielles Stück wie ein Hochzeitsgewand, versank eine Weile in Gedanken, sah seine schöne junge Braut in der wunderbaren Robe am Hochzeitstag vor sich. Wie traurig, was jetzt mit ihr geschah!

"Sie müssen es sich so vorstellen, Luiserl, das Kleid wurde zu einem Teil von ihm selbst. So weit kann man nämlich gehen mit seiner zweiten Haut, so viel kann sie einem bedeuten, so hoch ist ihr Wert. Deshalb begeht er auch eigentlich keinen Mord, sondern Selbstmord. Er wird nicht Sie, er wird sich selber umbringen. Nach und nach, Stück für Stück hackt er sich erst einen Arm ab – und am Ende reißt er sich das Herz aus dem Leib. Und diesen Todschlag, seinen eigenen Todschlag, begleitet er auch noch mit dem Gedicht 'Nänie' von Schiller. Ein wunderbares Gedicht!

Auch das Schöne muss sterben! Das Menschen und Götter bezwinget" – welch ein Beginn!

Und weiter:

Nicht die eherne Brust rührt es des stygischen Zeus.
Einmal nur erweichte die Liebe den Schattenbeherrscher,
Und an der Schwelle noch, rief er zurück sein Geschenk".

Kennen Sie das Gedicht? Nänie – Totenklage."

Das Luiserl verneinte.

"Drei Tote beweint das Gedicht: zuerst Eurydike. Orpheus darf seine Braut nur dann aus dem Reich der Toten zurückholen, wenn er sich auf dem Rückweg nicht zu ihr umdreht. Als er zurückschaut, verliert er Eurydike für immer.

Ich kopiere Ihnen das Gedicht, es wird Sie beeindrucken!"

"Ich fürchte mich, Elmar."

"Nun ja, Sie haben ja durch dies Gedicht eine Gnadenfrist. Sie werden rechtzeitig durch seine letzten Zeilen gewarnt.

Aber seien Sie beruhigt: sollte es doch zu einer Katastrophe kommen, dann wird Bimbo das Opfer sein, nicht Sie! So, wie Sie ihn mir beschreiben, als ein hochsensibles Geschöpf, überaus nervös und stets auf der Flucht, als wären Furien hinter ihm her, bin ich mir sicher, es geht nicht um Sie, es geht um ihn."

Das Luiserl bedankte sich für Elmars Anteilnahme. Ganz überzeugt war er nicht. Aber eines war ihm klargeworden: nicht er bedurfte der Hilfe, sondern Bimbo. Doch wie konnte er einem Menschen beistehen, der sich irgendwo unerreichbar verbarg? Es gab nur die Möglichkeit, auf seinen nächsten Anruf zu warten. Den musste das Luiserl nutzen. Nach langem Grübeln fiel ihm endlich ein, wie. Er seufzte. Schwierig, schwierig ...

Lange Wochen wartete er auf diesen Anruf.

Nachdem er das Telephon läuten gehört, den Hörer abgehoben und sich gemeldet hatte, sprach er sofort in die Stille hinein:

"Mein lieber, mein liebster Bimbo, ich bitte dich von ganzem Herzen, höre mir zu!

Ganze drei Tage deines Lebens hast du mir damals geschenkt, dann warst du weg. Wo auch immer du seither gelebt hast, ich habe mich nach dir gesehnt. Einmal, ein einziges Mal, habe ich dich sogar gesucht. Acht Tage lang. In Paris.

Wo sonst hätte ich dich suchen sollen, an welchem anderen Ort dich finden?

Nur dort konntest du in den Besitz dieses wunderbaren Brautkleids gelangt sein – wie und auf welche Weise bleibt ewig ein Rätsel.

Aber *dich* habe ich nicht in Paris gefunden – ich möchte fast sagen, du bist mir dort abhanden gekommen!

So viele deinesgleichen mir auch in Paris begegneten, die meisten von ihnen waren verlorene Seelen. Keiner so unvergleichlich anmutig von Gestalt wie du. Nie und nirgends solch ein empfindsames Wesen wie deines, Bimbo.

Dann, als die Woche vorüber und all mein Suchen vergeblich war, habe ich dich in meiner Verzweiflung neu erfunden. Ja, du bist gewissermaßen auferstanden für mich, weil ich ohne dich einfach nicht leben konnte. So habe ich dich also imaginiert. Seither lebst du nun weiter, buchstäblich, in einem Roman mit dem Titel "Schwarzer Engel, kehre zurück!" So groß war meine Sehnsucht nach dir.

Willst du wissen, wie die Geschichte mit dem erfundenen Bimbo weitergeht, dann rufe mich wieder an und ich fahre mit meiner Erzählung fort. Lebe einstweilen wohl – es umarmt dich dein Luiserl."

Er legte auf, ohne eine Resonanz abzuwarten.

Viele Wochen kam keine Antwort, bis endlich das nächste aus dem Brautkleid geschnittene Stück Stoff bei ihm eintraf. Zwei Zeilen waren ihm beigefügt:

"Nicht stillt Aphrodite dem schönen Knaben die Wunde,
Die in dem zierlichen Leib grausam der Eber geritzt.

Elmar erklärte es ihm: Der zweite Tote war Adonis, der Gott der Schönheit, Geliebter der Aphrodite. Sie lässt ihn an seinen Wunden verbluten, die ihm ein Eber zugefügt hat, der kein Eber war, sondern der mächtige, eifersüchtige Kriegsgott Mars.

Der Aufschub, den ihm die Schiller'sche Dichtkunst verschaffte, würde von von jetzt an, von Zeile zu Zeile, immer geringer werden. Dem Luiserl wurde zunehmend bang ums Herz, er fürchtete sich.

Wieder einmal wandte er sich an das Evchen, sich, wie so oft, Trost von ihr erhoffend. Aber das Evchen, reifer geworden, sah sein Ziel, sein nie aufgegebenes Ziel, langsam für immer entschwinden. Diesmal fasste sie sich in eigener Sache ein Herz:

„Luiserl, machen wir doch allen Ungewissheiten ein Ende. Lass uns heiraten! Du findest deinen Frieden - und ich finde mein Glück, das ich mir schon so lange wünsche. Von Kindesbeinen an habe ich davon geträumt, dass aus uns beiden ein Paar wird als Mann und Frau. Und es ist mir auch egal, ob du ein Homo oder sonst irgendwas bist – ich liebe dich einfach, Luiserl, ich liebe dich so sehr."

Und das Luiserl dachte: "Schließlich ist es egal. Ob verheiratet oder ledig, ich werde ja doch in Kürze mein Leben verlieren. Was macht das dann noch für einen Unterschied? Tu ich dem Evchen doch den Gefallen, wenn sie es sich so sehr wünscht, meine Frau zu sein. Was bin ich? Doch nur ein schwankendes Rohr im Wind! Ach, Annabell . . .

Aber wissen wollte er es dann doch:

"Warum grade ich, Evchen?"

"Weil du halt ein ganz Besonderer bist, Luiserl. Ein Feiner, nicht nur von außen, sondern auch von ganz innen. Von deiner Sorte hab ich noch nicht viele erlebt, eigentlich noch überhaupt keinen, außer dir. Du weißt leider gar nicht, was alles in dir steckt, aber ich weiß es. Schon als Kind habe ich es gewusst. Der Papa hat mir die Schulhefte um die Ohren gehaut, du hast mir die Rechenaufgaben erklärt oder das Rechtschreiben. Und wer hat meine Studiengebühren bezahlt? Meine Mama – weil du ihr das Geld zugesteckt hast! Der Onkel Ferdi hat dich im Grund ja auch ausgenützt, du bist einer, der sich leicht ausnützen lässt. Aber nicht von mir! Es wird Zeit, dass jemand auf dich aufpasst, der dich von ganzem Herzen liebhat. Ich will auch gar nicht dein Geld, deine Immobilien, nein, ich will selber Geld verdienen und darauf stolz sein! Und weißt du, was ich mir am allermeisten von dir wünsche? Nun rate!"

Das Luiserl verneinte lächelnd.

"Du weißt es doch, Luiserl – und ich werd' es auch kriegen, das schwöre ich dir! Ob du willst oder nicht – das bringst du auch als Homo fertig, wenn du dich ein klein wenig anstrengst." Sie verabschiedete sich mit einem Klein-Mädchen-Kuss.

Nach langem Nachdenken sagte sich das Luiserl::

"Nun gut, sie soll ihren Willen haben. So kommt wenigstens mein Hab und Gut dann gleich in die richtigen Hände. Ich habe mir ja geschworen, als sie noch ein Kind war, auf sie aufzupassen – und jetzt kehrt sich das halt um, wie manchmal im Leben. Das Schicksal korrigiert sich", sagte er mit einem Anflug von Ergebenheit. So lieb ihm das Evchen war, sehnsüchtig dachte er an Annabell.

Es fiel ihm dann auch noch eine Ausrede ein, mit der sich die versprochene Ehe noch etwas hinausschieben ließ. Er schrieb ihr eine kurze Nachricht:

"So bald du in ein, zwei Jahren dein Studium mit den letzten Prüfungen beendet hast, werden wir heiraten. So lange musst du dich, liebes Evchen, noch gedulden. Dein Luiserl".

Sodann verfasste er ein endgültiges Testament zugunsten Evchens, denn man wusste ja nie, ob nicht dem Bimbo von heute auf morgen einfiel, sofort und auf der Stelle seine angekündigte Bluttat zu vollbringen – noch bevor die Eheschließung sie sowieso zur Alleinerbin machte.

Und übrigens mussten auch noch die üblichen Zuwendungen für die Doro erbfall- und ordnungsgemäß verfügt und dem Notar zugestellt werden.

Ja, die Doro!

"Was treibt sie eigentlich? Warum kommt sie gar nicht mehr vorbei? Lässt sich überhaupt nicht mehr sehen? Seit Wochen, nein, seit Monaten hatte er nichts mehr von ihr gehört! Wie mochte es ihr mit ihrem Porno-Projekt inzwischen ergangen sein? "

Schleunigst machte er sich auf, in Sorge um sie. Er fand eine Doro, sprühend vor Lebensfreude und Glück. Sie umarmte ihn selig.

"Luiserl, denk' dir, ich habe so spät noch mein Glück gefunden – grad jetzt, wo ich schon so alt bin. Du kannst dir nicht vorstellen, wie verliebt man im Alter noch sein kann!"

"Soso", sagte das Luiserl argwöhnisch. "Und wer ist der Erwählte?"

Der Erwählte – wie konnte es anders sein? – war ein Künstler, angeblich sogar ein halbwegs bekannter, den die Kunsthändler und die Kunstliebhaber wirklich ernstnehmen, behauptete die Doro. Sie zeigte ihm ein von ihrem Freund (oder Liebhaber) geschaffenes Werk: ein nahezu abstraktes Kruzifix.

"Von irgendwas muss er ja leben!" sagte die Doro entschuldigend, als das Luiserl das Gebilde mit Stirnrunzeln betrachtete.

Die Doro!

Von jeher war ihr die Kunst über alles gegangen. Und jetzt hatte ihr also das Schicksal nicht nur die Begegnung mit einem Künstler, sondern offenbar auch seine Liebe geschenkt.

"Und wie alt ist er – der Erwählte?" Jetzt errötete die Doro. Sie wand sich, sagte:

"Nun ja, er ist ein bisschen jünger . . ."

"Wie viel ist "ein bisschen?"

" Fast zwanzig Jahre, Luiserl – und bitte, werde jetzt nicht zynisch! Ich weiß selbst, dass ich eine alte Schachtel bin – und er fast ein Jüngling dagegen . . . "

Das Luiserl brummte ein "mhm, mhm" in sich hinein und verabschiedete sich.

Unmittelbar zum Ostfriedhof lenkte er dann seine Schritte und dort direkt zu Onkel Ferdis Grab, für das er seit dem Begräbnis bis dahin noch nie Zeit zu einem Besuch gefunden hatte. Nahe beim Grab sank er auf eine Bank. Er war ganz außer Atem, er war den ganzen Weg fast gerannt.

"Onkel Ferdi, was hältst du davon? Deine Schwester Doro lässt sich mit einem grad Fünfundvierzig-Jährigen ein? Ein Skandal? – oder soll man's ihr einfach gönnen? Sie hat ja sonst vom Leben nie etwas der Art gehabt? Ja, warum eigentlich nicht?"

Natürlich gab Onkel Ferdi ihm keine Antwort. Aber nachts erschien er ihm im Traum, herrschte ihn an:

"Dass du mir bloß meine Schwester Doro in Ruhe lässt! Mein letzter Roman hat aus dem gleichen ungleichen Altersverhältnis eine wunderschöne

Geschichte gemacht, – weißt du das denn nicht mehr?"

Richtig! Dem Luiserl fiel es wieder ein. Das Buch verkaufte sich hervorragend, noch immer! Er rief die Doro an:

"Wie heißt er und wann lernen wir uns kennen?" Die Doro hörte sehr wohl eine gewisse Sinnesänderung aus Luiserls Stimme heraus und war erleichtert:

"Wenn du willst, dann jetzt gleich. Komm einfach her! Er heißt Hans."

Ein Künstler, der sich mit dem einfachen Namen Hans begnügte – sympathisch! Und siehe da: Hans war genau das, was er sich unter einem „Hans" vorstellte. Ein Mann, der nicht viele Worte machte, der der Doro überall zur Hand ging und der das Luiserl, diesen vielleicht etwas schwierigen Gast, freundlich begrüßte.

"Hanns – mit zwei n – wenn Sie erlauben!" stellte sich ihm der Freund Doros vor, ein großer, schlanker, sehr gut aussehender Mann, der eigentlich überhaupt nicht zur Doro passte – neben ihm wirkte sie eher wie seine Haushälterin als, nun ja, seine Geliebte.

"Ich bin das Luiserl – und hoffe ebenfalls, dass Sie das nicht stört".

Das war kein guter Auftakt für ihre Beziehung, eher ein Ausrutscher und es kam auch keine rechte Stimmung zwischen ihnen auf, obwohl beide Männer sich Mühe gaben. Das Luiserl verabschiedete sich bald, fand zum Schluss wenigstens noch ein paar verbindliche Worte:

"Ich wollte Sie ja fürs erste nur kurz begrüßen und Ihnen ein familiäres Willkommen entbieten – aber ich muss leider gleich wieder weg."

Und damit ergriff er die Flucht. Was er von diesem Hanns mit den zwei n halten sollte, darüber musste er jetzt erst einmal gründlich nachdenken. Eines war unübersehbar: von ganzer Seele hing die Doro an ihm. Und er?

"Ergeben" zu sein schien er, *ergeben – ihr.* So jedenfalls sah es für das Luiserl aus, wobei er selbst nicht wusste, was genau er unter diesem Wort verstand. Aber es passte zu diesem seltsamen Liebespaar! Wie war die Doro nur an diesen Mann geraten?

Das Luiserl hatte nicht die geringste Ahnung, was sich vor einigen Monaten mit der Doro ereignet hatte – in aller Öffentlichkeit! Und was dann, wenngleich anonym, durch die gesamte lokale Presse ging. Der Fall wurde sogar eine Weile auf den verschiedenen Internet-Foren leidenschaftlich diskutiert, nur die Namen der Betroffenen blieben auf deren inständige Bitte geheim. Annabell war die einzige Person in der Familie, die dies Ereignis überhaupt zur Kenntnis nahm, da sie ständig im Internet herumgeisterte – aber es dann sogleich wieder vergaß: eine Tragödie, die auf schicksalhafte Weise die Doro mit dem Hanns zusammenführte.

Da die beiden weder prominent noch sonst irgendwie interessant waren, versanken sie nach kurzer Zeit wieder im Nirgendwer, Nirgendwo, Nirgendwann.

Das Luiserl rief das Evchen und die Helen an und verabredete mit ihnen ein, wie er sagte, richtig schönes, großes Familienfest, um den Einstand dieses Hanns mit den zwei n angemessen zu feiern. Das war er allein schon der Doro schuldig.

Mindestens die Annabell, sechzehn inzwischen, hätte also eine Ahnung von Tante Doros Schicksal haben können. Aber es wäre ihr niemals eingefallen, das Luiserl an ihrem Wissen (oder waren es nur Vermutungen?) teilhaben zu lassen. Dazu war sie viel zu sehr mit sich selbst beschäftigt. Sie wich obendrein dem Luiserl nach wie vor aus, seit er sie damals bei der Frage nach ihrem Vater belogen und mit einer faden Ausrede abgespeist hatte. Oft machte er einen Versuch, ihr wieder näher zu kommen. Aber jedes Mal wehrte ihn Annabell ab.

"Ich werde sterben", dachte das Luiserl, "und sie wird mich ablehnen noch über das Grab hinaus. Und sie wird nie erfahren, wie sehr ich sie liebe."

Als nach einer langen Wartezeit endlich wieder einmal das Telephon läutete. schüttete das Luiserl einfach sein Herz aus:

"Mein Gott, Bimbo, an allem bist du schuld. Wie in einer leuchtenden Wolke aus kostbarem Brokat und edelster Seide zogst du damals für drei wunderbare Tage an meinem Horizont vorüber, brachtest Licht, Schönheit, Liebe in mein Leben, verschwandest.

In diesem Augenblick, als du hereintanztest in diesen Saal, dich wiegtest im Takt der Musik, dich drehtest, knickstest, dich verbeugtest, da fiel mir das geheiligte Wort aus dem Hohelied Salomos ein, als sprächest du – in deiner ganzen Schönheit und Grazie – zu uns allen, die wir dich angafften:

"Ich bin schwarz aber schön."
Setze mich wie ein Siegel auf dein Herz
und wie ein Siegel auf deinen Arm.
Denn Liebe ist stark wie der Tod."

Er ließ das Zitat verklingen.

"So habe ich in diesem wunderbaren Augenblick – es waren ja nur Sekunden, vielleicht eine kurze Minute – empfunden". Er wollte auflegen, da fiel ihm noch ein:

"Vielleicht weißt du noch immer nicht, dass du eine schon fast erwachsene Tochter hast? Anfangs ein störrisch wortloses, unliebsames Ding, das sich vom einen Tag zum andern in ein fröhliches, springlebendiges Kind verwandelte. Doch leider: ebenso plötzlich fiel die so sehr geliebte Annabell einige Jahre später wieder zurück in ihre ehemalige Kratzbürstigkeit. Nur ein kurzes Gespräch – angeblich wusste ich nicht, wer ihr Vater ist, DU – und es war für immer vorbei!

Aggressiv, unwirsch gibt sie sich seitdem. Vielleicht träumt sie davon, nach Afrika zu gehen, so bald sie volljährig ist, sich irgendwelchen Aufständlern anzuschließen, eine schwarze Heilige Johanna, die ihr Land vom Terror befreit? Oder vielleicht will sie auch nur Elefanten jagen, Löwen, Tiger, Kängurus – auf alles schießen, was vier Beine hat, und alles verachten, was weiß ist.

Ich leide, Bimbo, ich leide an Annabell.

Aber vielleicht, da du mich unbedingt umbringen willst, finde ich Ruhe durch dich im Tod, der du mir im Leben so unendlich viel bedeutet hast. Gehab' dich wohl einstweilen. Es liebt dich noch immer dein Luiserl."

In einem Straßencafé sitzend, fiel der Annabell dieser Tage ein nicht mehr ganz junger, doch immer noch jugendlicher Farbiger auf, der sich in ihrer Nähe an einem kleinen Rundtisch niederließ und sich sogleich mit seiner Zeitung beschäftigte. Sie beobachtete ihn eine Weile, er war ja ein Schicksalsgenosse. Er seinerseits schenkte ihr keine Beachtung. Einige Tage später begegnete er ihr ein zweites Mal, schaute an ihr vorbei.

Das dritte Mal fiel er ihr auf, als sie die benachbarte Modeboutique ihrer Mutter besuchte. Sie erblickte ihn durch die Schaufensterscheibe. Er schlenderte draußen langsam vorbei, hielt an, die Auslage betrachtend. Jetzt war sie alarmiert. Das war kein Zufall mehr. Sie wartete unauffällig neben der Tür. Und plötzlich stand sie ihm gegenüber.

"Wer sind Sie? Warum verfolgen Sie mich? Was wollen Sie von mir?"

"Was immer Sie mir erlauben! Zum Beispiel eine Tasse Kaffee oder Tee zu trinken im nächsten Café und dabei unsere Gedanken auszutauschen über Ihren Herrn Papa!"

"Sie kennen meinen Vater?"

Sie waren schon ein paar Schritte gegangen. als Annabell auffiel: der Fremde ging wie selbstverständlich neben ihr her, bestimmte das Tempo, beschleunigte es sogar. als wolle er sie immer weiter weg-, immer nur wegziehen von ihrer gewohnten Umgebung. Längst hatten sie das nächste Café im Viertel hinter sich gelassen, auch immer wieder zwischendurch geschwiegen. Jetzt blieb Annabell stehen:

"Ich will endlich wissen: wer sind Sie?"

Er hielt ebenfalls an:

"Ein Bote bin ich – und Sie vermuten richtig: ein Bote von Ihrem Vater!"

"Und welche Botschaft bringen Sie mir?"

"Dass Ihr Vater Sie liebt, dass er Sie einmal schon aus der Ferne gesehen hat, dass er stolz auf Sie ist – und dass er eines Tages kommen und Sie fragen wird, ob Sie in Zukunft statt in Europa mit ihm zusammen in Afrika leben wollen – in einer modernen afrikanischen Groß-, einer Millionenstadt, aber mit all den überkommenen Bräuchen und Sitten, die wir stolzen Afrikaner stets eingehalten, geliebt und geachtet haben – und mit ihnen wollen wir auch in Zukunft unser Leben leben."

"Wie heißen Sie?"

Er zog einen Ausweis heraus, gab ihn aber nicht aus der Hand, öffnete ihn nur kurz vor ihren Augen.

"Bitte!"

Der Name sagte ihr natürlich nichts, er war aus mehreren Silben zusammengesetzt. Für Europäer war das inzwischen selbstverständlich.

"Und der Name meines Vaters?"

"Tut mir leid. Darf ich nicht sagen. Nennen Sie ihn doch einfach Bimbo. Womit Sie bereits der unerträglichen Überheblichkeit der Europäer gegenüber uns Afrikanern auf der Spur sind! Bimbo – welch eine Beleidigung! Als wäre er ein Zirkusclown. Aber so sind sie, die Europäer!"

"Wieso sprechen Sie so ausgezeichnet Deutsch?"

"Danke für das Kompliment! Ich habe in Deutschland studiert, zusammen mit Ihrem Vater. Zufrieden?

Was darf ich übrigens Ihrem Papa von Ihnen ausrichten?"

"Dass er ein Feigling ist! Warum verbirgt er sich vor mir? Wenn ein Vater seine Tochter wirklich liebt, dann schickt er keinen Boten, dann kommt er selbst. Sagen Sie ihm das!"

Sie drehte sich um und lief davon.

Ein paar Tage vor dem geplanten Familienfest rief der „Hanns mit den zwei n" das Luiserl an:

"Ich muss Sie unbedingt vorher sprechen. Darf ich Sie besuchen?"

Eigentlich freute sich das Luiserl darüber, er nahm die Ankündigung als Vertrauensbeweis. Gleichzeitig ahnte er: es stand ihm vielleicht doch etwas eher Unliebsames bevor?

Hanns kam und bat um eine Tasse Tee.

"Keinen Alkohol, bitte!"

Langes Schweigen. Dann, endlich:

"Was ich Ihnen zu sagen habe, geht um Ihre Tante Doro. Ich muss Sie aber um äußerste Diskretion bitten, denn sie selbst weiß zum größten Teil gar nichts davon. Vielleicht verdrängt sie es durch den Schock – oder ihre Seele ist so sehr verletzt, traumatisiert, dass ihr Gedächtnis sich einfach weigert, sich zu erinnern.

Ich bin auch kein Künstler, wie die Doro unbedingt glauben möchte, ich bin Arzt. Viele Jahre habe ich in Afrika gearbeitet. Zuletzt, ehe ich mich entschloss, nach Europa zurückzukehren, habe ich Carlotta kennengelernt, die Tochter eines Stammesältesten. Sie hatte in Amerika Medizin studiert. Wir verliebten uns ineinander und heirateten noch in Afrika.

Meine Angehörigen in Deutschland waren allerdings außer sich, dass sich ihr altes Adelsgeschlecht hinfort mit einer Afrikanerin, einer Farbigen abfinden sollte – "eine aus dem Busch", nannten sie Carlotta. Meine Familie empfing uns mit der ihr angebrachten scheinenden Kühle, um nicht zu sagen "Eiseskälte" und mir war klar, ich würde gut daran tun, mich mit Carlotta in einer der Familie genehmen, möglichst großen Distanz zu ihr niederzulassen, weit weg von ihnen allen.

Carlotta war natürlich betrübt, gekränkt, niedergeschlagen. Sie war ja selbst Ärztin, hervorragend ausgebildet in Amerika, ein As und obendrein eine Schönheit. Und ein paar eingebildete, arrogante Schnösel und adlige alte Jungfern erlaubten sich, sie zu verachten. Mir tat alles furchtbar leid.

Carlotta hatte sich umsonst auf unser kleines Schloss – eine bessere Burg – gefreut.

Wir zogen also weit weg, aufs Land. Bei dem heutigen Ärztemangel in der Provinz war leicht eine freie Praxis zu finden. An den Wochenenden flogen oder fuhren wir in die oder jene Großstadt, besuchten dort Museen, Theater, ein gutes Restaurant – und waren sehr glücklich. Auf einem dieser wunderbaren Ausflüge, hier, in Ihrer Stadt, passierte es dann.

Wir hatten uns beim Einkaufen getrennt, sie suchte Damen-, ich suchte Herren-Bekleidung – möglichst in der gleichen Einkaufsstraße, jedoch unbedingt immer im selben Viertel. So bekam ich nicht mit, was Carlotta widerfuhr. Ich weiß nur, was man mir später berichtete:

Beim Überqueren einer sehr breiten, verkehrsreichen Hauptstraße wurde sie von einem Raser erfasst. Eine ältere Frau, die ebenfalls grade die Straße überqueren wollte, eine Augenzeugin also, sah Carlotta stürzen, rannte hin, kniete nieder, bettete Carlottas Kopf in ihren Schoß. Unausgesetzt streichelte sie die Schwerverwundete, sprach auf sie ein:

„Nicht weggehen, dableiben! Nicht einschlafen! Augen aufhalten! Bitte! Bitte!"

Ich schlenderte gerade durch eine kleine Nebenstraße, als ich die Polizeisirenen zuerst aus der Ferne wahrnahm und dann ganz nah, eh sie zum Stillstand kamen. Mit wenigen Schritten war ich an der Unglücksstelle. Es war alles schon abgesperrt. Ich drängte mich vor:

"Ich bin Arzt, vielleicht kann ich helfen?"

Aber da stand schon der Sanitätswagen und die Sanitäter umringten hilflos die verunglückte Person, die ich nicht erkennen konnte. Warum lag sie immer noch auf der Straße? Warum wurde sie nicht geborgen, nicht ins nächste Krankenhaus transportiert? War sie schon tot?

Ich versuchte, mit meinem Arztausweis näher heranzukommen und sah mit Entsetzen: der Mensch, der da lag, war meine Carlotta. Erkennen konnte ich sie nur an ihrer Kleidung. Ihr Kopf lag im Schoß einer Frau, die die Schwerverwundete? die Sterbende? die vielleicht schon Tote? in ihren Armen, ja, ich muss es so sagen, gefesselt, gefangen hielt, sie umfing, verzweifelt umklammerte und sie nicht hergeben wollte. Immer wieder versuchten die Sanitäter, Carlotta dieser Frau praktisch zu entreißen. Mit all ihrer Kraft kämpfte die Frau um Carlotta – eine Wahnsinnige? Endlich wurde sie von

einer Ohnmacht überwältigt. Man hatte immer noch Mühe, die tote Carlotta von ihr zu befreien. Mir blieb nur, mich als Ehemann auszuweisen.
ABCD

Die Unbekannte – Sie ahnen inzwischen vielleicht, es war Doro – wurde mit einem schweren Nervenzusammenbruch fürs erste in einer Nervenklinik deponiert. Man hielt sie für eine Verrückte. Einige Tage nachdem ich zuhause meine Carlotta begraben hatte, fuhr ich hierher zurück, suchte und fand die Unbekannte, die meine Frau geborgen hatte und half ihr aus der Nervenklinik heraus. Sie erinnerte sich an nichts, auch nicht, wie und warum sie in diese Klinik aufgenommen worden war. Aber sonst war sie absolut normal und sympathisch. Schließlich hatte sie sich als erste um die Verunglückte gekümmert und ganz vernünftig versucht, sie bei Bewusstsein zu halten. Und, wer weiß, vielleicht hat sie Carlotta auch, mit ihrem zärtlichen Streicheln, das Sterben erleichtert?

Doro hingegen war, wie sich nachträglich erwies, doch so schwer traumatisiert, dass sie sich bis heute nicht an den Unfall und den Tod meiner Frau erinnert. Ich habe mich in den vergangenen Wochen um sie gekümmert, so gut es ging. aber irgendwann, nein, in Bälde werde ich sie verlassen müssen. Ich schnitze übrigens nur ein bisschen in meiner Freizeit so vor mich hin, meine anatomischen Kenntnisse helfen mir dabei. Außerdem ist das Abstrahieren ein Hilfsmittel, sobald man an seine Grenzen stößt. Sie haben es ja selbst mit skeptischem Blick erfasst: authentische Kunst ist das nicht, was Ihnen da die Doro so stolz von mir gezeigt hat. Dabei ist sie doch eine exzellente Kunstkennerin ... Und ich habe noch immer nicht den Mut, sie aus ihrer Illusion zu reißen, wir seien ein Paar – obgleich ich mich so sehr damit quäle. Aber ich will, ich muss sie verlassen. Nur – wann? Sagen Sie es mir, bitte!"

"So schnell wie möglich! Besser heute als morgen! Es ist Ihr gutes Recht! Und ich werde Ihnen mit all meiner Kraft dabei helfen!"

Ohne es zu begründen – es war ihm egal – sagte das Luiserl das große Familienfest ab.

Er hatte ja nicht weit zu Doros Wohnung. Er ging zu Fuß.
Er begrüßte sie kurz, setzte sich wortlos zu ihr auf die Couch.
"Doro, jetzt höre mir bitte zu und rede mir nicht dazwischen.

Wir beide, Doro, sind schon zwei seltsame Vögel. Ich liebe einen Afrikaner – der vielleicht einen deutschen Pass hat, aber, na ja ... Ich habe ihn nur drei Tage gekannt, dann, wie du weißt, ist er unter Hinterlassung eines exquisiten Hochzeitsgewandes verschwunden, – und ich habe bis vor kurzem nie mehr etwas von ihm gehört. Neulich rief er mich an, war sehr böse. Sein Brautkleid sei von mir geschändet worden, weil ich es Helen zu ihrer Hochzeit auslieh. Inzwischen hat er es sich mit einem Trick zurückgeholt und schickt es mir nun zerschnippelt, Stück für Stück nach und nach zu. Er legt jedes Mal eine Drohung bei, er werde mich umbringen. Wann genau, lasse er mich noch wissen.

Du, Doro, liebst einen Mann, der seine über alles geliebte Frau Carlotta durch einen schrecklichen Unfall verlor. Er passierte vor deinen Augen, du wolltest der Schwerverletzten noch helfen. Vielleicht lebte sie noch ein paar Augenblicke. Mitten auf der Straße – in deinen Armen — ist sie dann gestorben. Du hast sie gar nicht mehr loslassen wollen. Hast sie im Sterben unausgesetzt liebkost. Gott segne dich dafür, Doro.

Doch dabei hast leider auch *du* etwas verloren, nicht das Leben, doch deinen Verstand – im Schock wohl. Und seither glaubst du von Carlottas unglücklichem Witwer, der dich aus Mitleid in der Psychiatrie besuchte und dir übrigens auch aus der Psychiatrie heraushalf – da hattest du großes Glück, dass er kein windiger Künstler ist, sondern Arzt! – von ihm glaubst du, er sei dein Liebhaber.

Weil anscheinend kein Psychologe und kein Psychiater imstande ist, dich von diesem Wahn zu befreien, muss jetzt ich herzlos und hart mit dir reden. Gib mir deine Hand, Doro, und lass mich versuchen, dich auf meine Weise zurückzuführen in die Wirklichkeit.

Wir beide, du und ich, hatten kein Glück in der Liebe. Aber vielleicht ist es gut so? Denn fürs Bücherschreiben kann es sogar ein Vorteil sein, wenn einen das Schicksal so hernimmt. Vielleicht wird man bei dieser Tortur nicht grade zum Orpheus, aber es ist Inspiration! Inspiration! Glaube mir, Doro, du taugst weniger für einen Porno, als vielmehr für den Roman einer unglücklichen Liebe. Dafür wurdest du vorbereitet vom Schicksal. Denn erst, wenn man alles hergibt, was man sich lange erträumt, wenn man unter Schmerzen wieder verliert, was man für kurze Zeit nur bekam – dann erst ist man fähig, darüber zu schreiben. Du bist jetzt reif für die Geschichte einer unglücklichen Liebe. Die macht ohnehin weit mehr her als eine glückliche! Also, weine dich aus – aber lass in Bälde die Tränen zu Buchstaben werden. Du hast nicht mehr allzu viel Zeit, teile sie ein! Schreib – aber keinen dicken Roman. Eine kleine, feine Novelle, Doro, das passt."

Nebeneinander saßen sie da auf der Couch. Die Doro gelähmt, sprachlos – das Luiserl starrte immerzu gradeaus. Was er zu sagen sich vorgenommen hatte, betete er herunter, als läse er es wie in Trance irgendwo ab. Er wagte nicht, ihr einen Blick zuzuwenden, er wusste, er stieß ihr gerade ein Messer ins Herz. Er tastete nach ihrer Hand, beugte sich darüber, küsste sie sacht und legte sie der Doro wieder behutsam zurück in ihren Schoß.

"Lass uns jetzt zu deinem Bruder gehen. Der Ferdi erwartet dich. Er wird dir Mut machen, Doro! Komm!"

Auf dem Friedhof führte er die Doro sorgsam am Arm zu Ferdis Grab. Stumm verneigten sich beide davor. Schweigend saßen sie dann nebeneinander auf der nahen Bank. Das Luiserl stand endlich auf:

"Ich gehe eine Weile auf und ab, muss nachdenken. So lang hast du Zeit, dich mit deinem Bruder auszusprechen. Und dann, Doro, wirst du sehen, es wird alles wieder gut. Also – bis gleich!"

Auf der Rückkehr legte er sich noch ein paar Sätze für die Doro zurecht.

"So ein Friedhof ist ein seltsamer Ort. Überall blühendes Leben, darunter nichts als Tote. Man sagt, hier angekommen, fänden sie Frieden – aber haben auch wir hier oben mit ihnen Frieden geschlossen? Manche atmen doch auf, wenn ihre Lieben sie endlich verlassen, ihnen nichts mehr anhaben können. Aber nicht wir, du und ich! Für uns bleibt Ferdi, was er zeit seines Lebens war: ein Patriarch, eine gewaltig starke Natur! Der zerfällt nicht so rasch zu Staub, der bleibt uns noch lange erhalten. Wenn wir Sorgen haben, Probleme, dann wenden wir uns immer noch hier am Grab ratsuchend an ihn.

Und jedes Mal zeigt er uns einen Ausweg!"

Er schwieg, suchte weiter nach Worten,

In Doro klang wie eine ferne Resonanz das Wort "Ausweg" nach. Ausweg? Ausweg!

Der Faden, der Ausweg!

Magisch überwältigt von der Erinnerung – es glich einem Wunder! – half ihr mit sanfter Gewalt dies Zauberwort *"Ausweg"* die ersten Schritte aus ihrer labyrinthischen Wahnwelt zurück in die Gegenwart. Mochte die noch so grau und enttäuschend sein – plötzlich nahm die Doro sie wieder wahr, ohne sich, wie bisher, verzweifelt dagegen zu wehren.

"Was hat der Ferdi dir vorgeschlagen, Doro?"

"Rate!"

"Nun ja, er hat dir wohl – wie ich ihn kenne – seine Meinung gesagt, ohne lang rumzureden? Ungefähr so:

'Dorothee, alte Schachtel! Was machst du denn für Sachen? Reicht es dir nicht, dass ich dich von ganzem Herzen liebe, verehre, anbete? Ich! – dein berühmter Bruder und Schriftsteller?

Kommt so einer daher, ein Doktor, bringt dich auf die schiefe Bahn und raubt dir deinen Verstand? Jag' ihn zum Teufel und höre auf deinen Neffen, das Luiserl!'

Stimmt's?"

Unter Tränen nickte die Doro. Das Luiserl hatte ihr einen "Faden" gereicht. Mit seiner Hilfe würde sie jetzt den Ausweg suchen und finden.

Auch nachdem sie ihr Seelenabenteuer – ihre amour fou – längst überwunden hatte, vergaß die Doro nie, welchem alleinigen kostbaren Wort sie ihre Genesung verdankte. Sie erinnerte sich auch, wie innig sie einstmals dem Problemkind Annabell einen "Faden" gewünscht hatte, der ihr, falls sie später einmal, erwachsen, in mehr als einem Labyrinth herumirren würde, einen Ausweg zeigen sollte . . .

"Ich jedoch, Ferdi, setze mich jetzt an den Computer, um endlich mit dem zu beginnen, was "Der Irrgarten Liebe" heißen soll. Ein Labyrinth, ja, das ist sie, die "Liebe". Oder auch nur ein Trick der Natur, um die Menschheit mit Nachkommen zu versorgen? Unter diesem Aspekt habe ich meine biologische Pflicht vernachlässigt, umgekehrt sind mir dadurch aber auch gewisse Lustbarkeiten entgangen.

Ach, Ferdi, ich muss gar nicht erst zu deinem Grab wallfahrten, um mich mit dir auszutauschen. Unser Dialog war ja nur kurz unterbrochen, so lang ich mir selig verzückt den Himmel auf Erden imaginierte. Ich frage mich manchmal: macht ein eingebildetes oder ein echtes Paradies – oder nennen wir es Glück? – einen Unterschied? Wie oft erzählen wohlhabende Menschen von ihrer bescheidenen Herkunft, nie mehr seien sie so glücklich wie damals zur Zeit ihrer größten Armut gewesen. Reden sie sich das nur ein? Verklären sie es, glauben es wirklich? – und ist es nicht letztlich egal, ob es Illusion ist oder Wirklichkeit war? Ein Thema vielleicht für die Novelle? Wieder einmal bereitet mir der erste Satz Mühe, er will mir einfach nicht gelingen. Wenn ich nicht bald zu schreiben beginne, Ferdi, werde ich sterben – entweder von allein, oder durch Nachhilfe meinerseits. Ich habe nun einmal den seltsamen Drang, mir schreibend die Welt zu erklären – und gewiss produziere ich dabei das Unnützeste, was ein Mensch hervorbringen kann, ein weiteres, absolut überflüssiges Buch. Vielleicht bleibt es dann doch der Welt erspart – durch diesen verdammten ersten, niemals formulierten Satz.

Damals war ich es, die im Gymnasium die besseren Aufsätze schrieb. Du hast das Abitur nur mühsam geschafft. Mir dagegen hat man viel Gutes geweissagt. Was ist dann aus mir geworden, und was aus dir?

Einmal noch habe ich auszubrechen versucht aus meiner fadenscheinigen Existenz. Ein letztes verrücktes corriger la fortune. Wie sieht also mein Resümee, im Vergleich zum deinigen, aus? Miserabel, Ferdi! Ja, ich geb's zu, ich hätte gerne ein Leben in Schönschrift geführt, ein gewissermaßen allegorisches Leben, in Kunstform. Ach, diese Träume, der ganze Unsinn, die Überspanntheiten!

Aber ich bin, wie ich bin. Ein bisschen Schulwissen da, ein bisschen Kultur dort, aber ansonsten kaum Talent oder Potential, und schon gar keine fortune.

Damit hätte ich mich – wie unser bescheidenes Luiserl – eben einfach abfinden müssen.

Dabei weiß das Luiserl gar nicht, dass er, anders als ich, bei all seiner Unscheinbarkeit ein ganz besonderes Charisma hat!

Er, den kein Arzt ernst nehmen würde, er hat mich geheilt. Gerettet womit?

Mit wenigen Worten! Worte, oft und oft zu Lebzeiten von dir gehört, Ferdi – und die hat er dir jetzt, wo du tot bist, noch einmal auf die Zunge gelegt, lapidar, wie Steine – und brach mir damit das Herz.

Aber hernach stand ich auf – geheilt!"

Nein, das Luiserl hatte keine Ahnung, was ihm die Doro da zuschrieb, vielmehr andichtete. Er machte sich wieder Gedanken um Annabell, der er ja seine Fürsorge schon lange nicht mehr zuwenden durfte. Wenn er jetzt häufiger Elmar besuchte, dann vor allem, um ihren Stiefvater unauffällig nach Annabell auszuforschen. War sie immer noch so ungut mit ihrer Umwelt? Was ja nur ein Zeichen für ihre Zerrissenheit wäre. Elmar kam ihm aber bald auf die Schliche:

"Fragen Sie mich doch ganz direkt, Luiserl, Sie kriegen von mir jedes Mal eine ehrliche Auskunft, ob und wie die Annabell derzeit pubertär herumspinnt,"

Er schwieg und schaute dem Luiserl so lang und eindringlich in die Augen, bis das Luiserl es nicht mehr aushielt und sich abwendete.

Elmar beendete die wortlose Inquisition.

"Ich will nicht wissen, was Sie mir verschweigen, Luiserl. Aber ich bin nicht leicht hinters Licht zu führen. Sie haben Ihr Herz an die Annabell verloren, schon lange, vielleicht vom ersten Augenblick an, als sie in Ihr Leben trat, eine kleine, störrische Maus, die heute ein störrischer Teenager ist. Warten Sie ab, bis sie vollends aufblüht, vielleicht blüht sie Ihnen dann wieder entgegen, so, wie in ihren Grundschuljahren? Bis dahin: leiden Sie halt, – ob Sie wollen oder nicht. Es ist Ihr Schicksal. Oder irre ich mich?"

Das Luiserl verneinte stumm.

"Ich kenne ja auch Ihre Neigung für Bimbo und frage mich, Luiserl, wie verteilen Sie Ihre Liebe zwischen Bimbo und Annabell? Das kleine Biest verursacht Ihnen wenigstens bloß Kummer. *Er* aber droht Ihnen und hält Sie mit seinem Brautkleid in Angst und Schrecken. Sie trauen ihm nicht? Ich fürchte nun doch, Sie tun gut daran.

Andererseits – finden Sie es nicht seltsam, dass er Ihnen ausgerechnet mit einem Schillergedicht den Tod androht?

Auch das Schöne muss sterben, das Götter und Menschen bezwinget ...

Sie erzählten mir, er habe Gedichte geliebt und immerzu welche zitiert, Gedichte, die Ihnen fremd waren – aber voller Gedanken und schön klangen. Vielleicht haben Sie Ihren Bimbo ganz falsch eingeschätzt, vielleicht ist er ein unbekannter, ein schwarzer Orpheus? Er, der für Sie eben bloß Bimbo, ein junger, attraktiver afrikanischer Homo war. Oder sagen wir so: bloß ein sexuelles Objekt?

Nein, seien Sie mir nicht böse! Denken Sie einmal darüber nach. Mir geht sein Schicksal einfach nicht aus dem Kopf. Stellvertretend für die Tausende

Afrikaner, die aus ihrer Heimat übers Meer zu uns flüchten – entweder vor dem Terror in ihrem Land, oder vor dem Hunger, beides bringt sie dort um. Oder vielleicht auch, weil den einen oder andern, wie Ihren Bimbo, unsre Kultur unwiderstehlich anzieht?

Helen studierte damals in Köln Germanistik. Bimbo schlich sich wohl einfach in die Vorlesungen im Audimax über deutsche Literatur ein, wo ja nicht kontrolliert wurde – und so hat er nicht nur deutsche Lyrik, sondern auch Helen kennengelernt. In jeder Stadtbücherei bekommt man ja, was immer das Herz an Literatur begehrt. So könnte er sich sein Wissen erlesen haben. Dass er jedoch grade bei Schiller gelandet ist, das, liebes Luiserl, zeichnet ihn in meinen Augen aus. Schiller hat's heute schwer.

Goethe ja – Schiller nein! Er ist ein ganz armer Hund! Ihn liest heutzutage kein Mensch mehr. Er muss froh sein, wenn einer ihn noch zitiert. Zu dieser Sorte gehört anscheinend der Bimbo. Auch ich, mit meiner schwäbischen Großmutter, halte Schiller die Treue! Ich kann Ihnen noch immer die Schlussworte der Johanna sagen:

Seht ihr den Regenbogen in der Luft?
Der Himmel öffnet seine goldnen Tore ...
Wie wird mir? – Leichte Wolken heben mich –
Der schwere Panzer wird zum Flügelkleide:
Hinauf – hinauf – Die Erde flieht zurück –
Kurz ist der Schmerz, und ewig ist die Freude!

Mir gefällt, wie Schiller die meisten seiner Dramen beendet: so sparsam wie möglich, mit wenigen Worten – lakonisch. Schon zu Beginn wird seinem Karl Moor zu viel geredet und geschrieben. Ihm "ekelt vor seinem tintenkleckenden Säkulum". Und mit nur fünf Worten – einem genialen Satz – umklammert Schiller zum Schluss die "Räuber". 1000 Louisdors sind auf die Auslieferung seines Helden Karl Moor gesetzt. Der wiederum kennt einen *"armen Schelm"*, einen Tagelöhner *"mit elf lebenden Kindern"*. *"Dem Manne kann geholfen werden!"* Jedes Wort ein Schlag!

Wissen Sie was, Luiserl, ein Mensch, der mit einer so wunderbaren Ode von Schiller Ihr Leben bedroht, der kann kein Bösewicht sein, nein, das glaube ich einfach nicht. Für mich strahlt Schillers Adel, sein Seelenadel, auf Ihren Bimbo aus. Er kann gar nicht anders, er muss Sie verschonen. Es ist ja ohnehin nur gekränkte Liebe, die er Ihnen nachträgt. Sie sollten sie annehmen und in Ihrem Herzen bewahren. Er wird Ihnen eines Tages verzeihen, dass Sie sein kostbares Brautkleid entweiht haben. Sie müssten ihn nur darum bitten."

Dem Luiserl drehte sich alles im Kopf: Schiller. Johanna von Orleans. Brautkleid. Annabell.

Damit nicht genug – völlig unerwartet erreichte ihn in den nächsten Tagen ein Brief des doppelten Hanns. (So vereinfachte er sich den Hanns inzwischen.) Sein Brief war ominös.

Er lautete:

"Sehr geehrtes Luiserl, ich arbeite wieder in meiner Praxis und fühle mich dort einerseits auch sehr wohl. Andererseits – das gestehe ich Ihnen und bin darüber selbst einigermaßen betroffen – macht mir eine Art Sehnsucht zu schaffen. Sehnsucht, um es ohne Umschweife zu bekennen – Sehnsucht nach Doro. Sie ist zwar ganz anders als meine Carlotta, aber eine überaus bemerkenswerte Person. Und sie fehlt mir. Als ich sie verließ, war mir gar nicht bewusst, wie viel sie mir schon bedeutete.

Würden Sie, sehr geehrtes Luiserl, für mich ein gutes Wort bei ihr einlegen?

Mit herzlichem Gruß und Dank

Ihr Hanns."

Diesem Brief ließ sich nicht genau entnehmen, wonach dem Hanns wirklich der Sinn stand. Wollte er zur Doro zurückkehren? Das wohl nicht. Aber was sonst? Das Luiserl seufzte:

"Sind denn alle um mich herum verrückt geworden?

Nicht genug, dass der Bimbo mich umbringen will –

dass der Elmar mir Schillers Karl Moor um die Ohren haut –

dass mich Annabell abgrundtief hasst –

dass die Doro grade erst wieder Fuß gefasst hat.

All das ist anscheinend noch immer nicht genug.

Da kommt auch noch dieser Hanns daher und sehnt sich nach der Doro zurück. Ja, soll ich wirklich der Doro diesen Floh ins Ohr setzen, wo ich eben erst die größte Mühe hatte, ihr mit dem Ferdi zusammen den Hanns auszureden?

Dabei tut er mir ja leid. Ich hätte mich auch um ihn, nicht nur um die Doro kümmern sollen. Er wäre es wert gewesen. Ungetröstet, spurlos ist er,

nach unserem einzigen Gespräch, in sein westfälisches Exil verschwunden.
Will er nun wirklich wieder zurück – oder will er nicht?"

"Ich bin nicht verheiratet – noch nicht. Gott behüte! – und habe es trotzdem zu einer Familie gebracht! Dabei geht uns die Wurzel – Bimbo – leider seit längerem ab: Bimbo, der Samenspender, dem wir die Annabell verdanken. Die beiden sind sozusagen der Grundstock. Wenn ich alle zusammenzähle, dann besteht meine Familie inzwischen aus Bimbo, Helen, Annabell, Elmar, dann Evchen, Doro und mir – und vielleicht gehört in Bälde auch noch der doppelte Hanns dazu! Immerhin acht Personen! Falls der Himmel mir alle anrechnet, wie stehe ich dann da? Unverehelicht, doch stattlich vervielfacht! Was für ein Glück! So viel Leben, Jugend, Erwartung, Erfüllung, Liebe, Glück, aber auch Versagen, Elend und Sterben auf einem Haufen!

Warum eigentlich nenne ich uns eine Familie? Warum sind wir nicht einfach nur Freunde? Ich habe sie ja nicht einmal gefragt, ob ihnen das recht ist. Ich habe sie einfach erwählt. Sie wissen gar nichts davon. Es ist mein Geheimnis.

Hätte ich mir nicht ebenso gut eine Familie nur ausdenken können, ein Buch über sie schreiben – einen Roman? So hätte es der Onkel Ferdi gemacht. Ich will ja aber mit ihnen leben! Manchmal imaginiere ich mir trotzdem, wie es mit dem einen oder andern weitergehen könnte – und manchmal transzendiert auf geheimnisvolle Weise sein Schicksal tatsächlich: irgendein Ereignis fügt sich meinen Wünschen und plötzlich stimmt die Wirklichkeit mit meiner Phantasie überein! So habe ich es auch mit dem doppelten Hans und der Doro erhofft – und wenn mich nicht alles täuscht, kehrt er zu ihr zurück? Ein Wunder!

Wird eines Tages auch Annabell sich mir wieder zuwenden? Oder erdenke ich mir besser rechtzeitig einen todtraurigen Schluss?

Ewige Freundschaft schworen wir uns, Annnabell Wie lang dauert "ewig"? Drei Jahre? vier?"

Elmar hatte versprochen, was immer er von Annabell sehe, höre, über sie erfahre, werde er dem Luiserl umgehend berichten. Er war voll guten Willens. Aber natürlich ahnte er nichts von jenen Zeichen, Gesten, Symbolen, die Annabell und ihr noch immer unbekannter Vater neuerdings insgeheim austauschten.

Eines schönen Tages nämlich hatte sie überraschend auf ihrem Handy eine SMS von ihm gefunden:

"Allerliebste Annabell! Mein Bote hat mir deine Adresse besorgt, zugegeben mittels Bestechung. Ich grüße dich herzlichst und hoffe, du lässt mich von jetzt an immer wissen, wie es dir geht, in der Schule, zuhause, in deinem Herzen. Es umarmt dich dein treuer Vater – Bimbo"'

Der "treue Vater" wurde zu Bimbos Wahrzeichen. Das klang so wunderbar altmodisch, wie aus einem früheren Jahrhundert. Damit schmeichelte sich Bimbo in Annabells Herz.

Während Annnabel unter den Grüßen Bimbos aufblühte, versank Doro aufgrund ihrer Ersten-Satz-Misere in dumpfe Verzweiflung. Natürlich hätte sie auch mit einem zweiten Satz anfangen können, aber das verbot ihr der Stolz. Manchmal war sie schon nahe daran, ihre literarischen Ambitionen wenn nicht zu begraben, so doch eine Drehung herunterzuschrauben. Aber der Ehrgeiz einer sich lebenslang unterschätzt, ja, missbraucht fühlenden Handarbeitslehrerin war ihr noch immer im Weg..

Bis zu dem Augenblick behinderte er sie, wo das Luiserl sie wieder einmal besuchte. Sogleich übertrug sie ihre Selbstvorwürfe auf ihn, beschuldigte ihn, er habe ihr das Schreiben nur aufgenötigt, um sie von ihrem Kummer abzulenken. Dabei wisse er doch selbst, welche Versagensängste das Schreiben dem Schreiber bereite. Also habe er nur die eine Seelenqual mit einer andern für sie vertauscht.

"Du bist ein Sadist!"

"Ach, gegen so viel Kummer und Schmerz besitze ich zufällig eine Medizin!"

"Und die wäre?"

Das Luiserl zückte den Brief, der möglicherweise neues Leid – vielleicht aber auch Freude, Glück, Jubel? – hervorrufen würde. Mit Bangen erwartete er Doros Reaktion.

"Mein Gott!" Sie hielt sich die Hand vor den Mund, als wolle sie sich jede Äußerung, jedes Gefühl versagen.

Betont munter, doch schlechten Gewissens sagte das Luiserl, während Doro den Brief wieder und wieder las:

"Ich lege also, wie von ihm erbeten, hiermit ein gutes Wort für den Hanns bei dir ein."

Es würde kein Zurück mehr geben – sein unüberlegtes Zutun hatte bereits die Entscheidung herbeigeführt. Er versuchte noch zu bremsen:

"Doro, es ist keine Liebe – auch wenn er von Sehnsucht redet. Bitte, mache dir keine Illusionen!"

Aber es war zu spät.

"Nein, Luiserl, gewiss nicht. Ich bin sehr genügsam geworden. Wenn ich von dem, was mir genommen wurde, nur ein klein wenig zurückbekäme ... Nur dann und wann ein paar Worte am Telephon ... Ach, wäre das schön!"

Sie schwieg. Und dann, plötzlich, wie verwandelt, entschlossen:

"Nein! Anders! Ich nehme es selbst in die Hand! Ich werde ihn besuchen. Ihn überraschen, ohne mich anzumelden. Du wirst mich nicht daran hindern. Aber keine Angst, ich bedränge ihn nicht. Ich habe meine Lektion gelernt.

Ich habe auch meine Schreibkunst geprüft. Dass mir kein erster Satz gelungen ist, war mein Glück. Ich hinterlasse kein Buch. Ich habe nie etwas geschrieben. Ich habe nur immer nachgedacht, nachgedacht, nachgedacht und erkannt: wie überflüssig dies Buch wäre. Wie falsch war allein schon sein Titel "Labyrinth Liebe"!

Denn nicht die Liebe, der Mensch ist das Labyrinth! Und nur in sich selbst findet er einen Ausweg. Er selber ist sein eigener, rettender Faden. Er muss ihn nur in die Hand nehmen und ihm gehorchen. Und wie heißt dieser einzige Ausweg? Er heißt Entsagung, Luiserl, Entsagung.

Dies im Sinn werde ich den Hanns besuchen. Nur für einen Tag, vielleicht sogar nur für ein, zwei Stunden. Ich löse gleich eine Rückfahrkarte, du kannst also beruhigt sein. Der Hanns soll es ausprobieren, wieviel Nähe er braucht, oder aushält, für seine Sehnsucht nach mir."

Das Luiserl fühlte sich von der Doro beschämt. Sie hatte Fortschritte gemacht, sie war über sich hinausgewachsen.

Trotzdem: sollte er den Hanns warnen?

Als die Doro nach drei Tagen noch nicht zurückgekehrt war, griff er spätabends zum Telephon.

"Hier ist das Luiserl. Mit wem spreche ich?"

"Mit Hanns. Aber ich gebe Ihnen zuerst die Doro."

Sie machte es kurz:

"Luiserl, ich hole ihn zurück, zu uns, irgendwohin aufs Land, nach Niederbayern vielleicht. Dort werde ich seine Gehilfin sein. Mehr nicht. Ich übergebe." Weg war sie.

Der Hanns ließ ihm einen Augenblick Zeit, um zu rätseln: "Gehilfin? Wie kommt sie gerade darauf? Habe ich jemals erwähnt, dass das insgeheim mein von mir erwählter Beruf ist – Gehilfe? Gehilfe für wen? Für niemand, für alle ... Das war einmal *mein* Ausweg, und jetzt wird er auch der ihre. Wie seltsam, dass wir beide den Inbegriff unsres Tuns mit dem gleichen Wort bezeichnen: Gehilfin, Gehilfe."

Dann:

"Luiserl?"

"Hanns?"

"Muss ich mich vor Ihnen schämen?"

"Warum? Sie waren krank, schwach, hatten mindestens einen Flügel gebrochen, wenn nicht alle beide – aber zum Glück nicht Ihr Herz! Und jetzt bitte ich Sie, schenken Sie es der Doro. Ich glaube wirklich, euch beide hat das Schicksal füreinander bestimmt.

Sie werden die Doro eines Tages hergeben müssen, aber bis dahin sind Ihre Flügel wieder geheilt. Und schon bald wird sie, wie ich die Doro kenne, mit Ihnen über die bayrischen Wiesen und Wälder fliegen, auch über die hohen und höchsten Gipfel hinweg.

Willkommen bei uns! Wir sind eine nur vorgebliche, fiktive Familie – oder besser, eine bloß ideelle. Ich habe sie gegründet, beziehungsweise mit der Zeit zusammengebracht. Da ich ein Homo bin, stand mir keine Eheliebste zur Verfügung. Ich musste mich anderweitig behelfen, es ergab sich daraus eine vielleicht etwas schräge Mixtur. Darf ich Sie ab sofort hinzuzählen? Acht Familienmitglieder wären wir dann insgesamt. Übrigens spekuliere ich auf ein neuntes Mitglied, wir haben nämlich mit unserem Evchen noch eine hübsche Studentin der Jurisprudenz in petto. Momentan zwar hat sie's auf mich abgesehen, aber mit Gottes Hilfe kommt eines schönen Tages ein junger Kollege daher, der sie hoffentlich rumkriegt.

Ihnen und Ihrer Doro gratuliere ich von ganzem Herzen und wünsche euch Glück und Segen. Ich werde ein rauschendes Fest zu Ihrem Willkommen veranstalten!

Zufrieden, Hanns?"

Das Luiserl lud alle seine Freunde, den erreichbaren Bruchteil seiner Familie: Evchen, Helen, Elmar, Annabell – zu einem abendlichen Umtrunk in seinen winzigen Hausgarten ein. Es drängte ihn, sie mit Doros Schicksalswende und ihrer Wiedervereinigung mit Hanns vertraut zu machen. Annabell würde sich wie immer durch ihr betontes Schweigen hervortun. Und es fehlte natürlich Bimbo. Doch wenigstens blickte sein groß vergrößertes fotografisches Abbild inzwischen von der Wohnzimmerwand herab. Er hatte es lange – bis vor kurzem – in seinem Schlafzimmer vor allen Besuchern versteckt. Der Teufel hatte wohl seine Hand im Spiel, dass er das Luiserl vergessen ließ, es zuvor, ehe die Gäste kamen, zu entfernen. Es musste jedem sofort ins Auge fallen. Doch bei der Begrüßung warf keiner auch nur einen Blick auf das große Foto. Beim Abschied das gleiche: alle gingen achtlos daran vorbei. Bis auf den Letzten: Elmar. Der blieb stehen, fragte, leise. diskret:

"Das also ist Bimbo?"

Dem Luiserl war es nun doch peinlich. Vor allem sah er mit Entsetzen, neben ihrem Stiefvater war plötzlich – woher? – Annabell aufgetaucht. Sie beugte sich vor, starrte auf das Foto, schien außer sich. Mit gutem Grund. Der Mann da vor ihren Augen – wer war er? Er hatte sich ihr gegenüber als Bote ihres Vaters ausgegeben. In Wirklichkeit war er der Bimbo selbst!

Ihr "treuer Vater"! Auch er hatte sie also belogen, betrogen, getäuscht.

Wem konnte sie jetzt noch vertrauen?

Das Luiserl hingegen fragte sich verzweifelt: Erkannte Annabell in ihm ihren Vater ?

Elmar hatte nichts weiter bemerkt und ging mit fröhlichem Gruß von dannen.

Annabell stand noch immer vor dem Foto, starr, fassungslos. Das Luiserl zog sie in einen Sessel, setzte sich auf die Armlehne und legte einen Arm um sie. Sie wehrte sich nicht.

"Lass uns offen miteinander reden. Du sollst verstehen, warum ich dir damals nicht die Wahrheit gesagt habe. Es ist nämlich so, ich kenne die Wahrheit selber nicht. Der Bimbo ist damals für drei Tage in mein Leben getreten und ohne Abschied verschwunden. Ich habe ihn bis heute nicht wiedergesehen. Er hat mir auch nie seinen Namen gesagt, lieber wollte er weiterhin Bimbo heißen. Ich weiß nichts, gar nichts von ihm. Wo kommt er her? Seit wann ist er da? Was hat er gelernt? Wovon lebt er? Hat er noch Angehörige? Ist er ganz allein? Wie kann ich da wissen, wer er wirklich ist? Sagen wir so: ein Spitzbub vielleicht?"

"Ich will aber keinen Spitzbub als Vater! Ich will so einen wie dich! Gradaus, ehrlich!"

Annabell schmiegte ihr Gesicht unter Tränen in Luiserls Arm.

"Ach, Annabell, so lang's einem gutgeht, tut man sich mit dem Gradaus- und Ehrlich-Sein leicht. Aber stell dir vor, wie schwierig es ist, wenn du nichts mehr zum Essen, nichts zum Anziehen und keine Bleibe zum Übernachten hast! Dann wird es mit der Gradheit von Tag zu Tag schwieriger. Für einen wie den Bimbo erst recht, der zu allem hin auch noch den Ehrgeiz hat, wenn schon kaputt, dann trotzdem immer geschniegelt, gebügelt und frisch gewaschen daher zu kommen. Das macht ihn ja so attraktiv."

Er erzählte der Annabell dann die Geschichte jenes schicksalhaften Ersten Dienstags im Monat: die Homos in ihren eleganten Roben – und Blues, Blues, Blues. Bimbo, der unbekannte, ungeladene, ungebetene Gast, der im Tanzschritt hereinkam, eine schwarze Braut, sich im kostbaren Brautkleid wiegend. Der davongejagt, hinausgeprügelt worden wäre, hätte ihn nicht das Luiserl gerettet. Bimbo – schön, anmutig, charmant – drei wunderbare Tage und Nächte verbrachte das Luiserl mit ihm.

Annabell lauschte, verzückt, hingerissen – und zugleich abgestoßen.

Das also war ihre Herkunft – zur Hälfte Afrika und zur Hälfte Nordrhein-Westfalen, von wo ihre Mutter Helen herkam. Nicht leicht zu ertragen.

Dass sie Bimbo schon eine Weile kannte, dass er sie hinters Licht geführt hatte, sie immer noch hinters Licht führte und ihr Vertrauen missbrauchte, dass er ihr zu diesem Zweck laufend Grüße und Botschaften aufs Handy schickte, – das alles verschwieg Annabell dem Luiserl. Das Luiserl hingegen versagte sich die brennende Frage, wie nur konnte sie in dem Mann auf dem Foto ihren Vater erkennen? Auf den ersten Blick?

"Sind wir noch Freunde, Luiserl?"

Er zog sie hoch, umarmte sie.

"Für immer und ewig, Annabell!"

"Was zählt?"

Zusammen mit einem Fetzen Stoff war die dritte, die vielleicht letzte

Botschaft Bimbos, beim Luiserl angekommen. Sie lautete:

"Nicht errettet den göttlichen Held die unsterbliche Mutter,
Wenn er, am skäischen Tor fallend, sein Schicksal erfüllt.
Aber sie steigt aus dem Meer mit allen Töchtern des Nereus,
Und die Klage hebt an um den verherrlichten Sohn ..."

Vorausschauend hatte der Humanist Elmar ihm die Ilias-Verse erklärt: Thetis klagt um ihren Sohn, den griechischen Helden Achilleus.

Im Zweikampf tötet Hektor, der Heerführer der Trojaner, Achills Liebling Patroklos. Um ihn zu rächen, erschlägt Achill den Hektor. Dreimal schleift er triumphierend den Leichnam rund um die Stadt Troja, an seinen Streitwagen gebunden. Doch ein Gott, Phoebus Apollon, rächt den geschändeten Hektor! Einen tödlichen Pfeil lenkt er auf die einzige Stelle, wo der unverwundbare Achill verwundbar ist – auf seine Ferse.

"Wie wunderbar sind doch diese alten Geschichten! Passen noch immer auf uns, bis heute! Jeder, scheint er auch noch so unverletzlich, hat seine Achilles-Ferse, so, wie er auch, zuinnerst einen Ariadne-Faden besitzt – glaubt jedenfalls die Doro. Ich wollte, ich wüsste einen Ausweg, um mich in Sicherheit vor Bimbo zu bringen. Nah und näher rückt der Termin mit den vier restlichen Zeilen, den mir Bimbo gesetzt hat.

Und doch ist und bleibt für mich Bimbo der Einzige, der in meinem Leben wirklich zählt. Drei Tage lang habe ich ihn damals kennengelernt, ein zauberhaftes Wesen aus einer fremden Welt. Er, der immer nur diese und jene Zeile eines Gedichts vor sich hin sagte, war kein Poet. Er war die Poesie in Person – ja, das ist letztlich, was zählt – meine Achillesferse. Ich wollte, ich käme von ihm los."

Ausgerechnet Annabell sorgte unbeabsichtigt dafür, dass sich die Dinge beschleunigten. Mit dem, was sie bei nächster Gelegenheit auf eine SMS von Bimbo an ihn zurücksimste, setzte sie seinen Rachedurst erst richtig in Brand :

"Nie mehr möchte ich etwas hören von dir. Ich habe dich auf einem Foto erkannt. Du warst gar nicht sein Bote, du bist Bimbo selbst. Du hast mich belogen. Ich hasse dich. Du bist nicht mehr mein Vater."

Hatte das Luiserl das einzige Foto, mit dem man ihn identifizieren konnte, – böswillig! – seiner Tochter gezeigt? Und damit Annabell, seinen größten

Schatz, ihm entfremdet – für immer vielleicht? Von jetzt an verwandelte sich seine bislang noch fast spielerische Androhung gegen das Luiserl in wütenden Hass.

Er gab natürlich nicht so schnell auf.

"Annabell, dummes Kind! Ich habe dich nicht belogen, ich habe nur ein kleines bisschen geschwindelt. Ich musste doch erst einmal erkunden, was du für ein Mensch bist. Ich kannte dich ja nicht. Du hättest auch eine ganz verwöhnte, arrogante Göre sein können, ein verzogenes Girl, das mich von vornherein ablehnt. Kannst du denn nicht verstehen, dass ich ein wenig Angst vor dir hatte – und keinen Mut, einfach vor dich hinzutreten und zu sagen: ich bin dein Vater? Zumal ich lange nicht wusste und erst vor kurzem erfahren habe, dass es dich gibt, dass ich eine Tochter habe. Und was für eine bezaubernde! Bedenke das alles, vielleicht kannst du mir dann verzeihen? Ich bitte dich von ganzem Herzen darum!"

Es klang zwar plausibel, aber auch Annabell gab nicht nach. Antwortete ihm nicht. Allein – Bimbo besaß einen langen Atem. Er schrieb ihr immer wieder, so oft und so viel, bis er dachte, die Festung sei allmählich sturmreif. Also landete er seinen entscheidenden Coup.

"Liebste Annabell! Du hast ein Recht darauf, endlich zu erfahren, wer ich bin: der erstgeborene Sohn eines afrikanischen Stammesfürsten, ein Prinz. Ich habe in Europa studiert – und wenn ich in meine Heimat zurückkehre, wird mein Stamm mich mit allen Ehren empfangen. Aber nicht etwa im Busch! Meine Familie hat Vermögen, mein Vater ist alt, er hat für alles gesorgt. Auch für mich, seinen Nachfolger. Und du? Du bist nicht nur meine Tochter, du bist auch eine Prinzessin. Meine Prinzessin. Du wirst in einer Großstadt leben und keine Not, an nichts einen Mangel haben.

Ich konnte dir das lange nicht sagen, weil ich wusste, es würde für dich, eine junge Europäerin, wie ein Märchen klingen. Aber jetzt weißt du es und kannst überlegen, ob du mich immer noch ablehnst – mich und meine Liebe.

Es grüßt, es umarmt, es liebt dich
dein treuer Vater."

Es klang nicht nur wie ein Märchen, es war auch eines.

Annabell durchschaute es natürlich. Sie zeigte es ihrer Mutter. Helen war keineswegs so überrascht, wie die Tochter erwartete. Helen war vorgewarnt.

Wenige Tagen zuvor war ihr auf dem abendlichen Heimweg ein farbiger

Mann aufgefallen. Nur kurz – ehe er auf der gegenüberliegenden Straßenseite in eine kleine Nebenstraße einbog. Er ähnelte, nein, er glich dem Mann, der ihr Ali gewesen war, ihr Geliebter, Annabells Vater. Der sie, nachdem sie ihm ihre Schwangerschaft geoffenbart hatte, auf der Stelle und ohne Abschied verließ. Niemals hatte er ihr später ein Lebenszeichen zukommen lassen. Tausendmal hatte sie ihn verwünscht.

Die Erinnerung an ihr früheres Elend war durch Wohlergehen und Erfolg – Schneiderlehre, Meisterprüfung, eigene kleine Modefirma – die sie dem Luiserl, ihrer neuen Heimat, ihrem zähen Durchhaltewillen und nicht zuletzt ihrem Ehemann Elmar verdankte, weit in den Hintergrund gerückt. Jäh erwachte jetzt von neuem der fast vergessene Hass. Sie schwor sich: wenn er es wirklich ist und ich ihn zu fassen bekomme, dann soll er's mir büßen!

Von da an blickte sie sich, sobald sie auf die Straße trat, immer wieder um, spähte in jede Seitenstraße. Seine SMS an Annabell bestätigte ihren Verdacht, machte ihn zur Gewissheit. Er musste es gewesen sein! Er war es! Nur: wie ihn packen, festhalten, zur Verantwortung ziehen?

"Erzähl mir seine Geschichte, sie ist ja auch deine und meine!" bat Annabell.

Damit bekam sie jetzt die dritte, die für Ali am wenigsten schmeichelhafte Version zu hören. Am Ende fragte sie sich:

"Und das will ein afrikanischer Prinz sein? Eher doch wohl ein Spitzbube? Ganz gewiss aber ein treuloser Geliebter! Pflichtvergessen, feige, egoistisch – kein 'treuer Vater'!"

Auch ein zweites Mal hatte er sie belogen: er hatte von Helens Schwangerschaft gewusst – und sich später bestimmt Gewissheit über ihre Geburt verschafft. Ein kostenpflichtiges Baby war natürlich nur eine Last. Eine so gut wie erwachsene, hübsche, wohlgeratene Tochter aus gutem Haus dagegen: ließe sich damit nicht irgendwas anfangen? Vielleicht entführen und Lösegeld fordern?

Drei Menschen hatten vor Annabell ihre Vergangenheit ausgebreitet: das Luiserl, der Bimbo, zuletzt ihre Mutter Helen. Wenn sie ihre eigenen Erfahrungen dazutat, sah sie eine rätselhaft verschwommene, letztlich undefinierbare Gestalt vor sich. Jeder hatte ihr nur das Allernötigste und gewiss nicht die volle Wahrheit gesagt – nicht einmal sich selbst eingestanden. Auch Annabell ließ weder das Luiserl noch ihre Mutter wissen, wie nah der Vater ihr schon gekommen war. Welch einen Schmerz tat er ihr an, ein Vater, den sie nur noch verachten konnte! Lange war ihre Hautfarbe das größte Problem für sie gewesen, bis sie sich endlich damit abfand. Und nun – dieser Vater! Würde sie sich auch mit ihm jemals abfinden können?

Den Stiefvater hielten Helen und Annabell stillschweigend aus allen Tischgesprächen heraus, ohne es miteinander vereinbart zu haben. Doch entging dem sensiblen Elmar die Geheimniskrämerei in der Familie nicht. Was verbargen die beiden vor ihm? Es musste etwas für sie sehr Wichtiges sein. Ihn selbst, das Familienoberhaupt, schien es nicht zu betreffen. Schon das war ein Hinweis. Was also war die Ursache? Was brodelte da? Das Luiserl hatte ihn ja unlängst in sein Problem "Bimbo" eingeweiht, so fiel ihm der Rückschluss nicht schwer: es hing – noch viel enger als mit dem Luiserl – mit Helen und Annabell zusammen. Das Urproblem seiner Familie: Bimbo.

"Natürlich – die Gene! Das macht ihnen zu schaffen. Aber damit ist doch frisches Blut reingekommen! Kinder, seht es doch einmal von dieser Seite!"

Er beschloss, die häusliche Schieflage auf seine Weise zu beenden – falls sich ihm Gelegenheit dazu böte.

"Aber nur keine Übergriffe, keine Gewalt, keine Emotionen! Kaltblütigkeit!"

Er war schließlich Rationalist.

Distanzierung – die hatte ihn seine wissenschaftliche Arbeit gelehrt. Distanzierung, die sich wohltuend auch auf das Privatleben übertragen ließ, sobald häusliche Emotionen in Hitze gerieten. Sie war eine Eigenschaft wie angeborene Musikalität; seine Fingerübungen waren Überlegen, Vergleichen, Prüfen und vorsichtiges Schlüsse-Ziehen.

So gehörte es sich: sowohl beruflich wie privat!

Aber gelegentlich, beim Genuss einer Flasche Rotwein und einer fast unbezahlbaren Zigarre, erlaubte sich Elmar eine absolut subjektive Betrachtung seines Lieblingsthemas, seiner diversen, mehr oder weniger kostbaren Studienobjekte, die er, seiner gehobenen Laune entsprechend, gelegentlich sogar "einen alten Plunder" nannte.

Andererseits konnte er stundenlang ernsthafte Vorträge über sie halten, seine Zuhörer wundervoll einspinnen in ein weit- und weltläufiges Wissensnetz, das er mit Lust über sie auswarf – wie ein Fischer am See Genezareth, der mit ein paar Fischen tausend Ungläubige ernährt und sie zum Glauben bekehrt. Es war nun einmal so: daran hängte die Menschheit, auch die gegenwärtige, ihr Herz, wollte bezaubert sein, unterwarf sich einem geheimnisvollen Zwang – einem Zwang, der sie für einen Augenblick von ihrem furchtbaren Wissen erlöste, *dem Wissen um ihre irdische Vergänglichkeit.*

Das trauten die Menschen diesen Gegenständen zu, diesen Zweck erfüllten sie auch.

Nur er selbst, Elmar, hielt sie für eine Art Ballastmasse, um sich das nötige Gewicht zu verschaffen – mit dem das Schiff des Glaubens über den Ozean des Unglaubens dahinschipperte.

"Seit Urzeiten verherrlicht die Menschheit sich selber in ihren Leitfiguren. Es ist ein Grundbedürfnis. Es beseelt Erdteile, Völker, Nationen – Länder, Städte, Orte – Gemeinden, Vereine, ja, jedes einzelne Mitglied der menschlichen Gesellschaft. Nicht in eigener Person beweihräuchert sich der Mensch – er gibt einem Herrscher, Magier, Priester, Regenten oder welche Bezeichnung man ihm verleiht, stellvertretend den Vortritt, die Lizenz.

Und womit manifestiert sich dann sein Rang, seine ihm übertragene geistliche oder weltliche Macht?

In seiner weithin erkennbaren feierlichen Erscheinung!

Alle Weltgegenden, alle Epochen und Kulturen zelebrieren ihre Hierarchien so: mittels Gewändern, Gebärden, Symbolen – durch Fanfaren, Orgeltöne, Sprüche, Gesang – durch Schmuck, Waffen, Fahnen, Farben, Stoffe, Federn, Verzierungen. Sie bewirken, begleiten, ja, begründen das Recht auf sakrale Verehrung. Mit der Zeit werden dann auch noch sie, diese Gegenstände, verehrt. Durch jahrhundertealten Gebrauch, mündliche Tradition und schriftliche Überlieferung wächst ihnen immer noch mehr Erhabenheit, Heiligkeit zu – bis sie eines Tages mir, beziehungsweise den zuständigen Museen in die Hände fallen. Es wird nie ein Ende haben mit der Magie von Federn und Kronen auf geistlichem oder weltlichem Haupt, mit der unüberschaubaren Zahl geweihter Dinge, die der symbolischen Überhöhung des jeweiligen Priesters oder Machthabers dienen. Das geht bis zum Füllfederhalter, mit dem irgendwann irgendeine Unterschrift geleistet wurde. Mit anderen Worten: das Volk besteht auf Pomp, Glanz, Inszenierung."

So, in liebenswürdig frivoler Laune kannte das Luiserl aus vielen Gesprächen den Elmar.

Bei ihm gab Elmar sich gern als religiöser wie als philosophischer Freigeist. Nie fühlte das Luiserl sich ihm gewachsen, regelmäßig zog er im Gespräch den Kürzeren. Trotzdem (oder grade deshalb?) suchte er immer wieder das Gespräch mit Elmar. Manches Mal stritten sie über das Schöne. Schiller ließ ihnen keine Ruhe. Er hatte "das Schöne" ja ganz und gar auf den Menschen bezogen – also keineswegs auf Marmorbilder und Bauwerke, auf Säulen und Tempel.

Aber was bedeutete dem Menschen seine eigene Schönheit wirklich?

Für Elmar war menschliche Schönheit nur ein Akzidens, er hielt sie nicht, wie die Vernunft, für essentiell, das Wesen des Menschen begründend. Vielleicht hatte Elmar recht? Womöglich entsprach es den Tatsachen? Elmar erinnerte ihn immer wieder daran, wie – von allen menschlichen Eigenschaften – am meisten vergänglich gerade die menschliche Schönheit sei.

"Und wie gefährlich obendrein! Die Schattenseite der Schönheit. Sie verführt die Menschen (die Frauen?) dazu, zu täuschen, sich zu überheben, sich Vorteile zu verschaffen, hässliche Menschen der Verachtung preiszugeben."

Doch das Luiserl beharrte darauf:

"Deshalb meine ich ja: das Schöne ist im Grunde eine ethische Kategorie. Es ist nicht bloß eine Zutat, ist nicht nur zum Anschauen da, sondern zum Denken, zur Spekulation. Seine Vergänglichkeit ist seine Moral. Es ist ein Geschenk, eine Leihgabe für eine gewisse Zeit, seiner Kostbarkeit angemessen. Spätestens das Alter zerstört die Schönheit, je kostbarer, desto früher. Aber sie hinterlässt etwas – Schiller nennt es ein herrliches Klaglied – ein Kunstwerk, einen Gesang. Ist das nichts? Vielleicht ist es letztlich sogar die einzige Aufgabe der Schönheit, dass sie kraft ihrer Vergänglichkeit ein unvergängliches Kunstwerk hervorbringt?"

"Luiserl, beweisen Sie es mir! Die Schönheit Bimbos hat Sie bezaubert, bezaubert Sie in der Erinnerung noch bis heute – wo bleiben Ihre diesbezüglichen Hervorbringungen?"

Es war nur ein Scherz, nicht böse gemeint. Wer wäre je so vermessen, mit Schiller zu konkurrieren? Aber das Luiserl wurde davon getroffen, verletzt, tief beschämt.

Elmar hatte ja recht! Nie war ihm Bimbo, die Klage um Bimbos Verschwinden, zur Inspiration geworden, weder im Leid noch im Glück seiner

Erinnerung an jene drei seligen Tage. Was sollte also sein ganzes Gerede über die Schönheit? Wenn ihm die Schönheit Bimbos wirklich so viel bedeutete, warum war sie ihm bisher noch keine einzige Zeile der Trauer, der Sehnsucht, der Hingabe wert? Der Drang, seine Liebe in Worte zu fassen, musste ihn doch zerreißen! Selbst der allereinfachste Mensch fand Worte für sein Empfinden – nur er nicht? Nichts. Keine Silbe. Nur stumme Betrübnis, Und das nannte er Liebe? Oder war er, das Luiserl, so absolut wortarm, so ohnmächtig, so ohne Empfindung, so ohne Herz?

Elmar, der seinen Einwurf nicht weiter ernstnahm, kam seinerseits von Bimbo nicht los.

Sehr gerne würde er sich einmal mit Bimbo unterhalten über die Schönheit, sagte er.

"Wie denn?" meinte das Luiserl. "Der streift doch irgendwo durch die Welt, vielleicht nicht einmal in Europa, vielleicht in Amerika oder Afrika!"

Dazu schwieg Elmar. Er war anderer Meinung. Er hatte ein eigenartig zärtliches Verhältnis zum Luiserl, ohne es ihn merken zu lassen: Diesen ein halbes Kind gebliebenen Mann wollte er nicht unbedingt durch unangenehme Ahnungen (oder war es schon eine Gewissheit?) beunruhigen.

Der Zufall kam seinem Wunsch entgegen.

Im exklusiven Zigarrengeschäft an der Ecke, das nur Edles und Edelstes anbot, hatte Elmar sich grade einige luxuriöse Wünsche erfüllt. Er stand an der Kasse, als, begleitet vom feinen Klang eines Tür-Glöckchens aus längst vergangener Zeit, ein Mann hereintrat. Unwillkürlich wandte Elmar sich um – ein Farbiger! Sofort, auf den ersten Blick erkannte er das Ebenbild des Fotos an Luiserls Wohnzimmerwand, das er vor kurzem sehr intensiv betrachtet und sich eingeprägt hatte. Er verließ das Geschäft, drehte sich nach ein paar Schritten um, blieb stehen und erwartete ihn: Bimbo.

Als er herauskam, trat Elmar auf ihn zu, streckte ihm seine Hand entgegen:

"Schönen guten Tag der Herr! Mein Name ist Elmar."

Er drückte die ihm nur zögernd gereichte Hand kräftig.

"Ich begrüße Sie! Schon längere Zeit wünsche ich mir, wir würden uns einmal begegnen. Und damit keine Zweifel aufkommen: Sie sind sowohl der ehemalige Ex meiner lieben Frau Helen, wie auch der Erzeuger meiner ebenso lieben Zieh- und Stieftochter Annabell. Hierzulande gastieren Sie als Bimbo, was natürlich nur ein Bühnenname ist. Darf ich Sie in eine Cafeteria bitten, falls es in diesem ehemaligen Glasscherbenviertel eine solche gibt? – Na, dann in ein Bierlokal? Nehmen wir doch einfach das nächstbeste. Einverstanden?"

Der von diesem Wortschwall fast Erschlagene ließ sich – wortlos, gehorsam, untergehakt – durch die nächste und übernächste Straße führen, bis ihnen endlich von weitem ein Lokal seine Gastlichkeit anbot.

Elmar suchte im Hintergrund einen Platz. Sie waren ohnehin, am frühen Vormittag, die fast einzigen Gäste.

"Machen Sie es sich bequem! Aber bitte keinen Smalltalk! Wir sollten uns auf einem etwas höheren intellektuellen Niveau unterhalten. Ich habe nämlich keinesfalls eine Abrechnung mit Ihnen vor. Ich bin gewohnt, ein Problem möglichst sachlich, wissenschaftlich, sozusagen abstrakt zu behandeln. Und Sie, verehrter Bimbo, sind eben ein Problem für mich, oder sagen wir besser: ein Rätsel. Ich möchte Sie gerne verstehen, jedoch nicht an Sie herantreten als der, der ich tatsächlich bin, nämlich Professor der Archäologie. Sondern quasi als selbsternannter Insektologe. Damit mache ich Sie zu einem Objekt der Biologie – wie eine Biene, Wespe oder dergleichen. Oder lägen Sie lieber als schimmernder Schmetterling auf meinem Seziertisch? – Na gut, einigen wir uns auf ein Pfauenauge. Ich reiße Ihnen natürlich keine Flügel aus, zerlege Sie nicht, lasse Sie am Ende unbeschädigt davonfliegen. Denn das Davonfliegen, nicht wahr, das beherrschen Sie?

Sprechen wir über die Schönheit. Das Pfauenauge ist eine von der Natur besonders liebevoll mit Schönheit versehene Kreatur. Aber wozu dient sie? Zu nichts andrem, als sich mit ihrer Hilfe innerhalb relativ kurzer Zeit zu vermehren. Auch unsereinem obliegt diese Aufgabe, auch wir Menschen müssen rechtzeitig für Nachkommen sorgen. Ich zum Beispiel habe diese Frist leider versäumt. Zum Glück nahmen Sie mir diese Aufgabe ab. Seien Sie für Annabell bedankt! Und machen Sie sich keine Illusionen, Ich lasse mir meine Stieftochter nie, nie, niemals wegnehmen.

Ich vermute jedoch, aufgrund Ihrer Anziehungskraft fiel es Ihnen nicht schwer, weit über Annabell hinaus Ihr Soll zu erfüllen, so dass Sie über eine gewisse Auswahl an Nachkommen verfügen? Oder – und das ist jetzt meine entscheidende Frage – sind Sie, wie das Luiserl, tatsächlich ein Homo und haben mit Annabell eine Sonderleistung vollbracht? Ich erwarte eine Antwort."

Er schwieg. Er zeigte Geduld. Endlich ein leidenschaftlicher Ausbruch:
"Ich bin kein Homo!"

"Na, na!!

"Oder vielleicht doch! Aber keine Tunte wie das Luiserl! Er hat mich missbraucht!"

"Ach, Sie Ärmster! Dann hat Ihnen Ihre Schönheit also nichts weiter eingebracht als Luiserls unerwünschte Männerliebe? Und jetzt drohen Sie ihm mit dem Tod? Ein bisschen spät, mein Lieber! Dabei ist er der Einzige, der nicht nur Ihre inneren Werte liebt, sondern fast noch mehr Ihre exzellente Außenansicht. Der Ihrer Schönheit eine gradezu philosophische Aura verleiht und Ihnen alles, sogar Ihre poetische Todesandrohung, verzeiht.

Ich hingegen, mein lieber Bimbo, schätze Sie aus einem ganz anderen Grund – nämlich wegen Ihrer Vorliebe für ein Gedicht meines Landsmanns Schiller, das ausgerechnet die Schönheit der Frau, der Jugend, der streitbaren Mannhaftigkeit feiert und gleichzeitig zum Opfer erklärt. Schönheit, die auch Sie noch immer ziert. Doch bedenken Sie wohl: Auch das Schöne muss sterben ... Ich zitiere:

Siehe, da weinen die Götter, die Göttinnen alle,
Dass das Schöne vergeht, dass das Vollkommene stirbt.
Auch ein Klaglied zu sein im Mund der Geliebten, ist herrlich.
Denn das Gemeine geht klaglos zum Orkus hinab.

Ein endgültiges Urteil! Zuerst die unschuldige Eurydike. Dann Adonis, der zarte Gott der Schönheit, den der eifersüchtige Kriegsgott Mars oder Ares als Eber mit seinem furchtbaren Gebiss tödlich verletzt.

Zuletzt der Grieche Achill, ein Kriegsheld, der, wenn man's genau nimmt, der Mörder eines Mörders ist.

Alle drei dienen Schiller, einem wahrhaft großen Geist, als Modell für "das Schöne": die Schönheit einer Frau, die Schönheit eines Jünglings, die Schönheit eines, nun ja, Kriegshelden. Man könnte sich über die Personalien den Kopf zerbrechen, nicht wahr?

Schillers wegen vergebe ich Ihnen fast alles, sympathisiere sogar mit Ihnen, obgleich ich fürchte, Sie sind ein Filou. Andererseits haben Sie vermutlich in Ihrer Vergangenheit, aufgrund Ihrer Hautfarbe, schon allerlei ausgestanden. Aus diesem Grund verzeihe ich Ihnen auch den Filou.

Wenn wir uns also jetzt noch ein kräftiges bayrisches Mittagsmahl samt einem kühlen Bier gegönnt haben, wollen wir uns in Frieden trennen. Ich erwarte nur beim Abschied von Ihnen das Versprechen, Sie würden uns alle – das Luiserl, Helen, Annabell und mich – hinfort in Ruhe und damit am Leben lassen. Das ist meine Bedingung.

Nun, hoffentlich enttäuschen uns Küche und Koch dieses Hauses nicht!"

Beim Essen herrschte tiefe Stille.

Beim Abschied sagte Elmar: "Sie sind gewarnt, nicht wahr?" Und dann, scheinbar warmherzig:

"Sie werden mir doch sicher erlauben, meinem lieben Freund Luiserl einen herzlichen Gruß von Ihnen zu übermitteln?"

Es traf ihn – wortlos – ein Blick von solch kaltem Hass aus Bimbos Augen, dass selbst die souveräne Miene Elmars für einen Moment gefror. Er merkte sich diesen Blick. Doch schnell gefasst, lächelte er sich zum Schein darüber hinweg.

"Na dann," sagte er,"flieg, schöner Schmetterling, flieg!"

So war Elmars erste Begegnung mit ihm verlaufen.

Zutiefst gedemütigt hatte sich Bimbo verzogen.

Es würde nicht einfach sein für Hanns, dachte das Luiserl, seine Praxis aufzulösen, nach Bayern zu übersiedeln und sich hier erneut um eine Niederlassung zu bewerben – was ihm aber dann doch, angesichts der katastrophalen Ärzteversorgung auf dem flachen Land, unschwer gelang.

Das Luiserl, von weitem den Umzug beobachtend, konnte sich darauf verlassen: der Hanns und die Doro, diese beiden, die das Leben noch vor kurzem so schmerzhaft verwundet hatte, sie würden jeden Tag, der ihnen gemeinsam vergönnt war, dankbar als Gnade betrachten.

So kam es denn auch. Doro und Hanns lebten ihr neues Leben in einem kleinen fränkischen Dorf als Landarzt samt Ehefrau mit einer nie zuvor geahnten Intensität. Sie hatten Lehren aus ihrem vergangenen Elend gezogen. Unendlich dankbar nahm jeder die Liebe des anderen als Geschenk entgegen. Die Doro sorgte auch dafür, dass Carlotta, ihre Vorgängerin, auf den kleinen Dorffriedhof umgebettet wurde.

Das Luiserl dagegen unternahm eine kleine Wallfahrt zum Ostfriedhof, legte dem Onkel Ferdinand einen Blumenstrauß aufs Grab und setzte ihn über die neuerdings eingetretenen familiären Veränderungen in Kenntnis. Die unglaubliche Wendung der Dinge mussten den Ferdi ja total überraschen.

"Nur ich, ich bleibe stehen, nichts geht bei mir voran! Einer wie ich, der sich so sehr danach sehnt, gerade der müsste doch etwas hervorbringen, nicht wahr?"

Dabei war er an den verschiedensten sozialen Brennpunkten seines Viertels zugange, scheute keine Wege, keine Arbeit, keine Unannehmlichkeiten und Auseinandersetzungen, so lange er sich als ehrenamtlichen Gehilfen betrachten konnte und ihn niemand auch nur mit einem Cent zu bestechen versuchte.

Aber all das war Nebensache, zählte für ihn nicht.

"Erkläre es mir, Onkel Ferdinand!"

Und er hörte den Ferdi sagen:

"Luiserl, es ist ja alles ganz schön und gut, was du so tust. Aber unsereins hinterlässt außer ein paar sogenannten guten Werken halt auch gern irgendwas Festes. Ich zum Beispiel meine Romane. Die sind zwar auch nicht gerade für die Ewigkeit – aber immerhin.

Du hast dein kleines Römänchen geschrieben, die Frucht deiner unglücklichen Liebe zu diesem Bimbo. Aber das war's dann auch. Das ist eben dein Unglück! Das Publikum soll deinen Kummer fühlen, nicht DU!! Stell ihn effektvoll zur Schau – exklamiere ihn wie ein Gedicht, ein Drama, eine Tragödie. Unglückliche Liebe taugt nicht beim Schreiben, sie ist nur ein Hindernis. Der Kopf muss leer sein, die Seele wie ein frisch geputzter Spiegel, frei von diesen verdammten Gefühlen. Nichts darf eskalieren, alles muss erst einmal tiefgekühlt und dann wieder hervorgeholt und aufgetaut werden. Kein ehemaliger Schmerz darf sich dann noch einmal hervortun. Man schneidet alles in Stücke, brät, kocht auf – und serviert, mundgerecht. Und das will gekonnt sein, mein Lieber!

Aber wie sich das bei dir so dahinläppert, na ja... Nimm's mir nicht übel, du warst mir ein guter Gehilfe, Luiserl, und damit begnüge dich endlich."

Hatte der Onkel recht?

Das Luiserl sah es anders.

"Ich habe versäumt, auf die Welt, auf die Zeit, auf die Menschen, die Dinge zu horchen. Habe nur immer in mich selber hineingestarrt. Die Leere in mir betrachtet, sie beklagt ... Was hätte da aus mir herauskommen können? Nichts. Absolut nichts!

Höchstens vielleicht was Luiserlhaftes. So wie meine Bimbogeschichte. Dabei missfällt mir nichts so sehr wie das Luiserlhafte! Nicht einmal der Bimbo hat dieses Luiserlhafte zum Schweigen gebracht."

Er stand vor sich selbst wie vor einer fest verschlossenen Tür, für die er keinen Schlüssel besaß. Was befand sich dahinter? Ein Ding? Ein Wesen? Ein Mensch? Ein literarischer Gegenstand? Ein Etwas, ein Konflikt, an dem sich vielleicht irgendwann einmal das Feuer – oder das Fieber? – des Schreibens entzündete ... ?

Anderntags beklagte sich das Luiserl noch einmal beim Evchen.

"Ach, Luiserl, du möchtest kreativ sein? Luiserl – du bist es! Du merkst es nur nicht!"

"Und woraus, bitte, besteht meine Kreativität?"

"Luiserl, du hast eine ganz seltene Gabe. Du holst aus den Menschen etwas heraus. Du machst sie besser, als sie eigentlich sind. Steckst sie an mit dir, deinem Wesen. Deiner Gutherzigkeit. Ja, auch mich. Nur zu dir selbst, da bist du so ungut, quälst dich, machst dir immerzu Vorwürfe.

Bei mir zum Beispiel gingst du so weit, dass du ganz gegen deine Natur, obwohl du mit Frauen nichts im Sinn hast, mich geheiratet hättest, bloß, um mir einen Gefallen zu tun. Keine Angst, ich schaue mich inzwischen anderweitig um – und, liebes Luiserl, hiermit gebe ich dir feierlich dein Eheversprechen zurück, das ich dir einstmals abgebettelt habe. Ach Luiserl, man kann nämlich nicht nur dem Hass eines Menschen zum Opfer fallen, sondern auch seiner Liebe. So, wie du der meinen!"

Ein Gutmensch war er also. War er das wirklich? Und befriedigte ihn das? Genügte es ihm?

Was zum Beispiel hatte er aus dem Bimbo herausgeholt – wenn das Luiserl recht hatte? Nichts!

"Und ich, der Gutmensch, habe ich mich auch nur ein einziges Mal gefragt, was der Bimbo an jenem ersten Dienstag im Monat eigentlich wollte, als er im weißen Brautkleid zu uns hereinschneite? Wir waren doch eine geschlossene Gesellschaft, so stand es draußen auf einem Schild an der Tür. Kein Zutritt! Ja, was wollte er denn? Sich bei uns einschmeicheln? So tun, als wäre er selber ein Schwuler, schlimmer noch, eine Tunte. War er aber gar nicht, tat nur so.

Suchte er nur – ich vermute, von seinen Freunden, schwarzen Freunden! vielfach missbraucht – bei uns Weißen Zuflucht? Ausgerechnet bei meinen schon etwas korpulent gewordenen, homophilen Genossen, von denen er sich wohl ein Auge für seine besondere Schönheit versprach, um sich uns anschließen zu dürfen?

Aber gerade sie wurde ihm zum Verhängnis! Der unerträgliche Kontrast ihrer verwelkten, von teurer Garderobe verhüllten Haut zu Bimbos strahlender Jugend, der hat diese in die Jahre gekommenen älteren Männer, diese ansonsten so zivilisierten, freundlichen Menschen zu Tieren gemacht. Sie hätten den schwarzen Adonis – der sie mit all seiner Anmut nur auf ihr eigenes Altern, ihre Vergänglichkeit hinwies – in ihrer Raserei vielleicht erwürgt, totgeprügelt, erschlagen, hätte ich ihn nicht vor ihnen gerettet.

Er hat nur Anschluss gesucht, Verständnis, Freundschaft – keine Liebe. Aber genau das war es dann, was er von mir bekommen hat: Männerliebe. Ich habe ihn beschützt, ihn vor den andern in Sicherheit gebracht – und anschließend meinen Lohn kassiert. Dass er ein Homo sei, davon wisse sie nichts, sagte die Helen.

War er nun einer? Oder war er eben doch keiner? Und fühlte sich von mir missbraucht?

"Mein Gott! Und ich habe das erst heute kapiert, nach so vielen Jahren!"

Die Wahrheit traf ihn wie ein Blitz. Nie zuvor hatte er darüber nachgedacht. Plötzlich, erbarmungslos schlug sie bei ihm ein. Sie war einfach da, konnte nie, nie mehr weggedacht werden.

"Jetzt freilich verstehe ich, warum du nach drei Tagen das Weite gesucht hast, warum du nie wieder zurückgekehrt bist, mir nie ein Lebenszeichen gabst.

Doch warum dieser Hass, weil Helen dein Brautkleid an ihrem Hochzeitstag trug? Immerhin hast du sie verlassen, sie ihrer Not preisgegeben. Es hätte ein Stück Versöhnung mit Helen sein können. Stattdessen hast du mich mit dem Tod bedroht.

Und was ist jetzt das Ende vom Lied?

Meine große Liebe – du, Bimbo – nur aus Versehen ein Homo? eine Verwechslung? ein Missverständnis? Und ich – was bin eigentlich ich? Ein Ho-

mo? Eine Tunte? War ich es? Bin ich es noch? Oder bin ich's nicht mehr?
Was ist für mich Annabell?"

Hatte er nun seinen Konflikt, seinen Schmerz? Ein literarisches Angebot? Wartete es nur auf ihn – hinter der immer noch fest verschlossenen Tür.

Ein Homo zu sein, dafür schämte sich das Luiserl zum ersten Mal. Jetzt, wo er an sich selber zu zweifeln begann. Als stünde der Bimbo vor ihm, voll tiefster Verachtung, weil damals vom Luiserl missbraucht.

Wie nur konnte er sich dafür bestrafen? Er fiel in Verzweiflung, Dann:

"Stellvertretend für alle Weißen, die seit jeher farbige Menschen ihrer Hautfarbe wegen gedemütigt haben, will ich die Schande, die Scham ertragen. Ich habe ihn ja geliebt. Liebe ihn immer noch. Werde ihn ewig lieben."

Er erlegte sich allerlei Bußübungen auf: Hungern, Dürsten, Schlafverzicht.

Die, die ihn kannten, bemerkten eine ganze Weile nicht, wie er sich verzehrte – und wenn doch, dann erklärte man sich seinen Zustand mit seinem Alleinsein, seiner Einsamkeit, seiner Sehnsucht nach einem Gefährten – nach Bimbo. Es wurde darüber geschwiegen, Bimbo war kein beliebtes Thema. Keiner hatte Sympathie für ihn, keiner wünschte, er möge zurückkehren – nicht einmal dem Luiserl zuliebe.

Anfangs schmerzte das Luiserl sein Beinahe-Totalverzicht auf Essen, Trinken und, so gut es ging, auch auf Schlaf. Aber allmählich geriet er in ein fast wohliges Einvernehmen mit seinem geschwächten Körper. Er beschloss, es immer so weiter zu treiben, bis es irgendwann friedlich zu Ende ginge mit ihm.

Mit Entsetzen gewahrte Elmar bei einem unangekündigten Besuch, das Luiserl sei gerade dabei, einen langsamen, aber todsicheren Suizid zu begehen. Er duldete keinen Widerspruch und brachte ihn trotz aller Proteste ins Krankenhaus der Barmherzigen Brüder, die den bereits völlig Entkräfteten behutsam ins Leben zurückpflegen sollten.

Das Evchen alarmierte die Doro, die alsbald erschien und dem Luiserl gut zuzureden versuchte. Sie hatte natürlich ihren Spruch parat: "Es gibt immer einen Ausweg!" – aber wie das mit schönen Sprüchen so ist: manchmal helfen sie – manchmal helfen sie nicht.

Hilfe kam letztlich von Annabell. Sie wusste ja, wohin man dem Bimbo eine SMS senden konnte – und überwand sich:

"Soeben geht das Luiserl zugrunde. Wenn du jemals wieder von mir akzeptiert werden willst, dann kümmere dich um ihn – sofort! Annabell."
Zurück kam nur die Frage:
"Wo ist er?"

Von den Barmherzigen Brüdern zuerst abgewiesen, dann, als er nach Rückfrage bei Elmar Zutritt erhielt, fand der Bimbo einen Patienten vor, der nur zeitweise bei Bewusstsein war. Nicht durch Worte, nur durch liebevolles Berühren konnte man sich ihm bemerkbar machen. Auch dann öffnete er nur für einen kurzen Blick die Augen, schon das strengte ihn unmäßig an.

Als er den Bimbo dann neben sich an seinem Bett sitzen sah – eine jünglingshafte Erscheinung, immer noch! – schien es dem Luiserl, er träume. Bimbo? das konnte nicht wahr sein. Das war Einbildung, eine Vision. Man sah es ihm an, er war völlig verwirrt, runzelte die Stirn, warf den Kopf hin und her.

"Luiserl, ich bin es wirklich, dein Freund Bimbo."

Der Patient seufzte. Mehr war ihm an diesem Nachmittag nicht abzuringen.

Aber seltsamerweise traten bald nach Bimbos Erscheinen die ersten Zeichen einer Besserung seines Befindens ein. Die Pfleger bemerkten, erstmals reagiere der Patient. Mit anderen Worten: er kehre zurück. Der Patient schien immer öfter zu erwachen, seit dieser farbige Besucher Tag für Tag an seinem Bett saß und Luiserls Hand hielt,

Der behandelnde Arzt bat den Bimbo zum Gespräch.

"Sie scheinen ein wahrer Freund unsres Patienten zu sein. Könnten Sie sich vorstellen, ihn nachhause zu begleiten und ihn dort weiter zu betreuen – natürlich vorerst noch mithilfe eines Pflegers und einer Wirtschafterin, die von uns einen Diätplan bekäme? Wir würden alles, was zu seiner Genesung medizinisch notwendig ist, organisieren – Gymnastik zum Beispiel. Ich habe mit dem Professor gesprochen, der Sie bei uns eingeführt hat – er würde es begrüßen und Sie natürlich auch unterstützen. Würden Sie es sich zutrauen?"

Am selben Nachmittag erschien Elmar im Krankenzimmer – es war ihre erste Wiederbegegnung nach ihrem gemeinsamen Mittagessen und ersten, langen Gespräch. Elmar begrüßte Bimbo mit Handschlag.

"Ich werde Sie Ali nennen, wenn Sie erlauben. Ich meinerseits wäre am liebsten Elmar für Sie, wenn's recht ist. Im Grunde gehören Sie ja von Anfang an zur Familie, einer vom Luiserl persönlich nach seinem Gusto zusammengefügten und eigentlich irregulären Familie, deren Mitglieder sich aber von Herzen lieben. Seien Sie also versichert, ich werde Sie als neues Mitglied respektieren. Das ist mein Ernst."

Schweigen.

"Sie haben dem Luiserl wenn nicht das Leben gerettet, so doch ihm zur Rückkehr ins Leben geholfen – und hoffentlich werden Sie beide von jetzt an zusammenbleiben."

Der Bimbo wusste nicht, wie ihm geschah. Diesem Frieden traute er nicht.

Aber es kam noch besser. Elmar zückte einen Schlüsselbund, löste einen einzelnen Schlüssel heraus.

"Das Luiserl braucht einen Menschen, der ihm Tag und Nacht Hilfe leisten kann. Dies ist Luiserls Haus- und Wohnungsschlüssel. Wir haben für Sie ein Zimmer gerichtet. Bitte ziehen Sie dort ein und machen es sich kommod. Vor allem jedoch bringen Sie die Wohnung mit Hilfe der Putzfrau in Ordnung, kaufen Lebensmittel und alles Sonstige ein, was man so braucht, wenn das Luiserl zurückkommt – vor allem aber jetzt für Sie! Sie verfügen über ein Haushaltskonto. Auch für Sie persönlich haben wir ein Konto eingerichtet, denn Sie können ja nicht das Luiserl pflegen und gleichzeitig Ihrem Beruf nachgehen. Es ist also nur zum Ausgleich für Ihren Einkommensausfall gedacht."

Elmar hatte natürlich längst Erkundigungen eingeholt. Er wusste, Bimbo nächtigte in einem Obdachlosenheim. Er hatte tagsüber keine Bleibe und schon gar keine feste Adresse. Er war ein ganz und gar verzweifelter Fall. Aber Elmar hatte sich entschlossen, "das Ruder herumzureißen".

"Vielleicht ist es ein Experiment", erklärte er Helen und Annabell.

"Vielleicht räumt er die Wohnung aus und verkauft ein paar Sachen? Vielleicht aber tut er all das nicht? Er hat uns das Luiserl gerettet, zumindest seelisch – und dafür bekommt er seine Chance! Ich nehme die Verantwortung, das Risiko auf mich!"

Ein paar Tage später, Bimbo war eben in Luiserls Wohnung eingezogen, läutete Elmar abends an seiner Tür.

"Ich möchte mich nur erkundigen, ob Sie sich zurecht finden, Ali. Sind Sie zufrieden mit Ihrer Unterbringung? Sie bewohnen ja, zusammen mit dem Luiserl, die *ganze* Wohnung. Nur zum Schlafen hat jeder sein eigenes Zimmer. Darf ich eintreten?"

Diesmal war der Bimbo vorbereitet.

"Bitte!" Er ließ ihm den Vortritt. "Ich folge Ihnen in mein Zimmer! Sie selbst haben es mir ja zugewiesen. Sie richten überhaupt alles, Professor. Vielleicht ist dieses Arrangement der Höhepunkt Ihrer planmäßigen Demütigungen. Sie bieten mir hier ein komfortables Obdach, damit das Luiserl – entschuldigen Sie – sobald er gesund ist und wieder sexuelle Bedürfnisse entwickelt, über mich als seinen Lustknaben verfügen kann? Das beabsichtigen Sie doch, nicht wahr?"

Zum ersten Mal verschlug es Elmar die Sprache.

"Kann ich mich setzen?"

Er nahm auf dem nächstbesten Stuhl Platz und schwieg.

Auch von Bimbo kam kein Laut mehr.

Es wurde ein unendlich langes, dröhnendes Schweigen.

"Lustknabe. Woher und seit wann kennen Sie dieses Wort? Ich kenne es nur aus der Literatur."

"Für einen Afrikaner wie mich, der schon als Kind einem reisenden deutschen Professor für Afrikanistik in die Hände fiel, war dieses Wort weniger eine literarische, mehr eine praktische Erfahrung – dreimal die Woche, Jahr um Jahr.

Ich hatte elf Geschwister. Den Jüngsten, mich, überließen meine Eltern auf seinen Wunsch diesem Deutschen. Sie bekamen dafür ein bisschen Geld und verloren einen Esser. Für mich war er der Teufel in Person. Aber sonst ein ganz reizender Mensch ... "

"Erzählen Sie mir von ihm!"

"Warum sollte ich?"

"Weil ich mich vor Ihnen schäme – als Deutscher, als Weißer! Und weil ich Sie um Verzeihung bitte für mein Verhalten!"

"Was ändert das noch an meinem kaputten Leben, Professor?"

"Lassen Sie um Himmels willen den Professor weg! Ich sagte Ihnen schon neulich: ich heiße Elmar!"

"Ich könnte Sie auch, aus alter Gewohnheit, mit Chef anreden. So wollte nämlich mein Erzieher genannt werden von mir – und da war ich gerade ein vierjähriges Kind."

"Sprechen Sie weiter! Es muss einmal aus Ihnen heraus! Und in mich hinein, ganz tief, in meine Seele!"

Der Bimbo begann mit leiser Stimme:
"Ich konnte mit fünf lesen – auf deutsch, mit sechs hatte ich nicht nur meine Muttersprache komplett vergessen, sondern wusste noch nicht einmal mehr den Namen meiner Familie. Nur die Sehnsucht nach meiner Mutter, nach meinen Brüdern und Schwestern – die lebte noch in mir.

"Ihr Deutsch ist druckreif – ein nahezu literarisches Deutsch. Wie kommt das?"

"Ich hatte ja einen Trainer. Einen besessenen Trainer, der mir – auch beim Sprechen – kein vergessenes Komma, keinen übersehenen Gedankenstrich, keinen falschen Konjunktiv durchgehen ließ. Ich war vor allem für ihn ein Experiment: nicht bloß seine Kreatur, sondern auch seine Kreation – seine Puppe. Besser noch: er schneiderte mich wie ein Stück Stoff zurecht, ich kam aus seiner Hand wie ein kostbares, von ihm selbst entworfenes Luxusmodell. Es war der Versuch, aus einem Heranwachsenden ein kleines Genie zu machen, in das man unentwegt Wissen hineinstopfte: Technik, Wirtschaft, Geografie, Politik, Literatur, Poesie, dazu Sport, ein bisschen basteln, zeichnen, Kunsthandwerk und nicht zuletzt klassische Musik. Er machte das sehr geschickt, oft amüsant, mit viel Abwechslung und wohlüberlegten Ruhepausen, nach einem sorgfältig ausgetüftelten Lehrplan. Auf seine Weise war er selbst ein Genie. Er wollte ein Exempel statuieren, wie man so sagt – was alles man mit aufs Feinste ausgetüftelten Lehrplänen, in altersgerechte Zeiteinheiten verpackt, mittels sorgfältigster sprachlicher Verdeutlichung, sublimer menschlicher Zuwendung und exklusiver Belohnung erreichen kann – bei einem durchschnittlich begabten Menschen wie mir.

Er hatte mich schon in Afrika, zuhause bei meiner Familie, genauestens analysiert, mich für sein Vorhaben beobachtet und ausgewählt, mit mir Spiele gespielt, auf seine spezielle Weise meine Intelligenz getestet und, worauf es ihm besonders ankam, mein Abstraktionsvermögen erkundet. Das geht, auch bei Kindern, einfacher als Sie denken. Wenn ein Kleinkind weiß, dass der Euro zum Beispiel *Geld* ist, – oder dass zwei Menschen *ein Paar* sind, so ist das schon eine Abstraktion.

Als das alles zu seiner Zufriedenheit ausfiel, begann er meine Eltern zu umwerben, ihnen Versprechungen für die Zukunft zu machen. Ihr Sohn – in seinen Händen – werde Universitäten besuchen, berühmt werden und eines Tages zu ihnen zurückkehren mit Geld, Geld, viel Geld.

Er war ein absolutes Schwein – eine Bestie, ein Vieh, ein Verbrecher!"

Er schrie es heraus, zitterte, konnte kaum atmen, beruhigte sich nach und nach.

"Ganz zärtlich kam er immer auf mich zu, wenn er mich haben wollte. Umarmte mich, küsste mich, roch nach einem Männerparfum. Ich ekelte mich vor seiner Zärtlichkeit – und war zugleich überwältigt. Ich war sein Sklave, ein Afrikaner, der sich nicht wehren konnte, sich nicht einmal wehren wollte. Er war ja kein Zyniker, er liebte mich wirklich. Er war selbst sein eigenes Opfer, das Opfer seiner unvorstellbaren Sexualität. Ich, der inzwischen Neunzehn-, fast Zwanzigjährige, würde ihm niemals entkommen. Ein paar afrikanische Freunde waren bereit, mir zur Flucht zu verhelfen. Ich besaß aber keinen einzigen Cent, geschweige auch nur einen Euro und mein Pass oder Ausweis war in Händen des Chefs. Ich konnte mich weder legitimieren noch mir auch nur ein Stück Brot kaufen. Wo sollte ich unterkommen? Meine Freunde, selbst arme Schlucker, Flüchtlinge, nicht einmal alle als solche anerkannt, konnten mich vielleicht ein paar Tage durchfüttern. Aber dann stünde ich auf der Straße, ungewaschen, hungrig, ohne Obdach.

Zuletzt sah ich keinen anderen Ausweg mehr, als mich umzubringen. Auf meine inständige Bitte kauften sie von ihrem eigenen Geld ein in Afrika hergestelltes Gift, das angeblich schnell, schmerz- und spurlos wirken sollte. Es ergab mit Wasser eine milchige Flüssigkeit, die ich stundenlang auf dem Tisch meines Zimmers stehen ließ, um sie zu betrachten, sie - vielleicht? - zu trinken, oder aber - vielleicht? - in der Toilette runter zu spülen. Ich weiß es bis heute nicht.

Dann kam unerwartet der Chef in mein Zimmer. Er blickte auf das Glas: "Na, durstig? Eine interessante Mischung."

Er ergriff das Glas, betrachtete den Inhalt prüfend, roch daran.

"Was ist das? Lass mich raten!"

Mir verschlug es die Sprache. Ich wollte "Halt!" rufen, ich konnte es nicht. "Das ist Gift!" – wollte mir nicht über die Lippen.

Der Chef zögerte einen Moment, dann setzte er an, nahm einen tiefen Schluck. Seine letzten Worte:

"Schmeckt nach gar nichts". Dann fiel er um.

Ich holte meine Papiere aus seinem Schreibtisch, nahm – ich gebe es zu - auch einige größere Euro-Scheine und tauchte unter. Am nächsten Tag flog ich nach Afrika in meine frühere Heimat, aber nicht zu meiner Familie. Meine Eltern, wenn sie noch lebten, hätten Gott weiß was von mir an Geschenken und finanzieller Hilfe erwartet, das war ihnen ja versprochen worden. Ich aber besaß gerade so viel, dass ich ein paar Tage bleiben und dann eventuell wieder nachhause fliegen konnte. Ja, nachhause. Es wurde mir jetzt erst bewusst: Afrika war nicht mehr mein Zuhause. Der Chef hatte mich zu einem Europäer, nein, zu einem Deutschen namens Müller, Ali Müller gemacht, zu einem immer noch dunkelhäutigen – aber zu einem ganz und gar deutschen Europäer! Ich hätte mich, dreisprachig, vielleicht auch in Afrika durchschlagen können – deutsch perfekt, Englisch, Französisch und etwas Italienisch immer noch besser als das, was in der Schule gelernt wird. Aber Afrika war mir fremd, sehr fremd. Ich wollte, wie gesagt, nachhause.

Die Frage war nur, wurde ich dort als Mörder gesucht? Nach ein paar Tagen ließen mich meine Freunde via e-mail wissen: "Chef an Herzversagen gestorben. Du Alleinerbe."

Er hatte mich ja adoptiert. Ich heiße ja wirklich wie er: Müller. Nur meinen Vornamen Ali hat er mir gelassen. Der Name meiner Eltern? Mein richtiger Name?

"Vergiss ihn!" hat er gesagt. Ganz böse: "Du sollst ihn vergessen!" Das tat ich denn auch.

Aber Alleinerbe? Das, Professor – Verzeihung, Elmar! – das war einfach unfassbar.

Habe ich ihn umgebracht? Habe ich ihn nicht umgebracht? Bin ich ein Mörder – oder was sonst? Bis heute weiß ich es nicht.

Ich flog nach Deutschland zurück, wies mich aus und trat mein Erbe an. Vielleicht kann man es anrechnen auf die unendlich vielen Schmerzen, die er mir, seinem Lustknaben, seit meinem vierten Lebensjahr zugefügt hat?"

Darauf wusste auch Elmar ihm keine Antwort.

Wenigstens vorläufig.

"Ich war also nicht gerade reich, aber – doch, ja – ich war vermögend. Ich habe meinen Besitz mit meinen sieben oder acht Rettern ehrlich geteilt. Denn ohne sie wäre ich für immer in Afrika geblieben, hätte nie erfahren, dass ich nicht beschuldigt wurde, sondern sogar der Alleinerbe war. Ich war es ihnen einfach schuldig. Allesamt arme Schlucker wie ich. Und nach einiger Zeit – ich weiß nicht mehr, waren es nur Monate oder vielleicht auch ein, zwei Jahre – waren sie, war ich wieder genau so arm wie zuvor.

Ich habe diese Zeit dazu benützt, mich in die großen Massenvorlesungen der Kölner Uni einzuschleichen, die es in den Hauptfächern der meisten Fakultäten gibt – mit hunderten Hörern auf einem Haufen. Darunter waren auch immer Farbige, so fiel ich nicht auf. Ich fand bald heraus, wie leicht ich mich in die verschiedensten Fächer hineindenken konnte, in ihre besondere Struktur und Logik. Da endlich begriff ich, welch eine Menge soliden Wissens der Chef in mich eingepflanzt hatte. Nur leider; ein richtiges Studium darauf aufbauen konnte ich nicht. Ich hatte kein Abitur und damit auch keine Berechtigung, mich an der Universität einzuschreiben. Ich konnte auch keine Berufsausbildung, kein sonstiges Examen vorweisen. Und hierzulande geht doch nichts ohne amtlich geprüft und bescheinigt zu sein.

So tat ich weiterhin das, was man mit mir von Kindheit an exerziert hatte und was ich wirklich gut konnte: lernen! Einmal habe ich mich ein Semester lang in ein germanistisches Seminar über Schiller geschmuggelt – seitdem liebe ich ihn. Daher kenne ich auch das schöne Schillergedicht."

Er war am Ende fast atemlos, er konnte seine Beichte gar nicht schnell genug hinter sich bringen.

"Sind Sie jetzt zufrieden? Wissen Sie jetzt genug über mich, um mich verurteilen zu können?"

"Ali – Herr Müller – reden Sie weiter. Zum Beispiel: warum verließen Sie das Luiserl? Schon nach drei Tagen? Sie hätten für immer bei ihm eine Zuflucht gefunden!"

"Können Sie sich das nicht denken?"

"Natürlich! Vielleicht sind Sie ja gar kein Homo. Aber das Luiserl, wie ich ihn kenne, das Luiserl hätte Sie auch so geliebt – ohne Sex. Das Luiserl ist für mich, mit einem Teil seines Wesens, ein halbes Kind geblieben, und genau dieser Teil hätte zu Ihnen gepasst. Sonst ist er ja durchaus normal.

Allerdings fürchte ich, er hat erst vor ganz kurzem begriffen, dass das damals für Sie eine Vergewaltigung war – und dass Sie genau deshalb vor ihm geflüchtet sind. Diese späte Erkenntnis hat ihn so tief getroffen, dass er beschloss, sich umzubringen. Fast im letzten Augenblick konnte ich ihn noch retten, als ich ihn zufällig besuchte. Sie waren es, der ihm dann vollends ins Leben zurückhalf.

Ich wäre Ihnen unendlich dankbar, wenn Sie das Luiserl auch weiterhin betreuen könnten, so wie bisher. Werden Sie bei ihm bleiben, wenigstens noch für eine Weile? Sie müssen sich nicht vor ihm fürchten, dafür garantiere ich Ihnen. Lebenslang wird das Luiserl seine Schuld Ihnen gegenüber nicht vergessen. Er ist so naiv, er glaubt allen Ernstes, der Mensch könne schuldlos durchs Leben kommen – wenn nicht, müsse er büßen, gehöre er bestraft. Ohne Strafe hielt er also sein Leben einfach nicht mehr aus.

Sie hingegen, Ali, haben sich mit Ihrer Schuld abgefunden, verrechnet mit den Ihnen angetanen Schmerzen. Ich weiß nicht, ob eine derartige Bilanz im Jenseits anerkannt wird. Sie hätten den Chef ja ohne Mühe davon abhalten können, sich zu vergiften – noch im Bruchteil einer Sekunde wäre es möglich gewesen, ihm das Glas vom Mund wegzuschlagen. Aber angenommen, es gibt eine solche höhere Instanz, dann gibt's auch ein Gnadenrecht, eine Barmherzigkeit für uns arme Sünder. Ihr dürfen Sie sich ruhig anvertrauen, ohne dass es der Rechnung und Gegenrechnung bedarf."

Es war spät geworden. Eine nahegelegene Kirche läutete zur Vesper.

"Möge der Abendfrieden in unsere Herzen einziehen!" sagte Elmar. Gelegentlich, in besonderen Fällen, setzte Elmar gern einen feierlichen, zwischen Selbstironie und Pathos kaum unterscheidbaren Schlusspunkt. Und dies war ja wirklich ein besonderer Fall!

Das Zusammenleben mit Bimbo in Luiserls geräumiger Wohnung gestaltete sich nicht ganz einfach. Keiner von beiden wusste, wie genau sich ihr gemeinsamer Tageslauf abspielen sollte: was würden sie zusammen, was würde jeder für sich allein tun? Je besser Luiserls Erholung voran ging, umso mehr drängte es ihn, seine vielerlei Tätigkeiten im Viertel wiederaufzunehmen. Womit aber sollte sich der Bimbo die vielen Stunden ausfüllen, in denen das Luiserl ehrenamtlich außer Haus war? Er zerbrach sich den

Kopf: welche Beschäftigung würde den Bimbo befriedigen? Er besaß die deutsche Staatsbürgerschaft, das machte es einfacher, ihn irgendwo vorzustellen. Einen Farbigen! Zudem war er so klug, gebildet, mehrsprachig – nur handwerkliches Geschick besaß er nicht. Dem Luiserl fiel trotzdem keine Tätigkeit, kein Arbeitsplatz ein, wo man den Bimbo einschleusen hätte können. Er selbst brauchte auch keine Pflege mehr. Aber er sah, das Nichtstun befriedigte den Bimbo nicht, es machte ihn unglücklich, schweigsam.

Da hatte das Luiserl eine Idee.

"Wie wäre es, Bimbo, wenn du für ein paar Monate, besser gleich für ein Jahr oder zwei in deine Heimat fliegst, deine Eltern und deine Geschwister besuchst und – das Wichtigste! – in der Zeit ein paar afrikanische Sprachen oder Dialekte lernst. Dies Wissen kannst du danach als Dolmetscher anbieten, zusätzlich zu deinem ziemlich perfekten Englisch und Französisch und deinem absolut perfekten Deutsch. Es muss doch, bei so vielen Kontakten des afrikanischen Kontinents mit der übrigen Welt, einen Platz für gescheite Menschen wie dich als Vermittler geben. Wenn du dich einarbeiten würdest, zuerst ganz bescheiden in irgendein kleinflächiges, nach und nach größeres, ökonomisches, vielleicht auch ökologisches Management? Vielleicht fändest du auch an der einen oder anderen Universität Zugang zur Wissenschaft, verschaffst dir Kenntnisse über Afrikas besondere Bodenschätze, ihre seltenen Erden, die es nur an bestimmten Orten Afrikas gibt, nirgendwo sonst.

Du bist dort geboren, wirst bald wieder Zugang finden zur Mentalität, zu den Urteilen und Vorurteilen, den Bedürfnissen der Menschen dort, du verstehst ihre Besonderheiten. Darin kommt dir mit Sicherheit kein Europäer gleich. Und erst recht, wenn du dich dann auch noch darauf spezialisieren würdest, uns Europäern Afrikas Seele begreiflich zu machen!"

Das Luiserl malte dem Bimbo immer wieder seinen Traum aus. Lange vergeblich.

"Du willst mich nur loswerden?"

"Aber nein, Bimbo! Ich stelle mir ein Leben vor, das dir, deinem Wissen, deiner Intelligenz, deinem Ehrgeiz ein Ziel gibt."

"Und wie soll ich diese Reise finanzieren?"

"Ich helfe dir ja, Bimbo. Und ich mache dir einen weiteren Vorschlag. Ich bin dir ja immer noch eine Wiedergutmachung schuldig. Leider habe ich viel zu spät, ja, erst vor kurzem erkannt, dass meine Liebe damals für dich nichts anderes als eine Vergewaltigung war.

Du weißt, auch bei uns wird inzwischen die gleichgeschlechtliche Ehe so gut wie toleriert. In Bälde wird sie auch bei uns gesetzlich geduldet werden. Vielleicht schon, bis du aus Afrika wieder zurückkommst. Ich biete dir an: lass uns dann heiraten. Von da an trägst du meinen Namen, hast einen deutschen Pass und alle Rechte eines deutschen Staatsbürgers, aber mir gegenüber keinerlei Pflichten – denn ich würde auf alle Rechte verzichten.

Als Äquivalent, Bimbo, für die Misshandlung, die ich dir angetan habe. Überlege es dir also mit der Reise nach Afrika, es könnte dein Glück sein. Vielleicht lernst du ja auch in Afrika ein hübsches junges Mädchen kennen und willst es zur Frau nehmen. Deshalb sollten wir erst nach deiner Rückkehr heiraten, falls du dann noch frei bist. Aber an mich gefesselt, unfrei, das wirst du niemals sein!"

Von diesem Gespräch an hatten sie eine schöne Zeit miteinander; das Luiserl hatte sich eine Last von der Seele geredet, der Bimbo dachte über den verlockenden Vorschlag nach. Am Ende stimmte er ihm zu. Nach allerlei Vorbereitungen, auch dem Anlegen eines Reise-Kontos, verabschiedete sich der Bimbo.

"Vielleicht auf Nimmerwiedersehen?" dachte das Luiserl in leiser Wehmut. Aber sie waren ja wenigstens in Eintracht voneinander geschieden. Damit wollte er sich zufrieden geben. In Gedanken ließ er die Mitglieder seiner "Familie" an sich vorüberziehen: den Hanns und die Doro, Elmar und Helen, Evchen und Annabell. Annabell ...

Bei allen war alles in schönster Ordnung und Harmonie. Annabell näherte sich dem Abitur, das Evchen absolvierte gerade ihre letzten juristischen Prüfungen. Sie hatte bereits in einer großen Anwaltskanzlei vorgesprochen, sich beworben und eine Zusage bekommen. Überall ging es vorwärts, nur nicht bei ihm!

So vergingen ein paar einsame, fade Monate für ihn. Aus Afrika kamen optimistische Signale, nur war sich das Luiserl manchmal nicht sicher, wie glaubwürdig sie seien.

Als dann Evchen eines Tages auftauchte, sah er auf den ersten Blick: das Evchen war schwanger, Das hatte er ja schon einmal befürchtet, einst, als sie die Tanzstunde besuchte. Jetzt war es also tatsächlich passiert. Er wusste sofort, es gab Arbeit für ihn!

"Ich soll abtreiben – händeringend hat er mich darum gebeten – angefleht! Luiserl, zum zweiten Mal! Wieder soll ich mein Kind ermorden!"

"Wer ist der Vater?"

"Ein Kollege – verheiratet, drei Kinder."

"Lass mich nachdenken, Evchen!"

Dann:

"Abtreiben? Nein, auf gar keinen Fall! Und wenn ich gleich morgen mit dir aufs Standesamt renne! Abgetrieben wird nicht! Evchen, dein Baby damals habe ich verpasst, ich hätte es retten können. Das zweite lasse ich mir nicht entgehen! Ich will dein Baby, komme, was wolle! Ich will es!"

"Luiserl, es retten? Aber wie? Bald ist es zum Abtreiben zu spät."

"Evchen, da hilft nun nichts mehr – wir müssen heiraten. Darüber haben wir beide ja schon öfter gesprochen und es dann wieder aufgegeben. Aber diesmal gibt's kein Verzögern, kein Aufschieben, kein Kneifen. Wenn es dir später mit mir nicht mehr gefällt, oder du verliebst dich in einen netten Zweitmann, dann lässt du dich halt von mir scheiden. Ich bin dir nicht böse. Mir ist nur wichtig, das Kind hat einen Vater – und der Vater bin ich! Ach, wie macht mich das glücklich! Evchen, sag' Ja!"

Die Frage war nur: hatte er nicht bereits dem Bimbo die Ehe versprochen?

Ach, der Bimbo war so weit weg, machte so erfolgversprechende Andeutungen – kam der Bimbo überhaupt jemals aus Afrika wieder zurück? Und diesmal wollte er das Kind haben – um jeden Preis!

"Was wünschst du dir denn, Annabell, einen Cousin oder eine kleine Cousine?"

"Eine Cousine natürlich!"

"Die kann ich dir jetzt schon garantieren!"

Die ganze Familie freute sich auf den Neuankömmling. Die Eheschließung als solche war vielleicht zuerst auf Verwunderung gestoßen, sie kam ein bisschen plötzlich und die Vaterfrage blieb unausgesprochen, aber im Vergleich zu einer eventuellen Verbindung Luiserls mit Bimbo waren alle von Herzen froh. So viel er zur Wiederauferstehung Luiserls beigetragen hatte, er war und blieb ein Fremdling für sie. Nur Elmar, der einen Blick in seine Seele getan hatte, hielt sich schweigend zurück.

Das Evchen war inzwischen beim Luiserl eingezogen. Sie bekam Bimbos Zimmer, das aber aufs Feinste hergerichtet und mit neuem Mobiliar ausgestattet worden war. Das Babybettchen stand nebenan bereit. Da das Evchen während der Babypause für ihre Anwälte zuhause weiterarbeiten wollte, brauchte sie einen ruhigen Platz.

Das Luiserl war schon vom ersten Schrei seiner Tochter an ganz Vater. Der Geburt der kleinen Fleur hatte er in einiger Distanz beiwohnen dürfen. Ein Kind hatte er sich so lange vergeblich gewünscht, es als unerfüllbar dann aufgegeben. Nun wurde es ihm doch noch vom Schicksal geschenkt. Er war verrückt vor Glück, er weinte vor Seligkeit.

Sein Ich, das er so oft verzweifelt herauszufinden gesucht hatte – jetzt endlich habe er es gefunden, meinte er. Wieder einmal. Endgültig?

Die ersten drei Monate blieb das Evchen zuhause. Dann ging sie halbtags arbeiten. Das Luiserl passte ja auf, fütterte das Baby, wickelte das Baby. In diesen Stunden gehörte die kleine Fleur ihm ganz allein.

Dann kam ein Hilferuf aus Afrika:

"Luiserl, bitte, komm! Ich brauche dich!"

Er antwortete:

"Ich kann nicht kommen,. Unmöglich. Um was geht es?"

"Um ein deutsches Entwicklungshilfeprogramm. Aber ich habe Schwierigkeiten mit meinem Pass. Außerdem stamme ich aus einem Land, das von Terroristen regiert wird. Ich bin also verdächtig. Du könntest mich legitimieren. Luiserl, bitte, hilf mir! Es ist die Chance meines Lebens – aber auch ein Glücksfall für meine Landsleute!"

"Ich kann nicht, Bimbo, so leid es mir tut."

Wenige Tage später stand Bimbo vor Luiserls Tür.

Es half nichts, er würde sich mit den Tatsachen abfinden müssen. Das Luiserl hatte das Evchen ja nur geheiratet, weil ihr Kind nicht abgetrieben werden sollte, weil es unbedingt einen Vater brauchte – wenn er auch nur ein fiktiver Vater war. Das Luiserl sagte verzweifelt:

"Bimbo, nur einen von euch habe ich heiraten können? Das Evchen? Dich?"

An dir oder an Evchen, an einem von euch *musste* ich schuldig werden, ich hatte keine andere Wahl."

Der Bimbo erstarrte. *Ihm*, ihm allein hatte das Luiserl die Ehe versprochen! Waren das nur so dahingesagte, leere Worte gewesen?

Er drehte sich um und verschwand.

Wie schnell sich eine harmlose Situation in ihr Gegenteil verkehren konnte! Eine Katastrophe, nicht nur für Bimbo, auch für das Luiserl! Zum soundsovielten Mal trat ihm im Spiegel sein altes Selbstbild entgegen: er war und er blieb ein Versager.

"Da habe ich mir nun eine Rolle ausgesucht – oder angemaßt? – mit der ich ganz eins war. Durch Heirat Vater werden – wenn nicht *dazu*, wozu sonst war ich bestimmt? Werde ich das denn niemals erfahren?"

Vielleicht wusste Elmar ihm einen Rat? Er würde ihn aufsuchen, er wusste, er war immer willkommen.

Elmar war über seinen Besuch hoch erfreut. Nichts liebte er mehr als einen unerwarteten Diskurs, der bei Adam und Eva begann und mit dem Weltuntergang endete. Gegen derartige Gepflogenheiten bestand tiefste Abneigung in seiner Familie. Auch in der weiteren Umgebung fand sich nur selten jemand zu solch einem Marathon-Dialog bereit.

"Auf ein Aperçu!" pflegte Elmar zum Gespräch einzuladen, wohl wissend, dass er seinen Partner nicht etwa nur in ein paar elegante Floskeln, sondern ganz im im Gegenteil in eine herrliche, stundenlange Diskussion zu verwickeln gedachte. Elmar war kein Rechthaber, er war nur neugierig, versessen auf Debatten, verliebt in Theorien, in ein reines Denk-Abenteuer. Für ihn eine Art Lustbarkeit – wie für andere Leute das Golf- oder Klavierspiel.

So hätte er jetzt sehr gern mit dem Luiserl ein langes Gespräch mit allen nur denkbaren Prämissen über die ganz allgemeine Frage begonnen: wozu war der Mensch – der Mensch an sich! – bestimmt und auf der Welt? Stattdessen wollte das Luiserl wieder einmal nur wissen, welche ganz spezielle Bestimmung ihm auf dieser Welt zugeteilt sei. Puh! Ein rein praktisches Problem! Elmar hasste praktische Probleme. Sie waren gemeinhin mit der Zange der Philosophie nicht zu fassen, ihrer auch gar nicht würdig. So gut wie nie erlaubten sie ausgedehnte, tiefsinnige Spekulationen.

Die Antwort auf Luiserls einfache Frage formulierte er daher bewusst primitiv, aber unwiderlegbar:

"Luiserl, der Mensch ist auf der Welt, um auf der Welt zu sein. Basta!"

"Mehr nicht?"

Noch war Elmar geduldig.

"Das ist doch schon eine ganze Menge! Sein "Lebensrecht" ist unhinterfragbar. Es gehört zu den Grundvoraussetzungen unserer menschlichen Existenz. Im Prinzip billigt man es sogar *allen* Lebewesen zu. Werden sie jedoch, wie gewisse Bakterien, für uns zur Gefahr, rottet man sie aus. Hungert man, muss ein Hühnchen dran glauben. Es gibt also Ausnahmen.

Menschliche Übeltäter hingegen werden im zivilisierten Europa nicht mehr zu Tode gebracht. Auch die mancherlei unleidigen Zeitgenossen, die einem das Leben schwermachen, toleriert man, befördert sie nicht ins Jenseits. Mit dem Rest lebt man in Frieden. Genügt Ihnen das?"

"Eben nicht! Was ist der Sinn meines Lebens? Wozu bin ich geschaffen? Was ist meine Rolle? Das will ich wissen."

"Sie meinen, jedem menschlichen Individuum stünde von vornherein eine bestimmte Rolle zu? Bei mehr als sieben Milliarden Erdenbewohnern? Das wollen Sie einfach dem Wesen da oben aufbürden? Nein, mein Lieber, das ist Jedermanns eigene Sache."

"Ich sehe es anders!"

"Dann erklären Sie es mir!"

"Fast zwei Jahrzehnte habe ich meinem Onkel Ferdinand beim Verfertigen von Unterhaltungsromanen zur Seite gestanden, war sozusagen sein Sherpa. Immer entwarf er als erstes den Bauplan: die Hauptfiguren, ihr Zu-, Mit- und Gegeneinander, ihre Beziehungen und Konflikte. Zeitraum, Ort, Haupt- und Rahmenhandlung waren genau festgelegt. Wenn also der Onkel beim Schreiben ins Stocken kam, musste ich mich nur in seine Notizen vertiefen und im Nu hatte ich ihn bei einem Ausrutscher erwischt. Sie verstehen: ich thronte wie Gottvater über dem Text und passte auf, dass jedes Detail dem ursprünglichen Entwurf entsprach. Sonst nämlich wäre dem Onkel sein Manuskript irgendwann um die Ohren geflogen. So aber konnte er nach entsprechender Korrektur in Ruhe weiterschreiben, mit der Hand natürlich, der Computer war meine Sache.

"Und was folgern Sie daraus?"

"Wenn schon ein irdischer Schriftsteller seine Geschöpfe so sorgfältig im Voraus festlegt, warum schickt dann unser Schöpfer jeden von uns einfach nur so auf den Weg? Ohne ihm eine Art Bestimmung mitzugeben?"

"Um der menschlichen Freiheit willen! Sein größtes Geschenk! Denn sonst wären wir doch nur Marionetten am Draht eines höheren, eines allerhöchsten Romanschreibers? Im übrigen: Was für eine vermessene Analogie, mein liebes Luiserl, zwischen Ihrem Onkel und unserem Schöpfer!"

"Elmar! Seit der Mensch denken kann, sucht er einen Beweis für das Walten einer höheren Vernunft, findet ihn nicht, verzweifelt, sucht weiter. Er kann einfach nicht glauben. es gebe sie nicht, diese Vernunft. So auch ich!"

Elmar erhob sich. Er war enttäuscht. Eine Diskussion, die einem Unterhaltungsromanschreiber die Ehre gab, mit dem Schöpfer des Universums verglichen zu werden? Nein! Elmar beendete das Gespräch mit einem einzigen Satz, abrupt, aber zuckersüß:

"Und was macht Fleur, das kleine Blümchen? Blüht es recht hübsch?"

Das Luiserl, ebenfalls enttäuscht, verstand. Er wurde hinauskomplimentiert! Sich mit Luiserls Lebensproblem zu beschäftigen, hatte Elmar offensichtlich keine Lust. Er verabschiedete sich.

Am nächsten Tag meldete sich Elmar am Telephon.

"Ich hätte Ihnen gestern die Frage doch beantworten sollen, die Ihnen keine Ruhe lässt. Sie haben mich ja, wenn auch erfolglos, indirekt darum gebeten. Ich will Ihnen also den Gefallen tun.

Ja, ich denke schon, dass Ihnen höherenorts eine Aufgabe zugedacht war. Nur erkannten Sie sie nicht und offenbar wären Sie auch gar nicht imstande, sie auszufüllen. Der liebe Gott hat Sie mit einer Vorliebe für Männer geschaffen. Unbesorgt kann jeder erwachsene Mann heutigentags mit seinesgleichen zusammenleben. Er wird nicht mehr dafür bestraft und auch nicht von der Gesellschaft geächtet. Sie hätten sich einen Gefährten suchen können für eine glückliche Homoehe. Im Grunde hatten Sie ihn ja schon längst gefunden. Und was tun Sie? Ihren Partner schieben sie ab nach Afrika und heiraten eine schwangere junge Frau, die durchaus in der Lage gewesen wäre, auch allein das Leben mit einem unehelichen Kind zu meistern. Sie hätten Sie ja unterstützen können. Aber gleich heiraten?"

"Der Bimbo ist doch nicht homophil! Wie kann er mein Partner sein?"

"Nicht *sein*, Luiserl, aber vielleicht *werden?*

Ich habe ihn beobachtet, wie er an Ihrem Bett saß, Ihre Hand hielt, Sie gestreichelt hat, wenn er glaubte, ich bemerke es nicht. Mit so viel Zartheit, Hingabe und, ja, auch Liebe. Ich kenne seine Lebensgeschichte, er hat sie mir erzählt. Zum Teil habe ich sie nachprüfen können. Sein Mentor, eine deutscher Professor, hat ihn als Vierjährigen seinen Eltern in Afrika abgekauft, ihn in Deutschland adoptiert, großgezogen, ihn von klein auf unentwegt missbraucht. Er war angeblich ein grundgescheiter, gutmütiger Mensch, aber sexuell ein Tier."

"Und was raten Sie mir?"

"Ihre Ehe, die nur auf dem Papier eine Ehe ist, sollten Sie so schnell wie möglich auflösen. Das Evchen braucht sowieso einen viel jüngeren Mann, der hoffentlich bald von irgendwoher auftaucht – deshalb muss der Platz neben ihr freigemacht werden für ihn. Sprechen Sie also mit ihr und leiten Sie umgehend die Scheidung ein. Vor allem jedoch machen Sie sich auf die Suche nach Bimbo. Das ist einfacher als Sie denken. Wir haben ja seine Handy-Nummer, dahin kann man ihm Nachrichten senden.

Aber als allererstes, das rate ich Ihnen dringend, denken Sie darüber nach: wären Sie auch bereit, Ihr Leben mit Bimbo zu teilen, wenn er nicht mit Ihnen ins Bett steigt? Weil er einfach zu viel gelitten hat und zu oft missbraucht wurde. Ein und ein halbes Jahrzehnt, dreimal die Woche war er der Lustknabe des "Chefs", wie er genannt sein wollte.

Heilen Sie ihn!

Das ist Ihre Aufgabe, Ihre Rolle – die muss Ihnen das Allerwichtigste sein!

Das Luiserl verabschiedete sich traurig von seiner Rolle als Ersatz-Vater. Er würde sich von jetzt an wieder mit seinem Gehilfen-Dasein bescheiden müssen. Von Annabell erbat er sich Bimbos Handy-Nummer. Er zerbrach sich den Kopf, konnte die Worte nicht finden, die ihm den Bimbo – vielleicht – zurückbrächten? Er hatte sich nicht nur ein Mal, er hatte sich doppelt an ihm versündigt: ihn damals missbraucht, ihn jetzt auch noch betrogen. Würde ihm Bimbo das jemals verzeihen? Und Verzeihung genügte nicht! Er musste um Bimbos Zuneigung, die er durch sein gebrochenes Eheversprechen so leichtsinnig aufs Spiel gesetzt und verloren hatte, werben, bitten, nein, betteln! Er wagte also auch nicht, Bimbo direkt anzurufen. Er sandte ihm nur die immergleiche Botschaft, dieselben Worte: "Bitte, Bimbo, verzeih mir! Komm zurück, komm zurück!" Niemals erhielt er eine Antwort.

Auch wegen Evchen machte er sich Sorgen. Wie würde sie die Bitte um ihre Ent-Heiratung aufnehmen? Doch mit Evchen ging es ganz leicht:

"Ich bin dem Elmar sehr dankbar, dass er dich zur Einsicht gebracht hat. Aber *dir* bin ich noch viel, viel dankbarer für deine Hilfe, Luiserl! Trotzdem, wir haben es übertrieben! Du hättest nicht gleich ein so großes Opfer bringen müssen – und ich hätte es nicht annehmen dürfen! Du hast ja nicht nur dich selbst, du hast auch deinen Bimbo geopfert. Auch ich fühle mich ihm gegenüber schuldig! Wir alle werden dir helfen – ich ganz besonders! – den Bimbo zu finden, ihn bitten, dir und mir zu verzeihen. Und dann soll es keine stille Hochzeit geben, sondern ein richtig großes Fest für euch beide – egal, ob sich der Rest der Menschheit darüber das Maul zerreißt."

Auch Elmar versuchte es mit einer Botschaft an Bimbo, die nur aus einem einzigen Wort bestand – aber Elmar wusste, sie hatte Wucht:

"BITTE!"

Die Antwort war fast ebenso kurz:

"Es geht nicht."

Die Scheidung ging geräuschlos vonstatten. Für das Luiserl bedeutete sie vor allem: er musste die kleine Fleur hergeben, sie gehörte ihm nicht mehr. Irgendwann würde sein Platz von einem jüngeren Mann, einem schuldlosen vor allem, übernommen werden – vielleicht sogar schon bald, noch ehe Fleur zum ersten Mal die Worte Mama und Papa nachsprechen gelernt hatte?

Sein erheiratetes Recht, die kleine Fleur zu betreuen, hatte seither dem Luiserl niemand absprechen können, schon gar nicht seine kratzbürstige Schwiegermutter. Jetzt aber musste er hilflos ertragen, wie sie ihn zunehmend auf Abstand hielt. Seit das Evchen ausgezogen war, durfte er Fleur nur noch hin und wieder betreuen – und auch das nur höchstens mal eine Stunde. Evchens Mutter bestimmte darüber. Uneingeschränkt beanspruchte sie ihr Recht als Fleurs Großmama und das gleich für den Tag und die Nacht! Energisch drängte sie ihren ehemaligen, nunmehr entehelichten Schwiegersohn weg von Kinderbettchen und Kinderwagen. Selbst das Evchen war gegen die liebe Oma machtlos.

Umso mehr quälte das Evchen Bimbos unbarmherziges Schweigen. Sie konnte ja sehen, wie das Luiserl darunter litt. Das Evchen fasste einen Entschluss:

Sie schickte ihm eine SMS.

"Sehr geehrter Bimbo, ich, soeben frisch geschieden vom Luiserl, möchte

Ihnen einen Brief schreiben. Bitte, antworten Sie mir auf e-mail, ob Ihnen das recht ist. Ich freue mich über Ihre Zustimmung! Freundlichen Gruß Evchen.

Es kam die höfliche Antwort:

"Ja, schreiben Sie!"

Sie schrieb, mit Absicht, einfach drauflos, nicht gedrechselt, nicht wohlformuliert. Sie wollte sich nur alles spontan von der Seele reden.

"Lieber Herr Bimbo, Sie sollen wissen, das Luiserl hat mich nur geheiratet, weil ich schwanger wurde und keinen Vater für mein Kind hatte. Und – ich muss es Ihnen gestehen – ich habe schon einmal als Siebzehnjährige abgetrieben, abtreiben müssen. Meine Eltern haben mich dazu gezwungen. Ich hätte mein Kind gerne behalten, für mich war es ein Mord. Aber sie brachten mich unter einem Vorwand zum Arzt, es war alles schon abgesprochen. Man hat mir damals einfach Gewalt angetan. Das Luiserl hatte große Angst, dieses Mal ginge ich freiwillig zum Arzt. Nur um das zu verhüten, hat er mich geheiratet. Damit ich das Kind behalte.

Eigentlich wollte ich Sie in meinem Brief um Verzeihung bitten. Aber das will ich Ihnen nicht antun, noch nicht. Zuvor möchte ich, dass wir uns kennenlernen – Sie mich und ich Sie! Und deshalb bitte ich Sie, erzählen auch Sie mir etwas von sich, von Ihrem Leben. Ich habe Ihnen ja bereits von dem meinen erzählt!

Ich wünsche mir das, weil Sie schon so lange eine Rolle in unsrer Familie spielen. Im Grunde gehören Sie schon fast dazu. Dabei kennen die meisten von uns Sie überhaupt nicht – ich zum Beispiel. Richtig gut kennt Sie wahrscheinlich nicht einmal das Luiserl.

Und Sie wiederum haben keine Ahnung, woraus meine, unsre und vielleicht irgendwann einmal auch Ihre Familie besteht. Wir alle sind übrigens auch gar nicht miteinander verwandt.

Wir haben uns einfach gegenseitig – freiwillig – erwählt!

Zuerst war da der Patron. Der verstorbene Onkel Ferdinand, in dessen Häusern — von seinen erfolgreichen Unterhaltungsromanen erschrieben – wir inzwischen alle wohnen. Er schwebt über uns mit seinen samtweichen Lebenslügen, wo alle Konflikte am Ende sich in ein Nichts, oder besser: in Harmonie auflösen, und jedes Schicksal in Liebe, lebenslänglicher Treue und wirtschaftlicher Auskömmlichkeit endet.

Als erster Stelle stand immer für mich das Luiserl, schon früh mein treuer Ersatzvater. Dazu kam seine Tante Doro und ihr späterer Ehemann Hanns – aus der Ferne zog Helen mit ihrer Tochter Annabell her. Sie heiratete den famosen Elmar – und ich wurde inzwischen erwachsen und bin dabei, Sie, Bimbo, in unsre Gemeinschaft einzuladen. Acht lebendige Menschen wären wir dann mit Ihnen, insgesamt, und als neuntes Familienmitglied käme noch meine kleine Fleur hinzu.

Zu mir nur in Kürze; ich bin Juristin und arbeite seit kurzem in einer großen Kanzlei.

Ich beginne also mit dem Luiserl:

Vollwaise mit vier. Onkel Ferdi zieht ihn groß. Früh wächst er zum Manager des Onkels heran. Widmet all seine Talente dem Onkel, nur ihm. Seit des Onkels Tod hält sich das Luiserl für ein Nichts, einen Niemand, fast eine Unperson. Er hat keine Ausbildung, besitzt kein Diplom – nur sein in langen Jahren erarbeitetes Wissen und Können. Die Begegnung mit Ihnen: das einzige Highlight in seinem Leben. (Aber auch da ging wohl etwas schief?) Die Ehe mit mir um des Kindes willen. Er kann ja keins kriegen – ein bittrer Verzicht für ihn als Homo.

Seit wir geschieden sind, lässt meine eifersüchtige Mutter das Luiserl kaum mehr zur Fleur, und ich sehe, er leidet.

So weit für heute. Mit freundlichem Gruß

Ihr Evchen."

In kurzen Sätzen gingen nach dem Brief noch ein paar wichtige e-mails hin und her:

"Noch schnell zum Vertrag mit Ihnen: ich erzähle Ihnen von uns – Sie erzählen mir aber schon auch von sich?"

"Ja, aber das wird dauern."

"Wir haben also einen Vertrag miteinander?"

"Haben wir. Ja!"

"Gut! In einer Woche, spätestens in vierzehn Tagen, hören Sie wieder von mir. Ich werde Ihnen so oft und so lange schreiben, bis Sie mir eines Tages sagen – und dann mit Ihrer eigenen Stimme und Auge in Auge:

Evchen, ich bin bereit, Ihnen zu verzeihen. Und nicht nur Ihnen – auch ihm."

Einstweilen grüßt Sie nochmals Ihr Evchen".

Das mit dem Verzeihen war so eine Sache.

Nach tagelangem verzweifeltem Grübeln fragte sich das Luiserl: löschte Bimbos Verzeihen seine Schuld wirklich aus?

"Damals der Missbrauch – heute der Bruch meines Eheversprechens. Vielleicht keine ganz so schwere Schuld. Meine Heirat, Hals über Kopf – ein plötzlicher Einfall. Nachlässigkeit, Gedankenlosigkeit, Leichtfertigkeit. Ohne dass ich auch nur einen Augenblick darüber nachgedacht hätte, ohne jede böse Absicht – ein unabsichtlicher und grade deshalb erst recht unverzeihlicher Verrat!

Ein Verrat aus Leidenschaft, aus Hass, Neid, Groll, Streit, Zorn, Wut und allem, was den Menschen enthemmt, ihn zum Wahnsinn hinreißt, wäre leichter versteh- und verzeihbar! Verzeihbarer als das, was ich dem Bimbo einfach nur so, nicht bösartig, aber lieblos, kaltherzig, schusselig angetan habe!

Eine mir selber unerklärbare Schuld. Wie wischt man die ab? Die bleibt. Sie ist eine Metapher, wie der Apfel im Paradies!"

"Sie sollten sich nicht ins metaphysische Hochgebirge verirren, mein liebes Luiserl. Unsereins ist dafür nicht genügend trainiert. Ein falscher Schritt – und schon bricht man sich den Hals", sagte Elmar.

"Ich wette, Sie beschäftigen sich auch mit der Frage: warum Gott dem Bösen erlaubt, in unserer Welt sein Unwesen zu treiben? Hab' ich recht?"

Das Luiserl nickte.

"Ein interessantes Problem, über das man ohne Ende spekulieren kann, weil niemand Genaueres darüber weiß. Die Meinungen sind geteilt: für die einen ist der Teufel das personifizierte Böse – als Gegenspieler der göttlichen Weisheit. Ich dagegen sehe das Böse, ebenso wie das Gute, in die Menschen selbst integriert. So lange es Menschen gibt, bleibt jedenfalls *das Böse außer uns* ebenso unausrottbar wie *das Böse in uns*. Aber der Mensch hat ja angeblich die freie Wahl – ein bemerkenswertes Anhängsel unserer menschlichen Freiheit.

Jaja, diese so hoch geschätzte, menschliche Freiheit! Durch allerlei räuberische Institutionen wie beispielsweise die Steuerbehörde wird sie zwar unausgesetzt ramponiert. Ganz abgesehen von den Einschränkungen, mit denen uns unsere Familienmitglieder, Nachbarn, Hausbesitzer, Kollegen und Vorgesetzten samt Straßenverkehrsordnung unter Druck setzen!

Und dazu kommt nun auch noch die ohnehin fragwürdige, weil allzu verführerische Wahlfreiheit zwischen Gut und Böse! Die dem überwiegend anständigen Teil der Menschheit nun ständig Gewissensbisse verursacht, weshalb er auf dieses zweifelhafte Geschenk gerne verzichten würde. Mit einem einzigen Gen ließe sich sein Verschwinden bewerkstelligen, so es der Allerhöchsten Weisheit gefiele. Denn von unserer menschlichen Freiheit bleibt ja ohnehin kaum noch was übrig."

Pause. Dann:

"Davon abgesehen, was führt Sie zu mir?"

Elmar beendete seinen Monolog wie immer abrupt. Das Luiserl musste sich erst einmal besinnen, weshalb er den Elmar überhaupt aufgesucht hatte:

"Die Doro!

Der Hanns rief mich an. Es geht ihr nicht gut. Mir scheint, er gibt sie auf. Immer, immer wieder wird einem was weggenommen – ach, meine liebe Doro! Was ist denn das für ein Leben?"

"Luiserl, das ist genau die Art und Weise, wie uns im Leben nach und nach das Sterben beigebracht wird. Ihnen ist das scheinbar noch gar nicht aufgefallen?"

"Nein – und ich will auch nicht schon vorher das Sterben lernen! Nein! Mir reicht es, wenn es einmal so weit ist, Elmar!"

"Luiserl, Sie sind ein Aufmüpfiger! Ein Anarchist! Seit ich Sie kenne, würden Sie – am liebsten mit Gewalt! – die Weltordnung umkrempeln!"

Es dauerte nicht lange, bis die traurige Botschaft die Familie erreichte. Zu Doros Beerdigung reisten sie alle an.

Es erwartete sie ein Wunder.

Hanns und Doro hatten sich damals, um sich nicht vorschnell irgendwo niederzulassen, weit und breit im Bayerischen umgeschaut. Sie wollten unweit einer mittelgroßen Stadt, aber auf dem Land in einem Dorf wohnen. In einer Gegend mit etwas milderem Klima, also nicht nah dem Gebirge. In einem gefälligen Ambiente. Ihre Ansprüche waren wohlüberlegt, keineswegs luxuriös, eher bescheiden.

Sie fanden, was sie suchten, in einem mittelfränkischen Dorf. Dort – unweit einer winzigen Kirche, in der nur noch an seltenen Feiertagen ein Gottesdienst stattfand – stand kirchlicherseits ein nicht mehr bewohntes, gut instandgehaltenes Pfarrhaus zum Verkauf. Hier würde kein Pfarrherr mehr einziehen. Die Pfarrstelle war aufgehoben, verwaist.

Das Haus entsprach aufs Genaueste ihren Wünschen. Hanns kaufte es vom Fleck weg. Obgleich die Eigentumsverhältnisse etwas sonderbar waren, denn das Kirchlein, der kleine Kirchhof, das Pfarrhaus bildeten ein einziges Ensemble, umschlossen von einem riesigen Garten, der sich – frei zugänglich – ohne Zaun, Mauer oder Graben, einfach im Gelände verlief. Was dabei im Besitz der Kirche, was in Händen der Gemeinde verblieb und was letztlich als Eigentum an Hanns gelangte, war nicht ganz leicht auseinander zu halten. Hanns legte von vornherein fest, was ihm gehöre, solle nach ihm der Gemeinde zufallen. Jedoch nur unter der Voraussetzung, dass der Pfarrgarten erhalten bliebe für alle Zeit. Nachdem das in Ruhe mit den Anwohnern geklärt war, konnten sich Hanns und Doro problemlos im früheren Pfarrhaus einwohnen.

Entscheidend für ihre Wahl war aber nicht dies Gebäude, entscheidend war vielmehr der Garten, angelegt vor Jahrzehnten von einem früheren Pfarrherrn. Nach ihm hatten ihn nacheinander Generationen von Geistlichen hingebungsvoll weitergepflegt, vergrößert, verschönert, veredelt.

Ein Paradies!

Hanns und Doro zogen ein und, da sie totale Ignoranten waren, verschlangen sie erst einmal stapelweise Gartenbücher. Um jeden Preis wollten sie dies Wunder von einem Garten erhalten, und zwar sachgerecht. Von einer nicht eben nahegelegenen Gartenbauschule holten sie sich einen ständigen Ratgeber, der beim ersten Besuch seinen Augen nicht traute. Welch eine unglaubliche Vielfalt! Erlesene Gewächse: Bäume, Büsche, Blumen – Raritäten, Varietäten, Kostbarkeiten ohne Zahl! Und das in der tiefsten Provinz, in mehreren Jahrzehnten mit großer Sachkenntnis zusammengetragen! Praktisch um Gotteslohn luden die geistlichen Herren sich bis in ihre alten Tage die beschwerliche Arbeit auf. Jeden Pfennig, jede D-Mark und zuletzt jeden Euro sparten sie sich vom Mund ab, steckten ihn in ihren Paradiesgarten. Ließen ihn, durch Zukauf von Land, weit über seine Anfänge hinauswachsen. Zuletzt war er weit eher ein Park als ein Pfarrgarten. Mit ein paar versteckten Beeten nutzten sie ihn auch noch zum Gemüseanbau, der damit ebenfalls zu jenen Ersparnissen beitragen musste, die ihrem Gartenparadies zugute kamen. Als man einen der geistlichen Herren einmal fragte, warum er und seine Mitbrüder diese Last auf sich nahmen, antwortete er, das sei halt ihre Art, ihren Schöpfer zu loben und zu preisen.

Im Dorf schaute man viele Jahre dem Gedeihen und Wachsen mit Wohlwollen zu, war auch auf Bitten jederzeit zur Mithilfe bereit und hoffte, des verstorbenen Pfarrers jeweiliger Nachfolger werde sich ebenso fleißig wie seine Vorgänger mit Spaten und Rechen abmühen, wöchentlich den alten Rasenmäher anwerfen, seine vielen Blumentöpfe im Sommer wässern und im übrigen das ganze Dorf traditionell nach der Kalten Sophie Mitte Mai mit Geraniensprösslingen versorgen, so dass es bald auf allen Balkonen blühte.

Man hatte erwartet, einen gebrochenen Menschen vorzufinden. Nur wenige sechs, acht Jahre hatte das Glück von Hanns und Doro gewährt. Aber sie fanden den Hanns gefasst, ruhig, besonnen. Manchmal lächelte er, während er von der schönen Zeit mit seinen beiden Frauen erzählte.

"Carlotta und Doro, zwei so verschiedene Frauen. Ich hoffe, sie treffen sich beide im Himmel. Ich möchte fast sagen, mir haben sie schon auf Erden den Himmel bereitet.

Was Sie hier sehen, diesen wunderbaren Garten, den will ich noch ein paar Jahre weiter im Andenken an Doro pflegen. Sie hat mir, ehe sie starb, mit ihrer Weisheit noch den Weg in mein zukünftiges Alleinsein gezeigt, mir bei meinen ersten Schritten auf diesem beschwerlichen Weg geholfen. Sie wird mir weiterhin helfend zur Seite stehen.

Der Garten ist ihr Vermächtnis. Ohne Doro hätte ich nicht den Mut gehabt, ihn neben meiner Arztpraxis zu übernehmen. Sie war es, die diesem Gelände, diesen Bäumen, Sträuchern und Blumen – selbst diesen großen Felsbrocken da – Leben einhauchte. Ihr Geist bleibt mir erhalten, der weht um mich, ich spüre ihn.

Ich danke euch, dass ihr gekommen seid! Eines Tages vielleicht werde ich bei euch auftauchen und euch bitten, mich aufzunehmen – und wenn ihr erlaubt, bleibe ich dann für immer bei euch. Würdet ihr mich wohl haben wollen?

Der erste Anblick hatte seinen Gästen den Atem geraubt. Es war Mitte

Juli, der Garten war nicht etwa ein einziges Blütenmeer, es gab auch kein Zentrum, keinen Bauplan. Aber eine geheimnisvolle, unsichtbare Geometrie ließ die Blicke unaufhörlich umherschweifen. Es gab keine Beete, es gab nur einzelne Individuen von Stauden, wenn auch da und dort, ganz selten, zur Zweier-, Dreiergruppe vereint. Auch wenn einige schon ihre leuchtenden Blüten verloren hatten, andere erst im Herbst ihre Knospen öffnen würden – immer standen sie wie Skulpturen im Raum, hochdifferenziert, gegensätzlich: klein gegen groß, aber alle wundervoll senkrecht in den Rasen getupft. So faszinierten sie das Auge mit ihrem unsäglichen Facettenreichtum von Grün, mit der Vielfalt ihrer Formen – manche ganz linear, manche wie ein zartes, in sich verwobenes Blättergespinst. Es gab auch eine Erhebung, etwas abseits. Obenauf eine uralte Buddleia alternifolia, die weder ein eiskalter Winter noch ein glutheißer Sommer anfocht – mit ihren bis zum Boden überhängenden Zweigen eine einzigartige, riesige, lilane Hügelkrone.

Die nur scheinbar zufällige, in Wirklichkeit planvoll verschlüsselte Architektur – (als habe zuvor eine riesige Hand auf dem Gelände Spielsteine ausgerollt) hatte auf wunderbare Weise den asymmetrischen Standort der zukünftig schattenspendenden Bäume ermittelt, sie zudem sorgsam mit Clematis umkleidet. Dazwischen schossen gerade in diesen Tagen strahlende Baumlilien meterhoch triumphierend empor. Steinbrech überwuchs die Felsbrocken. Der kostbaren Kolkwitzia amabilis, die noch immer kein Mensch kennt, die aber den früheren Pfarrherrn nicht entging, war ringsum mit Bodendeckern ein samtener Teppich zu Füßen gebreitet.

Ein Gast nach dem andern umarmte den Hanns, atemlos vor Bewunderung – und zugleich vor Trauer, dass diejenige fehlte und nie mehr dabei sein würde, die dies alles mitgeschaffen, mitgepflegt und immer wieder mit einem Akzent hier und einem Akzent da die kunstvolle Architektur mit- und umgestaltet hatte.

Endlich ergriff Elmar das Wort.

"Hanns, ich spreche für alle: Komm mit uns, du sollst nicht vereinsamen. Wir wollen dich am liebsten gleich mit uns nehmen. Ich, Elmar, werde dein Freund sein – in guten und schlechten Tagen!"

Hanns war sehr gerührt, aber er konnte sich noch nicht von diesem Ort und seinen Erinnerungen trennen. Sie trugen Doro zu Grabe, noch einige Tage würden sie bleiben und dann wieder abreisen.

"So ist das Leben", sagte das Luiserl beim Abschied. "Erinnerst du dich, Annabell, an das Fadenspiel, das dir die Doro gezeigt hat? Sie hat dir auch vom Faden erzählt, mit dem Ariadne dem Theseus aus dem Labyrinth hinaushalf. Der Ausweg, das war Doros Zauberwort. Und sie wünschte so sehr, dass auch dir einmal aus jedem Labyrinth im Leben ein Ariadne-Faden hinaushilft ..."

Der noch immer einseitige Briefwechsel Evchens mit Bimbo dauerte nun schon ein paar Monate. Als sie von Doros Beerdigung zurückkehrte, fand sie zum allerersten Mal eine Nachricht von Bimbo vor:

"Ich möchte schreiben. Irgendetwas. Kein dickes Buch. Erst nur ein paar Seiten. Meinen Sie, ich kann das?"

Sie schrieb sofort zurück:

"Aber ja! Schreiben Sie! Titel?"

Die Antwort lautete:

"Ein Brief".

"Gut! Vielsagend! – An wen?"

"An niemand. Oder an mich? Ja, am besten an mich selbst!"

Es dauerte nicht lange, dann:

"Hier der Anfang!

Lieber Freund, es ist eine lange Geschichte mit uns beiden. Eine Geschichte von Liebe und Hass. Von Abscheu und Bewunderung. Von seligem Einssein und unseliger Trennung. Von Vertrauen und von Verrat ... Schon lange wollte ich unsre Beziehung beenden, habe nie die Kraft dazu gefunden. Aber jetzt halte ich es nicht mehr aus, jetzt muss Schluss sein! Du weißt ja, ich habe dir dein Ende längst angedroht und tue es hiermit zum letzten Mal:

Du wirst sterben von meiner Hand – und es nicht einmal merken, wenn ich den Todeskeim in dich pflanze. Ich liebe dich ja und werde es in Liebe tun: dich töten, ohne dass du mich verdächtigst. Einen ganz besonderen Liebestod werde ich dir bereiten – einen modernen, den ich mir ausgedacht habe und den du nicht vorher erraten wirst. Er ist mein Geheimnis.

Viele Jahre habe ich mich nach dir, hast du dich nach mir gesehnt, haben wir uns gegenseitig verletzt, uns getrennt, sind uns wiederbegegnet. Zum Abschied würde ich dich gerne noch einmal umarmen. Halte dich bereit!

"So weit der Anfang. Ist er literarisch tragfähig? Sprachlich in Ordnung?

Baut er Spannung auf? Regt er zum Weiterlesen an? Hält man ihn aus? Ich weiß ja noch gar nicht, wie der Brief weitergehen wird, und nicht einmal, ob er überhaupt ernstgemeint ist. Vielleicht ist er nur ein gewagter Scherz? Das Resultat einer Wette?

   Bitte antworten! Bimbo."

"Er ist schon ein wenig zum Fürchten. Aber genau das beabsichtigt ein Schriftsteller ja mit einem solchen Beginn! Das Zwiespältige, Irritierende – es ist Ihnen gelungen. Man schwankt: will der Briefschreiber uns nur beunruhigen? oder ist er wirklich zum Töten entschlossen? meint er seine Drohung ernst?

   Also weiter so! Gruß Evchen."

Mit diesem "Brief" eröffnete der Bimbo sein in vielen einsamen Stunden ausgeheckte Manöver. Genussvoll würde er es anpassen – mal an diese, mal an jene Situation – über Monate hinweg. Beim Weiterschreiben seines Textes würde sich seine Sprache entwickeln, seine Komposition mehr Kunstfertigkeit erlangen, und damit das Evchen so virtuos in seinen geheimen Plan verstricken, dass sie in ihrer Unschuld gar nicht merkte, wie sie für ihn zum Werkzeug wurde – nein, beinahe zu seiner Komplizin!

Doch dann fügte er seinem Plan noch eine diabolische Wendung hinzu. Nicht das Evchen würde ihm, dem Bimbo, verfallen, sondern er, der Bimbo, dem Evchen. So sehr, dass er es angeblich nicht mehr aushielt.

Eines Tages schrieb er ihr eine e-mail:

"Ich möchte Sie endlich kennenlernen. Möchte sehen, wie groß oder wie klein Sie sind, welche Farbe Ihre Haare, Ihre Augen haben. Am liebsten hätte ich, wenn wir das "Sie" endlich aufgäben, wenn wir uns "du" sagen würden. Denn dann könnte ich eines Tages einen Riesenschritt wagen und Ihnen schreiben: "Ich wäre gerne der, den du liebst, und der, der dich lieben darf – trotz meiner Hautfarbe". Ich liebe Sie, Evchen. Sie sind eine wunderbare Frau."

Das Evchen fiel aus allen Wolken. Nie hätte sie gedacht, der Bimbo könne sich in sie verlieben. Und sie? Wäre es ihr je in den Sinn gekommen, auch nur ein ganz klein wenig mit ihm zu flirten? Niemals! Einen Augenblick dachte sie: Es liegt an seiner Hautfarbe! O Gott! Auch ich bin eine Rassistin! Der Rassismus hat mich, wenn man so will, vor dem Bimbo geschützt!

Wen kann ich bloß um Rat fragen? Das Luiserl? Unmöglich!"

Den Elmar? Ihn kannte sie nicht gut genug. Sie stand ja eher am Rand der Familie. Richtig vertraut war sie eigentlich nur mit dem Luiserl. Und um das Luiserl, nur um das Luiserl ging es ihr doch von Anfang an, und nicht etwa um den Bimbo. Sie fragte sich: Hatte der Bimbo sich und sein Schreiben unversehens ins Zentrum gerückt? Und dabei das Luiserl aus dem Blick verloren? Gewollt? Ungewollt?

Tatsächlich hatte die Entstehung von Bimbos geplantem Roman, dies aufregende literarische Ereignis, Evchens ursprüngliches Anliegen völlig verdrängt: es war keine Rede mehr von Verzeihung und Gnade für das Luiserl. Seit Bimbo sich in Evchen verliebt und um ihre Gegenliebe geworben hatte, war dann auch – entsprechend seinem geheimen Plan – das Luiserl, die Hauptperson, ganz sachte aus dem Fokus des Briefwechsels verschwunden, spielte nur mehr eine winzige Nebenrolle. Das passte.

Der Bimbo zweifelte nicht: Eines Tages würde sein Plan sich erfüllen! Ein Wettersturz bräche über das ahnungslose Luiserl herein, der – anfangs kaum wahrnehmbar – langsam den Himmel verdüstert, die Sonne auslöscht, rasende Windstöße vor sich hertreibt, schwarze Wolken emportürmt und am Ende die Welt in Angst und Schrecken versetzt. Mit Finsternis erfüllt er das All.

Bis ein erster, greller Blitz krachend einschlägt!

Verzweifelt überlegte das Evchen, wie sie den Bimbo zur Vernunft bringen könnte. Lange fiel ihr nichts ein. Sie reagierte auch nicht auf Bimbos e-mail. Langsam keimte dann eine – vielleicht? – rettende Idee auf. Eine gefährliche Idee?

Sie machte sich große Vorwürfe wegen ihres angeblichen, ihr erst jetzt bewusst gewordenen Rassismus. Sie wollte dem Bimbo Abbitte leisten. Nur wie?

Sie schrieb also:

"Bimbo, ich mache dir einen Vorschlag. Ich kann dich nicht lieben, und das hat nichts mit deiner Hautfarbe zu tun. Vielleicht hängt es damit zusammen, dass mein Herz zur Zeit nur für meine kleine Fleur fühlt und nur Platz für sie hat?

Mein Vorschlag: kehre zum Luiserl zurück und lebe mit ihm – wenn auch nicht wie Mann und Frau, denn das geht ja nicht, da du kein Homo bist. Aber vielleicht ist es dir möglich, irgendwann einmal ein wenig zärtlich zu ihm zu sein? Und vielleicht kann auch ich Dir eines Tages ein solches Gefühl entgegen bringen?

Wenn Du mich wirklich liebst, dann will ich es als Liebesbeweis ansehen, wenn du dich überwindest, Dich mit dem Luiserl zurecht findest und ihm wenigstens einen Hauch von Erfüllung zu schenken vermagst. Ich weiß, er erwartet es nicht von Dir, er hat längst resigniert. Er hätte mich sonst auch niemals geheiratet. Er hat Dich also gar nicht verraten – es war seine Verzichtserklärung. Nun mach etwas daraus. Das DU schenke ich Dir hiermit! Evchen."

Der Bimbo schrieb zurück:

"Tausend Dank für das DU! Ja, ich werde es mit dem Luiserl versuchen. Bis dahin: alles Gute für Fleur, ich gönne ihr all deine Liebe, Ich will nur einen winzigen Bruchteil davon für mich, ich darf das, du hast es mir ja erlaubt.

Bis dahin! Der Deine, Bimbo."

"Letzter Akt", dachte er. "Es hat sich alles gefügt, ich hätte es nicht besser selbst arrangieren können. Sie schickt mich zum Luiserl, ich klopfe nur an – und ich weiß, ich werde empfangen.

Ja, Luiserl, jetzt pass' auf, jetzt wird abgerechnet!"

Er schrieb ihm erst einmal nur ein paar Zeilen:

"Liebes Luiserl, würdest du dich über meinen Besuch freuen? Bimbo sehnt sich nach Dir!"

Das Luiserl konnte kaum glauben, was er da las – nach allem, was vorgefallen war und ihm seit vielen Monaten auf der Seele lag. Der Bimbo empfand wirklich Sehnsucht nach ihm? Er konnte es sich selbst nicht erklären: er hatte sein ehemaliges blindes Vertrauen zu Bimbo verloren.

"Oh Afrika!" sagte er seufzend. "Es ist nicht einfach, dich zu verstehen. Zwischen Hass und Liebe geht es bei dir hin und her – und mir ist gar nicht mehr danach, das auszuhalten. Ich bin müde, ganz einfach. Ich habe wohl auch gelernt, von mir und von all meinen Wünschen Abstand zu halten. "Heile ihn!" hat Elmar mir aufgetragen. Ja, aber wie? Der Bimbo braucht eine Frau, keinen Mann – und schon gar nicht einen Homo wie mich!

Der Hanns hat mir ein letztes Grußwort von der Doro übergeben. Vielleicht zeigt sie mir einen Ausweg aus meiner Misere? Sie schrieb:

"Luiserl, reise! Bleib nicht immer nur hocken, reise! Geh weg von dir selbst, betrachte dich aus der Ferne. Oder anders: Verlasse das Labyrinth, in dem du als dein eigenes Ungeheuer dich selber gefangen hältst. Den Faden, um dich zu befreien, findest du ganz einfach. Der Faden ist ein Fahr- oder Flugschein. Und vielleicht führt er dich dieses Mal nach Venedig? Dorthin hat es für mich nie gereicht.

Wenn ja, dann denke an mich, ich gebe dir meine Grüße mit auf den Weg. Und wenn du dann dort bist, dann stelle dich nicht gleich an den canal grande, sondern lieber abseits, ganz still auf eine der unzählig vielen Brücken und Brückchen, und ertränke all deine Selbstzweifel in ihrem Gewässer. Unrat zu Unrat! Ich lächle dir vom Himmel aus zu. Deine Tante Doro – vielleicht auch deine Ariadne?"

Ach ja, reisen ... Aber allein?

Dann kam Bimbos Anfrage. Und jetzt war klar: wenn reisen, dann mit Bimbo zusammen.

Er antwortete ihm:

"Ich lade dich ein, zusammen mit mir nach Venedig für eine Woche. Hast du Lust?"

"Wunderbar! Danke! Ja!" war die Antwort.

Das Luiserl rief Elmar an:

"Bimbo hat sich, nach monatelangem Schweigen, überraschend zu Besuch bei mir angekündigt. Ich lud ihn für eine Woche zu einer Reise nach Venedig ein. Wie denken Sie darüber?"

"Ich weiß es nicht, Luiserl. So lang hat er geschwiegen? Sie hingehalten? Und nun kommt er einfach daher, ohne ein Wort der Erklärung? Mir bedeutet das nicht viel Gutes.

Sehen Sie sich vor. Denken Sie an das Schiller-Gedicht. Davon war zuletzt keine Rede mehr. Was hat das zu bedeuten? Ein Mensch wie der Bimbo von so hoher Intellektualität – wovon ich mich überzeugt habe – der treibt keinen Scherz mit Schiller, der meint es ernst.

Er fühlt sich allein schon durch seine Herkunft, seine Hautfarbe und nicht zuletzt dadurch stigmatisiert, dass ihn seine Eltern ohne Not an einen Weißen verkauften, der niemals gewagt hätte, ein weißes Kind so zu versklaven, wie er ihn, den schwarzen Jungen, versklavt hat. Er missbrauchte ihn bis fast in sein zwanzigstes Lebensjahr. Vergessen Sie daher nicht — auch wenn er seinem Pflegling eine geradezu universitäre Bildung angedeihen ließ! – der Bimbo ist für sein Leben gebrandmarkt. Vielleicht haben auch Sie – ohne es zu wollen – dazu beigetragen? Schlimm genug, dass Sie ihn Bimbo nennen! Wobei der wahre Schurke, sein "Chef", ja schon lange tot ist und nicht mehr haftbar gemacht werden kann. Sie, liebes Luiserl, sind dagegen jederzeit greifbar für einen Akt der Vergeltung.

Ich kann mir nicht helfen: ich verstehe diesen Menschen, den Bimbo! Hochbegabt, gebildet, wie er zweifellos ist, musste er unzählige Demütigungen ertragen. Am schlimmsten war wohl, dass unsereins ihn von vornherein – allein seiner Hautfarbe wegen – für einen Analphabeten hielt, frisch aus dem Busch – und ihm das auch nicht verhehlte..

Er wird Ihnen in Venedig seine Sprachkenntnisse beweisen, auf die Sie ja angewiesen sind. Vermutlich sprechen Sie kein Italienisch, oder überhaupt keine Fremdsprache – er hingegen spricht drei, und wenn man Deutsch hinzurechnet, das für ihn nicht seine Muttersprache, sondern erst einmal eine Fremdsprache war, sogar vier.

Sie aber, Luiserl, sprechen eine andere, sehr seltene Sprache. Sie sind eine jener Naturen. die immer wieder versuchen, Ordnung in die Welt zu bringen, Frieden zu stiften, die Menschen untereinander und mit sich selbst zu versöhnen. Und deshalb werden gerade Sie – und nur Sie, Luiserl! – mit Ihrem Charisma, das Ihnen, und nur Ihnen! nun einmal geschenkt wurde, ein letztes Mal versuchen, den Bimbo zu heilen!

Ich blicke Ihnen ins Herz und sehe darin noch immer Verständnis, Zuneigung, Erbarmen für einen Menschen, für den das Leben so heillos, so schwierig war und immer bleiben wird. Ich will Ihnen auch sagen, was Sie als einziges für ihn tun können. Er trägt schwer an seinem Hass, an seiner Menschenverachtung. Wenn es eine Person gibt, die ihn davon erlösen kann, dann sind Sie es. Nicht mit Worten, nicht einmal mit Taten, sondern ausschließlich mit Ihrem Da-Sein, Ihrem So-Sein. Das hat dann nichts, gar nichts mehr mit Ihrer Sexualität zu tun, nur noch mit Ihrer Menschlichkeit. Wenn Sie das für ihn sind, was Sie zuerst für Ihren Onkel Ferdinand waren, dann für Ihre Tante Doro, später für meine Helen und für die aufsässige Annabell – auch für das Evchen und nicht zuletzt für den schwer verwundeten Hanns – dann könnte es Ihnen gelingen, den Bimbo von sich selbst zu befreien – den Bimbo vom Bimbo – das wäre dann das, was ich unter Erlösung verstehe.

Sie müssen gar nichts Besonderes machen. Es genügt, wenn Sie sind, was Sie immer waren, aber nie zu schätzen wussten, ja, es verzweifelt abzulegen versucht haben: das Luiserl – nichts als das Luiserl – und nur das Luiserl! Seien Sie einfach Sie selbst. Das Leise an Ihnen, das ist es, damit schaffen Sie es. Das Leise! Ich hoffe, Sie verstehen mich? Mehr kann ich Ihnen nicht raten. Fahren oder fliegen Sie in Gottes Namen mit ihm in dies spektakuläre, spektakulöse Venedig, diese Märtyrerin des Fremdenverkehrs ..."

Das Luiserl hatte sich vorgenommen, jeden Abend in Venedig mindestens einen Satz in seinem eigens zurechtgelegten Tagebuch zu notieren. Er musste etwas Wichtiges sagen – oder er würde aus nichts bestehen als einem Gedankenstrich.

Am ersten Abend schrieb er:

"Ich glaube, wir sind nur nach Venedig gekommen, um Katzen zu streicheln. Wir besuchen keine Paläste, keine Kathedralen, keine Heiligenbilder, keine Museen – wir suchen nur streunende Katzen, Felidae ..."

Er hatte in einem renommierten Hotel mit Bedacht kein Doppelzimmer, sondern für jeden ein Einzelzimmer gewählt. Bimbo sollte sich vollkommen frei fühlen.

In der zweiten Nacht schrieb er:

"Wir gehen früh zu Bett, waren ja auch den ganzen Tag unterwegs, rauf und runter die Brücken, durch allerlei Höfe hindurch. Malerisches Elend mancherorts. Was sucht Bimbo wirklich?"

"Dritte Nacht:

Jetzt bin ich mir sicher: sobald er glaubt, ich sei eingeschlafen, (er vergewissert sich, schaut kurz zu mir rein!), macht Bimbo sich auf den Weg und kehrt erst in der spätesten Nachtstunde zurück. Wohin geht er? Was treibt ihn? Er ist höflich, freundlich, aber nicht vertraut. Eher fremd, distanziert, vorsichtig, angespannt."

"Frühmorgens nach der vierten Nacht:

Ich bin ihm gefolgt, ohne dass er mich bemerkt hat. Er strich durch Venedig, durch das letzte, noch echte Venedig, das Venedig der Venezianer, der Eingeborenen. Plötzlich war er weg. Er war hinter der Haustür irgendeines Hauses auf irgendeinem dieser zahllosen, vom Karree ihrer Häuser umschlossenen Plätze Venedigs verschwunden. Ich habe gewartet, fast eine Stunde. Dann kam er heraus, ganz in meiner Nähe. Er war noch dabei, seine Kleider zu ordnen. Mein Bimbo? Ach nein, schon lang nicht mehr meiner! Ich blieb einfach stehen, kaum verborgen, und ließ ihn gehen. Es war gar nicht so einfach für mich, ohne ihn den Weg ins Hotel zurückzufinden, zumal keine Menschenseele in tiefster Nacht unterwegs war, die ich hätte um Rat fragen können."

"Fünfte Nacht:
Heute hab' ich ihn ausschlafen lassen, bin allein durch Venedig losgezogen. Habe Kirche für Kirche besucht. Zu vielen Heiligkeiten gebetet. Gold glänzte und strahlte. Kunst! Kunst! Kunst! Bin versunken, ertrunken darin, wie es bei Wagner heißt. Tatsächlich haftet der Stadt etwas Wagnerisches an, seit Richard hier seinen Geist aufgab. Oder dichtet man es sich nur hinein? Aber auch das Hineindichten hätten wir von ihm gelernt. Es hilft jedenfalls gegen diese wahnsinnigen Massen von Touristen und diese schrecklichen Fremdenführer. Es immunisiert. Zuletzt flüchtete ich mich in die ganz kleinen, von keiner Hoch-Kunst berührten Kircherl, wo man vollkommen mit sich allein ist – oder wenigstens nur ein paar ehrliche, fromme Beter antrifft, die hier ihre Sorgen abladen.

Habe auf einem der Plätze ein großes Schild "Stamperia Manutius" entdeckt. Aldus Pius Manutius, ein geheiligter Name der Buchdruckerkunst! Im Schatten, bei einem Eis, habe ich ihn mir aus dem Labtop geholt: Manutius hat hier in Venedig Gutenbergs Erfindung zum Blühen gebracht! Hat als Erster Homer, Platon, Aristoteles mit griechischen Lettern gedruckt – als Erster Vergil und Petrarca in moderner Antiqua. Hat mit Dantes Divina Commedia Italienisch zum Sieg über Latein verholfen – und als erster hinter jeden Satz einen Punkt gesetzt!

Trunken vor Glück, als wäre ich ihm in Person begegnet, bin ich frühabends zurückgekehrt ins Hotel, fand den Bimbo nicht vor und habe in Ruhe auf ihn gewartet. Aber er kam nicht, kam nicht, ist nicht gekommen.

In der Früh ging ich los, gegen fünf, als es tagte. Ich ahnte, wo ich ihn suchen musste. Und dort fand ich ihn auch. Zusammengesunken vor jener Haustür, aus der er zwei Nächte zuvor herausgetreten war und sich die

Hose zugeknöpft hatte. Jetzt trug er schon gar keine Hose mehr, man hatte ihm so gut wie nichts gelassen. Ich schleppte, zog, trug ihn – abwechselnd. Allzu weit war es glücklicherweise nicht zum Hotel, inzwischen war ich ja etwas orientierter in diesem Viertel. Im Hotel informierte ich zuerst den Nachtportier, den ich beim Weggehen schon angesprochen hatte. Er half mir, den Bimbo unauffällig in sein Zimmer zu schaffen."

Diesmal holte er sich keine Hilfe bei Elmar. Er handelte einfach. Verlängerte für drei Tage. Nur waren seine beiden Einzelzimmer bereits für neue Gäste reserviert. Ein Doppelzimmer hingegen wurde gerade frei. Das Luiserl akzeptierte.

Sie hatten insgesamt also noch gute fünf Tage für Venedig. Und das Luiserl füllte sich und Bimbo mit Venedig ab wie aus einem Fass voll ordinärem Schnaps – von frühmorgens an mit Besichtigungen. Volltrunken sanken sie die letzten drei Tage spätabends ins gemeinsame Doppelbett. Stets war Luiserls letzter Gedanke dieser eine entsetzliche mitternächtliche Rückweg – mit dem fast bewusstlosen, nackten Bimbo im Arm. Am nächsten Morgen sollte Venedigs Zauber erneut diese Erinnerung auslöschen: mit der Gnadengabe seiner Statuen, Heiligenbilder, Altäre – mit der grandiosen Architektur seiner Fassaden – dem Prunk seiner Paläste – dem Dämmerglanz seiner Kirchen – den Fluten des Canal Grande – seiner Anmut von Brücken und Brückchen – kurz, mit diesem in all seiner Glorie schimmernden Venedig, das – umkränzt von der Adria, an riesige Kreuzfahrtschiffe verhurt – noch immer nicht sterben mochte, obgleich es längst tot war. Venedig, eine wunderbar vor sich hin gestorbene Stadt, eine kunstvoll mumifizierte, jeden Tag frisch gepuderte, geschminkte, nach kostbaren Parfümen duftende Leiche – falls man von einem Hauch Schiffsdiesel absah, je nachdem, wie der Wind stand.

Der Bimbo gehorchte widerspruchslos. Das Luiserl hatte ihn neu einkleiden lassen, er machte darin wieder bella figura – noch immer glich er einem Jüngling, und war doch männlich-schön. Trotz seiner Hautfarbe verloren sich nicht nur Venezianerinnen in seinen Anblick. Bimbos dunkle Augen schauten tränenfeucht, abwesend, leer.

Aber das Luiserl trieb ihn, ganz gegen seine sonstige Art, Tag für Tag durch Venedig erbarmungslos vor sich her, obwohl auch ihm die Sohlen brannten, die Knie fast einknickten. Aber er gab nicht nach. Keine Kapitulation! Kein Erbarmen!

Dann, in der letzten Nacht, geschah es.
Sie waren diesmal früh zu Bett gegangen, lagen völlig erschöpft nebeneinander im Doppelbett. Das Luiserl sank schon sachte in seinen ersten Schlaf.
Da – wie Wahnsinnige fielen sie zu zweit über ihn her! Vergewaltigten ihn nacheinander brutal, maßlos. Oder wollten sie ihn gleich umbringen? Das Luiserl sollte erfahren, was *er, Bimbo,* unter Sex verstand: Gier, Gewalt, Hass – Lust am Bösen! Lust, mit gespreizten Beinen in ihn einzudringen wie mit einem Messer. Lust, ihm Schreie, Blut, Tränen, Todesangst abzupressen! Lust, sich zu rächen für alles, was ihm in diesen Tagen – von wem auch immer – angetan worden war. Lust, das Luiserl zu vernichten.
Obwohl er vor Schmerzen schrie, wimmerte, weinte, flehte – sie tobten sich an ihm aus wie Tiere.
Dann, plötzlich, ließen sie von ihm ab, duschten, zog sich an und verschwanden – der Bimbo und sein Komplize.
Der Bimbo tauchte bis zuletzt nicht mehr auf.
Das Luiserl hatte schon am Vorabend seine Rechnung bezahlt. Er fuhr einsam nachhause, ohne zu ahnen, was er mit sich nahm.

Hatte er sich so die Abrechnung mit dem Luiserl vorgestellt, fragte sich Bimbo im Nachhinein. Irgendwie schon – und doch wieder ganz anders? Noch grausamer? Kaltblütiger? Abstrakter? Hinterhältiger, fieser, gemeiner?
War er mit sich zufrieden – oder doch nicht ganz? Genügte, was er getan, seinem Rachedurst?
Er fühlte eine unendliche Leere in sich. Er hatte etwas Unbestimmtes in seinem Leben zu Ende gebracht, bringen wollen. Aber das Unbestimmte, Unbestimmbare war noch immer vorhanden, wogte in ihm wie ein Nebel, eine graue Substanz, die aus einem Nichts und einem undefinierbaren Etwas bestand. Es war kein Hass, es war keine Gefühls-, es war eine Augenwahrnehmung: etwas Flächenhaftes, das er vor sich sah – als liefe unentwegt Regen an einer dunklen Wand herunter. Ja, eine Wand! Was hatte sie zu bedeuten? Ich stehe doch nicht unter Drogen, fragte sich der Bimbo. Ich sehe eine Wand, eine Regenwand, stehe davor und kann mich nicht auf sie zu-,

nicht von ihr wegbewegen. Ist das jetzt echt oder bloß eine Sinnestäuschung? Einbildung? Wahn?

Vorübergehend fühlte er sich gar nicht gut. Ein Arzt hörte sich seine Beschwerden aufmerksam an.

"Kommen Sie in einem Vierteljahr wieder. Im Augenblick kann ich nichts finden. Aber ich möchte Sie weiterhin kontrollieren."

Nach einigen Monaten kam die unvermeidbare Frage: "Wann hatten Sie zuletzt Geschlechtsverkehr? Ihr letzter Lover?"

Bimbo überlegte. Dachte an Venedig. Erinnerte sich wahrheitsgemäß an die letzte Nacht mit dem Luiserl. Der war, was den Verdacht des Arztes betraf, absolut irrelevant.

"Das Luiserl? Nein! Auf keinen Fall!"

"Wie bitte? Eine Frau? Ein Mädchen?""

"Nein, natürlich nicht. Der heißt nur so und kommt auf gar keinen Fall in Frage. Das ist ein absolut harmloser Bursche."

"Na gut," sagte der Arzt. "Wiedersehn in drei Monaten!"

In den Wochen nach seiner Reise mit Bimbo erforschte das Luiserl sein Gewissen. Was hatte er falsch gemacht? Hatte er überhaupt etwas falsch gemacht? Ja, er hatte ... Jetzt begriff das Luiserl endlich:

"Es ging ja gar nicht mehr um den Bimbo und mich! Da hasste nicht bloß ein Mensch einen anderen Menschen, weil er sich von ihm verachtet glaubte. Es ging um etwas viel Größeres: um Afrika gegen Europa! Ja, da hasste ein Kontinent einen anderen, von dem er gedemütigt worden war. Und stimmte das nicht?

Im Zweikampf hat dann Europa verloren, wurde schmachvoll besiegt – und nicht nur das. Es wurde von Afrika vergewaltigt, blutig zerfetzt, erniedrigt mit Hass und mit Hohn. Welch eine Symbolik! Man könnte Angst bekommen. In mir, in meinen Eingeweiden hat Afrika seinen Hass gegen Europa ausgetobt. Und Afrika, das war ja nicht etwa ein Wilder aus dem afrikanischen Busch, ein Analphabet – nein, ein gebildeter, mir weit überlegener Afrikaner hat mich mit nichts als seinem Geschlechtsorgan niedergemacht und zutiefst gedemütigt – mehr war ich ihm nicht wert.

So lange er mir noch eine Frist gibt", schwor sich das Luiserl, "will ich um Afrikas willen, als Tribut an einen bisher nie von mir gewürdigten Erdteil, niemandem, keiner einzigen Menschenseele einen Blick in mein von Schmerz zerrissenes Herz erlauben. Afrika, du hast ein wahnsinniges Potential – und ich, Europa, bin müde und habe nichts gelernt, außer der Gehilfe meines Onkels Ferdi zu sein. Krieg oder Frieden also? Nein, Ich will keinen Krieg mit dir!

Etwa zur gleichen Zeit entschied sich der Bimbo ohne Zögern für eine Fortsetzung dieses Kriegs. Als Kriegserklärung sandte er dem Luiserl die letzten vier Zeilen des Schillergedichts:
"Siehe, da weinen die Götter, die Göttinnen alle.
Dass das Schöne vergeht, dass das Vollkommene stirbt.
Auch ein Klaglied zu sein im Mund der Geliebten, ist herrlich.
Denn das Gemeine geht klaglos zum Orkus hinab."

Das Beischreiben lautete:
Dass wir uns richtig verstehen, Luiserl, nicht du, mein treuloser Geliebter, bist gemeint mit dem Schönen, dem Vollkommenen. Für dich gilt: Du, der Gemeine, gehst klaglos zum Orkus hinab. Es mag noch eine Weile dauern, bis eines Tages mein Fluch dich vernichtet. Aber ich habe Zeit, ich kann warten – im Gegensatz zu dir.

Der Kontakt zum Evchen wäre längst abgebrochen, verknüpfte nicht tausendfach eine elektronische Nabelschnur Handy mit Handy, das auch Abtrünnige wie den Bimbo jederzeit wieder einfangen konnte. Da sie so lange nichts von ihm gehört hatte, vermutete das Evchen richtig, die Versöhnung Bimbos mit dem Luiserl sei wohl nicht ganz so glücklich verlaufen, wie sie es sich ausgemalt hatte. Die Venedigreise war ihr entgangen. So hatte sie keine Ahnung vom Stand der Dinge. Es kam hinzu, dass sich bei ihr eine glückliche Verbindung anbahnte, die der kleinen Fleur einen Papa und dem Evchen einen Eheliebsten zu schenken versprach. So musste sie sich gradezu überwinden, um die beiden Streithähne aufzuspüren und herauszufinden, war man endlich zu Friedensverhandlungen gelangt oder schon wieder in Streitgespräche verwickelt? Sie versuchte es zuerst mit einer SMS beim Luiserl, wohl wissend, er war bei weitem der Friedfertigere von beiden.
"Luiserl, von dir hört man gar nichts! Schaust nicht einmal nach der Fleur! Was ist los?"

Aber das Luiserl war noch lange nicht mit sich im Reinen und konnte daher auch keine Auskunft geben. Er antwortete nur, und das war eben das Angenehme am Simsen, die Nachricht durfte ruhig kurzgefasst sein:
"*Alles o.k. Melde mich bald. Gruß!*"
Das Schwindeln wurde einem durch die modernen Medien wahrhaftig leicht gemacht. Man merkte schon gar nicht mehr, wie man sich um eine einfache, wahre Aussage herumdrückte.
Daraufhin simste das Evchen dem Bimbo:
"*Bimbo, seit Wochen höre ich nichts. Was ist los?*"
Aber der Bimbo rührte sich nicht, gab keine Antwort. Da ihr eigenes Schicksal vor einer Wende stand, resignierte sie und ließ Bimbos Schicksal vorerst auf sich beruhen.

Gelegentlich überfiel auch den Elmar Langeweile. Oder eigentlich war er eher, im Hinblick auf das Luiserl, frustriert. Er hatte ihm ja noch zugeraten zu dieser Reise, und nun, Wochen seit seiner Rückkehr, hatte er noch immer kein Wort über Venedig von ihm gehört – weder über seine Schönheiten, noch über irgendwelche Skandale, von denen das Luiserl ja sowieso keine Ahnung hatte, da er keine italienischen Zeitungen las, die Elmar natürlich interessiert hätten.
Elmar rief also das Luiserl an:
"Luiserl, mir ist fad. Lassen Sie mich hören, wie es bei Ihnen so steht und geht."
"Ach, Elmar, es käme mir gerade recht, wenn Sie mir wieder einmal eine philosophische Lehrstunde zuteil werden ließen. Vielleicht würde Ihnen das nebenbei die Langeweile vertreiben?"
Das verblüffte den Elmar. Eine philosophische Vorlesung für das Luiserl? Er selber sehnte sich momentan mehr nach irgendwas Leichtem, Unterhaltsamem – aber war da nicht ein gewisser Unterton zu vernehmen?
"Besonders gut scheint es Ihnen nicht zu gehen, Luiserl? Sie sind von Venedig zurück, Sie brauchen Trost? Oder irre ich mich? Ich komme Sie besuchen!"
Das Luiserl stellte für diesen Besuch einen besonderen Rotwein aus dem ehemals ferdinandinischen Weinkeller bereit. Den allerdings hätte der Onkel, ein profunder Weinkenner, wohl schwerlich für eine Nachmittagsstunde

geopfert, sondern bestenfalls für eine lange, tiefschwarze Nacht.

Ein Gespräch mit Elmar war immer etwas Besonderes für das Luiserl, diesmal jedoch, seinen Problemen angemessen, außergewöhnlich. Daher der Wein! Elmar, der immer gern ein Gespräch an sich riss und dann auf dem Thema beharrte, das ihm eben durch den Kopf schoss, hatte diesmal auf ein lockeres Palaver Lust. Doch gleich zu Beginn eröffnete das Luiserl den Dialog und nahm ihm das Wort aus dem Mund.

"Er hat mich prostituiert, Elmar. Um sich an mir zu rächen!

"*Ihr* Bimbo? Rächen – wofür? – und wie? "

"Er hat – ohne mein Wissen – jede Nacht in Venedig das Hotel verlassen, einen Lover besucht. Wir hatten getrennte Zimmer, so bin ich ihm nur durch Zufall auf die Schliche gekommen. Mehrere Nächte bin ich ihm dann heimlich gefolgt, immer zur gleichen Adresse. In der vorletzten Nacht hat man ihn ausgeraubt und so gut wie nackt auf die Straße gesetzt. Dort, vor der Haustür, fand ich ihn, habe ihn zum Hotel geschleppt und mit dem Portier in sein Zimmer gebracht. Ihn geduscht etcetera...

Ich wollte drei Tage verlängern, dazu mussten wir ein Doppelzimmer in Kauf nehmen. Danach habe ich ihn bis zum letzten Tag durch Venedig gescheucht, durch hundert Paläste, Museen, Kirchen – über aberhunderte Brücken.

In der letzten Nacht hat sein Lover sich irgendwie Zutritt ins Hotel verschafft. Zu zweit sind sie über mich hergefallen, vergewaltigten mich. Es war eine Hinrichtung. Mit meinem letzten Bargeld hat Bimbo den Kerl noch bezahlt. Dann sind sie verschwunden. Ich habe Bimbo seitdem nicht wiedergesehen.

Können Sie sich eine größere Demütigung vorstellen, Elmar? Ein Mann wird vergewaltigt von einem Mann? Liebe machen, nennt es der Volksmund. Ich habe meine homoerotische Vorliebe nur ganz selten ausgelebt und glauben Sie mir, ich bleibe zukünftig enthaltsam. Ich frage mich ohnehin schon lange, wer oder was ich eigentlich bin. Der Ekel schüttelt mich, wenn ich an die Gewalt denke, mit der sie sich an mir ausgetobt haben."

"Luiserl, wie konnte das geschehen?"

"Ganz einfach, ich war viel zu naiv. Er hat behauptet, er sei kein Homo. Ich hab's ihm geglaubt. Und da sucht er sich in Venedig jede Nacht einen

Liebhaber!"

"Luiserl, so ist das halt mit der menschlichen Natur. Ein ewiger Widerspruch! Darüber diskutieren wir ein andermal. Jetzt will ich wissen: wie ging es weiter?"

"Erst im Nachhinein, und leider zu spät, habe ich begriffen: worum es in Wirklichkeit geht, Nämlich gar nicht um ihn und mich!"

"Nanu! Ich wüsste nicht, um wen oder was sonst, Luiserl?"

"Es geht nicht um Bimbo und mich, oder nicht nur. Wir sind auch Stellvertreter! der eine für weiß, der andere für schwarz. Das ist dann nicht mehr ein Mit-, sondern ein Gegeneinander. Schwarz gegen Weiß. Und das ist sehr schlimm, Elmar!

"Da muss ich Ihnen, in Kenntnis von Bimbos Biographie, recht geben.

Er, ein Afrikaner, von einem Europäer einem verrückten, amoralischesn Genie, auf so absurde Weise großgezogen, dass aus ihm kein normaler Mensch und erst recht kein normaler Mann werden konnte. Bis an sein Lebensende wird Bimbo gegen seinen längst verstorbenen Ziehvater revoltieren – und damit gegen uns alle. die wir weiß, die wir Europäer sind. Attacke gegen Sie, gegen mich, sogar gegen seine jeweiligen Lover. Immer wird für ihn Liebe zugleich Vergeltung sein. Vergeltung für das, was jener Ziehvater *ihm* antat, in seinen Augen Stellvertreter Europas - gegen ihn, gegen ganz Afrika."

Er schwieg, das Wort sollte nachklingen.

"Das also ist jetzt das Ende der großen Liebe", dachte Elmar.

Im Stillen hatte er wirklich gehofft – so sehr ist der Mensch von der Literatur und erst recht von der Musik verseucht! – es gebe auch heute noch unter modernen, häufig recht komplizierten Menschen so etwas wie ewige Liebe – nicht nur bei Wagners Tristan und Isolde. Trotz des unentwegten, heutzutage üblichen Hin und Her zwischen Heirat und Scheidung, Scheidung und Heirat. Er hätte Bimbo so sehr gewünscht, er würde Ruhe finden in Luiserls Armen, seinen Hass ablegen, Europa verzeihen. All diese Hoffnungen waren dahin. Endgültig?

Jetzt brauchte Elmar eine Pause. Auf einen so disparaten Abend war er nicht vorbereitet. Noch war die Flasche geschlossen.

"Wollen wir sie öffnen?" Er nahm dem Luiserl die Arbeit ab, goss ein und erhob sein Glas:.

"Prost, Luiserl!"

Er wusste: Das Luiserl hatte keine Ahnung von Wein und von Weines Wirkung. Elmar betrachtete es daher als große Ehre, diesmal ausnahmsweise alkoholisch bewirtet zu werden. Jetzt, wo er das Etikett zum ersten Mal richtig betrachtete, konnte er sich nicht genug wundern.

Der Zufall hatte dem Luiserl einen schweren alten Wein aus Onkel Ferdis Restbestand in die Hände gespielt. Elmar registrierte mit Sorge: nach Herkunft und Preis kannte er ihn aus seinem eigenen Keller. Würde das Luiserl diese Ausnahme-Qualität von Wein überstehen? Er galt in der Familie praktisch als Anti-Alkoholiker.

Diesem Wein konnte Elmar nur misstrauen. Falls das Luiserl ihm auch nur mit ein paar winzigen Schlückchen zusprach, würde ihre Unterhaltung binnen kurzem entgleisen. Schon in geringer Menge würde er seine Wirkung entfalten. Darauf machte sich Elmar gefasst. Er nahm sich vor, mit möglichst vielen Worten möglichst wenig zu sagen, am besten gar nichts. Darin hatte er es aus mancherlei Gründen zur Virtuosität gebracht.

Schon bald lief das Gespräch in eine merkbar alkoholisierte Richtung.

Für das benebelte Luiserl wurde dabei sein heftiges, privates Gegeneinander mit Bimbo zum Gegeneinander von Kontinenten, zur Rivalität, zur erbitterten Feindseligkeit von Schwarz gegen Weiß – zum dritten Weltkrieg.

Meinte das Luiserl das nur symbolisch? War er überhaupt noch zurechnungsfähig?

In Bälde wäre er es nicht mehr. Elmar stimmte ihm noch einmal zu.

"Mein Kompliment, Luiserl! Das hat eine Dimension, holla! das globalisiert sich! Respekt! "

"Danke! Elmar!"

Vorsichtshalber war Elmar so gut wie abstinent geblieben, einer von beiden musste ja seinen Verstand beisammen halten, durfte ihn nicht im Alkohol ertränken. Das Luiserl hingegen, mehr und mehr Geschmack und Gefallen am Wein findend, hatte an dieser bislang so gut wie noch nie von ihm erprobten Substanz seinen wachsenden Durst gestillt. Nach jedem tiefen Schluck schüttelte er sich "brrrr!" – und füllte sein Glas aus der Weinflasche nach. Endlich gab sie keinen einzigen Tropfen mehr her. Besinnungslos fiel das Luiserl vom Stuhl.

Damit versank für das Luiserl seine manchmal unerträgliche, verwünschte Welt in ein absolutes Nichts. Dem Elmar hingegen erschien irgendwann das volltrunkene, vollkommen außer Kontrolle geratene Luiserl fast beneidenswert. Selbst ohne Alkohol war auch er zunehmend in Fahrt geraten, aber bei weitem noch lang nicht genug.

"Ach", dachte er, "wann erlebe auch ich einmal eine solche Stunde, in der mir die Welt abhanden kommt? Wo sie real verschwindet und nur total absurd wieder auftaucht?

Und warum nicht hier, ganz ohne Alkohol, ganz allein mit Hilfe meines eigenen Denkapparats? Es muss auch kein amouröses Versinken, Ertrinken sein – mir wäre eine sozusagen metaphysische Ohnmacht lieber ... "

Im Anblick der leeren Flasche malte er sich aus, wie brennend sehnsüchtig er sich von jeher das einzigartige Erlebnis wünschte, das ihm nie, nie zuteil werden würde, wovor er sich aber zugleich auch ängstigte:

Ein Mal das Gegenteil von mir selber sein! Ein Mal zum Anti-Elmar werden!

Und dann her mit dem Bacchanal aller Bacchanale!

Wenn doch dies komplementäre *Ich* es einmal erleben dürfte, wozu der echte Elmar niemals imstande sein würde: sich sinnlos betrinken, alle Grenzen sprengen – außer sich sein, rasen, toben, brüllen, kotzen – im Sturm einer gewaltigen Erektion. Und dann – mit Fressen, Saufen, und, wenn es nicht anders ginge, mit der Zugabe von Drogen – sich dem Selbstmord nähern, und, jeder Menschlichkeit ledig, zum Tier geworden, krepieren.

"Unentwegt stünde ich die ganze Zeit neben mir, hielte mich selber im Blick, würde kaltblütig mein falsches Ich betrachten, wäre stets in der Lage, mich klaren Geistes mit meiner wahnsinnigen Gegenfigur zu messen, – mein Ende erwarten, die Apokalypse.

Ich, der echte Elmar! Der immer weiß und keine Sekunde – selbst im größten Rausch nicht – vergisst, dass nur ein gespenstischer Wahn, ein Hirn wie das meine, diesen unmenschlichen Abgrund erschaffen und ihn auch wieder zum Verschwinden bringen kann. Eine teuflische Fata Morgana!"

Und trotzdem: was wäre das alles doch für ein ungeheurer Zuwachs an Freiheit, an Lust, nach dem Höchsten, dem Niedrigsten zu greifen. Was wäre denn sonst eine kaputte Liebe zwischen zwei Menschen wert – wenn nicht den Weltuntergang?

Darauf und auf nichts anderes lief es an diesem Nachmittag beim Luiserl doch letztlich hinaus: seiner Phantasie die Sporen zu geben, loszupreschen, in ein Jenseits von Möglichkeiten zu galoppieren, an die man im Alltag nicht einmal zu denken wagte – Kräfte, Schreckensgewalten zu entfesseln, die Menschheit zu atomisieren! So weit in letzter Konsequenz – und nicht weniger weit! – musste es doch führen, wenn zwei, die sich einmal liebten, in Zwietracht auseinandergingen. Dass sie sich lieber gegenseitig umbrächten als einen simplen Rechtsanwalt zu bemühen: dies erbärmlichste Ende der Liebe!

"Was entsprang da dem braven Hirn meines harmlosen Luiserls? Welch ein Aufgebot an phantastischer Phantasie! Wie hat er das bloß geschafft? Und unsereins lebt so dahin in seiner gutbürgerlichen Ehe und denkt, das sei der Himmel auf Erden".

Elmar wusste: wie das Luiserl am Schluss im Tiefschlaf versank, so würde jetzt auch sein eigenes, selbsterfundenes Bacchanal in einem anderen Seinszustand enden:

Er nämlich würde, Extrem seines Extrems, zu Stein werden. Gehärtet zu einer vor Urzeiten von Urgewalten geschaffenen, bewegungslosen Substanz. Steinern in seiner Schwere ruhen. Spüren, wie die Gravitation ihn zur Erdmitte hinabzog, ihm Schwere, Gewicht gab – Teil jener gewaltigen physikalischen Macht, die im Weltall die Himmelskörper aneinander vorbeiziehen ließ, sie gegenseitig im Abstand hielt – und den ganzen Kosmos in seinem unvorstellbar exakten, immerwährenden Gleichgewicht.

Elmar begab sich zurück in die Wirklichkeit.

Nicht nur hinter dem Luiserl, auch hinter ihm lag ein Phantasma.

Er hatte es ausgekostet. Es hatte seine Zeit gedauert. Eine halbe Nacht? – Eine Stunde? – Eine Sekunde?

Und jetzt war es vorbei.

Am frühen Abend hatte der Elmar das betrunkene, bewusstlose, zu keiner Kommunikation mehr fähige und hoffentlich nicht auch noch kollabierende Luiserl zu Bett gebracht. Er würde ihn die ganze Nacht bewachen, um eventuell sogar den Notarzt zu rufen. Er selbst hatte sein Glas kaum angerührt. Das Luiserl dagegen, dem Alkohol ungebremst hingegeben, hatte innerhalb weniger Stunden beinah den gesamten Inhalt der Flasche konsumiert.

So kam auf den Elmar also eine Nachtwache voller Selbstvorwürfe zu. Warum ließ er es nur so weit kommen? Warum hatte er dem unschuldigen Luiserl erlaubt, diesen Wein bis fast an die Grenze zum Suizid in sich hineinzuschütten? Ob er wohl am kommenden Morgen noch eine Erinnerung haben würde an das weltbewegende Kriegs-Schauspiel zwischen Afrika und Europa, das er in dieser Nacht – allein seiner kaputten Liebe wegen – entfesselt hatte?

"Ach, Luiserl, der du sonst der bescheidenste Mensch bist! Da greifst du, nur für dein bisschen Liebeskummer, gleich mitten hinein in die Weltgeschichte und brichst eine Ur-Katastrophe vom Zaun!"

Ungepolstert, auf dem nackten Fußboden vor Luiserls Bett, legte sich Elmar zur Ruhe. Er war der Ansicht, jedes Vergnügen habe nun einmal seinen Preis!

Das Luiserl schnarchte und grunzte seit Stunden vor sich hin und bot Elmars Gehör ein so abstoßendes akustisches Panorama, dass ihm gewisse tierische Vettern des Menschen nahezu glaubhaft erschienen. Aber er nahm sich selbst natürlich nicht davon aus: "Und wenn ich zehnmal Homer im Original beherrsche – wir sind alle gleich!"

"Luiserl, in welchem Verwandtschaftsgrad stehe ich eigentlich zu Ihnen?"

Am anderen Morgen, schon gegen Mittag, öffnete das Luiserl unendlich mühsam die Augen, blinzelte, um sie gleich wieder zu schließen. Aber der Elmar ließ ihn nicht wieder einschlafen.

"Aufwachen, Luiserl! Ehe ich Sie allein lasse, muss ich feststellen, ob Sie wieder zurechnungsfähig sind. Also nochmal: sind wir beide überhaupt miteinander verwandt?"

Er zupfte ihn leicht am Ohr. Das Luiserl schüttelte ihn ab, stöhnte: "Wahlverwandt ..."

Der Elmar stutzte kurz.

"Aha, wenn Ihnen *das* schon am Morgen nach Ihrem wahrhaft grandiosen Besäufnis einfällt, na, da kann ich getrost nachhause gehen. Dann haben Sie offensichtlich Ihre fünf Sinne wieder beisammen. Ich rate Ihnen, trinken Sie zur Verdünnung heute viel Wasser!"

"Nein, bitte bleiben Sie noch!"

"Luiserl, drei Dinge sollte der Mann vollbringen im Leben: ein Haus bauen, einen Baum pflanzen, einen Sohn zeugen. Sie und ich, wir beiden Versager haben all das versäumt. Macht Ihnen das manchmal zu schaffen?"

Das Luiserl, längst an Elmars Gedankensprünge gewöhnt, merkte beglückt: wieder einmal war der Elmar dabei, sich in ein Thema zu verstricken, aus dem er so schnell keinen Ausweg fände, das ihn im Gegenteil veranlassen würde, nun doch längere Zeit bei ihm zu bleiben.

Diesmal täuschte er sich.

"Luiserl, ich wollte kein Haus, keinen Baum und der Sohn erübrigte sich, denn meine Helen hat mir ja schon mit Annabell ein fertiges Ei ins Nest gelegt. Und Sie, Luiserl, haben dann noch ein paar wunderbare Menschen hinzugefügt: Doro und Evchen – *Sie selbst!* der Sie mein Sie-Bruder sind – und zuletzt noch Hanns. Als entfernten Cousin würde ich übrigens auch noch den Bimbo akzeptieren, würde ihm einen Platz bei uns einräumen, falls uns die Höchste Instanz diesbezüglich einen Wink zukommen ließe – damit endlich Ruhe zwischen Afrika und Europa einkehrt. Denken Sie immerhin an Ihr gebrochenes Eheversprechen!

Und vergessen Sie nicht: der Bimbo war es, der uns alle zusammenbrachte. Er hat unsre family sozusagen gegründet! Sie haben ihn als erster kennengelernt, ihn verloren, dann in Paris vergeblich gesucht, zusammen mit Doro ein Buch über ihn verfasst. Die verzweifelte Helen las es und hat daraufhin Kontakt mit Ihnen aufgenommen. Sie wiederum luden sie ein, brachten Helen und Annabell großzügig unter, versorgten sie nicht nur fürs erste – ermöglichten Helen eine Ausbildung und dem Evchen das Studium. Ach, Luiserl, Sie waren immer der gute Geist, haben dem Hanns zu seiner Doro, der Doro zu ihrem Hanns verholfen – und mir, Luiserl, mir sind Sie stets ein geduldiger Zuhörer, wenn ich zu labern beginne und dabei auch noch manchmal ein freches Maul habe.

Vergessen Sie nie: um den Bimbo herum, wie um den unsichtbaren Mittelpunkt eines Kreises, haben wir uns gruppiert, als Wahlverwandte gesucht und gefunden. Alle zusammen sind wir inzwischen zwar keine heilige, dafür jedoch eine heile Familie!

Und damit empfehle ich mich. Habe die Ehre!"

"Halt!" rief das Luiserl verzweifelt.

"Nur noch *ein* Wort:

Ich liebe ihn. Liebe ihn. Liebe ihn. Ewig!"

"Das ist heutzutage kein Todesurteil mehr", sagte der Doktor, "damit können Sie lange leben. Hauptsache, Sie nehmen jeden Tag brav Ihre Medikamente!"

Es war schon der dritte Arztbesuch Bimbos nach Venedig. Jetzt stand die Diagnose fest. HIV.

Bimbo hatte damit gerechnet, sich im Internet über seine Vorboten informiert, die er auch bei sich festzustellen glaubte.

Aber schon kurz darauf wurde er telephonisch informiert: es war eine Fehldiagnose! Es musste eine Verwechslung vorliegen. Natürlich hatte niemand die Schuld. Die endgültige Diagnose stand fest: kein Aids.

Er, Bimbo, hätte jedenfalls nicht daran sterben wollen, weder jetzt, noch später. Es genügte ja, wenn man rechtzeitig zu den geeigneten Medikamenten griff. Und vielleicht erfanden die medizinischen Hexenmeister eines Tages die richtigen Mittel, um HIV nicht nur in Schach zu halten, sondern es auch zu heilen? Man musste eben genügend lang leben.

"Aber was ist mit den Personen, mit denen Sie nach der glücklicherweise nicht erfolgten Ansteckung noch geschlafen haben – womöglich ungeschützt? Haben Sie sich darüber schon einmal Gedanken gemacht? Mir ist so, als hätten Sie mal von einem Luiserl gesprochen – einem Mann namens Luiserl. Absurd! Natürlich ein Homo! Mit dem jedenfalls hatten Sie doch auch sexuellen Kontakt? Ich würde meinen, dass Sie mit ihm darüber sprechen müssen?"

"Darüber denke ich auch schon die ganze Zeit nach."

"Sie sind gut! Sie mussten ihn längst ansprechen, ihn informieren! Das ist einfach eine Vorsichtsmaßnahme. Und das werden Sie jetzt unverzüglich tun, versprochen?"

Bimbo nickte gehorsam. "Versprochen!"

"Er muss schleunigst zum Arzt! Oder war er schon?"

"Nicht dass ich wüsste!" sagte Bimbo und verabschiedete sich.

Nein, da war er sich sicher: das Luiserl hatte keine Ahnung, was ihm möglicherweise bevorstand. Bimbo hatte ja doppelt vorgesorgt. Wenn nicht von ihm, Bimbo, dann von seinem Mittäter musste er das Gewünschte abbekommen haben. Irgendwann *musste* die Krankheit bei ihm ausbrechen, sich zumindest ankündigen.

Bimbos Genugtuung! Bimbos Rache!

Es wurde Herbst. Vogelschwärme zogen vorüber. Als riesige schwarze Wolken warfen sie Schatten aufs Land. Dann, plötzlich, ließ ein geheimnisvoller Instinkt aus ihrer Wolke ein lineares Gebilde entstehen – es schwang sich empor, himmelwärts – eine einzige, ungeheure, wundervolle Spirale!

Noch nie hatte der Stadtmensch Luiserl hoch über sich ein solches Schauspiel gesehen, zu dem sich hunderte Zugvögel vereinten: die reine Geometrie. Er war eben schon immer ein Stubenhocker, nie ein Spaziergänger gewesen, und schon gar nicht ein Wanderer oder Marschierer. Wann hatte er jemals weite Ausflüge gemacht?

Neuerdings zog es ihn plötzlich hinaus aus der Stadt, angetrieben von seiner gequälten Seele, dort einen heilsamen Abstand von den Nachwehen seiner Besäufnis zu finden. Erst suchte er sich auf der Karte in der einen Himmelsrichtung, dann in der anderen eine ihm völlig unbekannte Vorstadt aus – von wo er sich einen geruhsamen Weg ins Grüne erhoffte. Aber nicht immer führte ein Weg jenseits der hübschen Eigenheime, Villen und kleinen Hausgärten an Gebüsch und urwüchsigen alten Bäumen vorbei in grüne Auen oder auch nur in ein Waldstück. Nein, meist grenzten Felder und Äcker daran, zogen sich weit hinaus, oft bis zum Horizont. Nun gut, auch sie waren Natur, und so erfreute er sich wenigstens an der unendlichen Symmetrie der Ackerfurchen, ihrem frisch herausgepflügten Erdbraun.

Aber wo auch immer er landete mit dem Omnibus oder mit der Bahn: es gab kaum ein vormittägliches Leben in den Straßen dieser erst nach dem Krieg und meist aus einer bäuerlichen Urzelle entstandenen, stillen, gepflegten Vororte.

Kaum Autos! Die waren alle in der Stadt unterwegs, kamen erst spätnachmittags oder frühabends zurück, nach Dienstende oder Geschäftsschluss. Nur einige Alte mit einem Rollator sah man jetzt auf der Straße, zum Einkaufen vielleicht – wenige Junge, zwei, drei Schulkinder, keine Halbwüchsigen, ein paar Mütter, jede mit ihrem Winzling im schicken Kinderwagen – alles Fußgänger. Natur hatten die Menschen hier zur Genüge, sie wohnten ja mittendrin. Hatten sich – diesseits der Äcker und kahlen Felder – "Natur" nach ihrem Geschmack geschaffen oder von einem Gartengestalter erschaffen lassen. Sie mussten der Natur also nicht erst auf einem Spaziergang hinterherlaufen, wie er. Sie hatten beherzt von ihr Besitz ergriffen, das konnte man sehen – in den Gärten vor und hinter ihren Häusern. Im

Vorbeigehen betrachtete er sie mit Entzücken. Manchmal war er versucht, stehenzubleiben, um einen blühenden Strauch, ein leuchtendes Blumenrondell zu bewundern.

Hier kannte gewiss jeder jeden, wenn vielleicht auch nur vom Sehen. Wer hier wohnte, besaß Rechte; er konnte zum Beispiel in aller Ruhe, so lange er Lust hatte, vor einem Vorgarten stehen bleiben, ihn betrachten, ohne in irgendwelchen Verdacht zu geraten. Das Luiserl hingegen durfte das nicht. *Er* musste vorsichtig sein, *er* musste sich dieser überall spürbaren Distanz fügen.

Das Luiserl blieb also nicht stehen, sondern ging weiter, machte sich gleichsam unsichtbar.

Wer immer ihm begegnete, er oder sie schaute an ihm vorbei – blicklos. Womit wohl in Gedanken beschäftigt? Niemals lächelte ihn irgendwer an, schade, er hätte das Lächeln gerne erwidert. Ach, diese Vorort-Menschen! Sie gingen ihn nichts an, dennoch erwartete er im Vorübergehn einen freundlichen Blick von ihnen. Und nicht diese stumme Botschaft: "Was hast du hier zu suchen, unbekanntes Subjekt? Verschwinde!"

Obgleich sie ihn ja nicht einmal wahrnahmen!

Auch in seinem Giesing, nicht weiter als ein paar Stationen von diesem Vorort entfernt, grüßte ihn keiner, der ihm auf der Straße begegnete, schon gar nicht lächelte jemand ihm zu. Bisher hatte ihn das nie gestört, es war ja normal. Warum beschäftigte es ihn dann hier – dies Vorort-Gefühl: er störe? In Giesing, das waren alles ähnliche, einfache Leute wie er: keine Mitspieler – Zuschauer, die unten hockten wie er im dunklen Parkett und froh waren, wenn sie ab und zu eine Freikarte bekamen. Eine andere Sorte Menschen, eine andere Welt.

Er fühlte sich schlecht, schon seit einigen Wochen. Seit dem Besäufnis? Das Spazierengehen hatte ihm nicht geholfen. Es missfiel ihm plötzlich. Genug des Wanderns, wie auch des Wühlens in seinem offenbar recht diffus zusammengesetzten Ich!

Es zog ihn heim zu seinen schönen, alten Stubenhocker-Gewohnheiten, in sein bequemes Giesinger Ambiente. Er kehrte zurück.

Auf seinen schüchternen Hilferuf eilte der Elmar sofort herbei. Eine unbestimmte Ahnung alarmierte ihn.

"Elmar, tagelang habe ich versucht, beim Spazierengehen die Orgie neulich aus meinem Sündenregister zu löschen. Ich fühlte mich mindestens kulturell zur Reue verpflichtet. Dieses schöne, gleichmäßige Schritt für Schritt Vor-mich-hin-Gehen hat mir dabei geholfen. Inzwischen, dachte ich, sei ich von meiner Schuld befreit. Aber diese Besäufnis liegt mir noch immer in allen Gliedern. Sogar jeden Tag mehr. Ich hätte nicht gedacht, dass eine einzige Flasche Wein solche Nachwirkungen, so viel Unwohlsein anrichten kann!"

"Sagen wir so, Luiserl: das ist nun einmal Ihre Strafe. Man kippt einen so edlen Wein eben auch nicht hinunter wie Sie, man erweist ihm Respekt, legt sich jeden Schluck auf die Zunge, schmeckt ihn, verehrt ihn still in Gedanken, jeder Schluck eine Verneigung. Da Sie eigentlich Anti-Alkoholiker sind, wundert's mich nicht, dass diese gewaltige Menge Alkohol Sie noch eine Weile verfolgt. Auch in dieser Hinsicht dürfte ein wenig Reue Ihnen nicht schaden.

Die brutale Vergewaltigung durch Bimbo und seinen Kumpan in Venedig hat Ihnen nicht nur gezeigt, wie sehr er Sie verachtet. Er hat einen Mord begangen – an Ihrer Seele. Er hat Sie prostituiert! Vielleicht aber hat sie auch noch andere Folgen? Darüber müssen wir reden, Luiserl. In aller Offenheit! Verstehen Sie, worauf ich hinaus will?"

Das Luiserl wehrte sich, leugnete, wollte mit "diesem Thema" nichts zu tun haben.

"Ich bestehe darauf, Luiserl. Sie sollten sich unbedingt und so rasch wie möglich auf venerische Folgen Ihrer Vergewaltigung untersuchen lassen!

Erinnern Sie sich, was Sie mir am Morgen, als Sie aus Ihrer Orgie erwachten, nachgerufen haben? Nein?

Ich liebe ihn! Liebe ihn! Liebe ihn!

Ich fürchte, das müssen Sie teuer bezahlen."

Von vornherein hatte Elmar – aus sehr plausiblen medizinischen Gründen – die Vergewaltigung Luiserls durch Bimbo, vor allem jedoch durch diesen äußerst fragwürdigen Kumpan, für eine Katastrophe gehalten. Aber jetzt, plötzlich, pressierte es ihm. Er wusste, längst hätte man das Problem in Angriff nehmen müssen – je früher, desto besser. Elmar zog nicht nur Hanns, der ja Internist war, telephonisch ins Vertrauen, sondern auch den neuesten familiären Zuwachs: Evchens Lebensgefährten Ulrich, ebenfalls Arzt.

Elmar hatte ihn mit Ehefrau Helen und Tochter Annabell zu der Zeit, als Luiserl sich in Venedig aufhielt, mit einem Umtrunk in der Familie willkommen geheißen. Ihn dabei von allen Seiten beäugt; so waren nun einmal die Sitten, aber die hatten sich ja nun schon einige Male bewährt. Elmar führte dabei elegant Regie – und alle drei befanden den jungen Gast bei dieser Generalprobe für sehr sympathisch.

Bei der Verabschiedung fragte Ulrich lächelnd:

"Nun, bin ich aufgenommen? Habe ich bestanden?"

Das neue Familienmitglied – ein Seelenverwandter, eloquent wie er? Es schien so. Elmar war hocherfreut.

Es gab also ein Dreier-Kolloquium: Hanns, Ulrich, Elmar. Wie konnte man das störrische Luiserl dazu bringen, sich einer Untersuchung zu unterziehen? Denn auf Elmars Schlussbemerkung hatte er entschieden ablehnend reagiert. Er sei so gesund wie der Fisch im Wasser, ihm fehle nichts und er werde sich auch nicht auf HIV untersuchen lassen. Darauf laufe Elmars Verdacht ja wohl hinaus.

Sie würden also das Luiserl zu dritt bearbeiten. Es war auch eine Gelegenheit, Ulrich dem Luiserl als Evchens Zukünftigen und neues Familienmitglied vorzustellen. Dabei setzte man natürlich darauf, die jahrzehntelange, tiefe Verbundenheit Luiserls mit Evchen würde Ulrich zugute kommen. Man schob Ulrich die Hauptrolle zu, der Neuling sollte noch einmal beweisen, wie gut er zu ihnen passte.

Ulrich bat das Luiserl in eine Ecke.

"Ich komme in Evchens Namen. Viele Jahre waren Sie ihre erste, ganz große Liebe. Irgendwann einmal haben Sie ihr sogar Ihren Namen geschenkt. Als Sie nämlich kein "Luiserl" mehr sein wollten, sondern nur noch ein Luis. Auf Evchens flehentliche Bitten sind Sie dann doch ein "Luiserl" geblieben. Ein großes Opfer damals von Ihnen. Heute bietet Ihnen Evchen Revanche – sie schenkt Ihnen ihr Baby, das auf dem Weg ist. Es gehört Ihnen von der ersten Sekunde an, so bald es auf der Welt ist. Sie dürfen sogar, zusammen mit mir, bei der Geburt dabei sein – so, als hätte das Baby zwei Väter und als wäre es auch das *Ihre*, ein Mädchen – Luisa!

Der ungeborenen kleinen Luisa zuliebe: lassen Sie sich untersuchen, bitte!"

Mit einem Kopfnicken übergab Ulrich an Hanns.

"Liebes Luiserl, die Doro schaut vom Himmel auf Sie herunter. Bitte, Luiserl, sagt sie – du hast mir den Hanns geschenkt und du weißt, es gibt immer einen Weg. Der Hanns zeigt ihn dir. Bitte zerstöre mit deiner Weigerung nicht unsre Familie! Ich, deine Tante Doro, werde dir immer beistehen. Ich übertrage dir meinen Segensgruß."

Als letzter kam Elmar:

"Auch ich bringe eine Fürsprecherin mit – Annabell, *Ihre* Annabell, Luiserl. Wenn Annabell Sie unter Tränen um Ihre Zustimmung bittet, sagen Sie dann immer noch Nein? Bitte! sagen Sie Ja – Annabell zulieb!"

Elmar wusste: das würde den Widerstand vollends brechen. Und wirklich – das Luiserl nickte!

"Was so eine heimliche Liebe vermag", dachte Elmar. "Eine Liebe, die niemals Erfüllung findet ..."

"Armes Luiserl, ich vermute, dein Bimbo hat dich absichtlich mit HIV angesteckt, anstecken lassen!"

Das Luiserl vergrub sich.

Diese abscheuliche, gemeine, erniedrigende Krankheit – sie stammte von Affen! Von unseren Vettern in Afrika! Afrikas Rache – Schwarz gegen Weiß! Er hatte es ja gewusst.

Es erfolgten die ärztlichen Anweisungen, die Verordnung der gebotenen Medikamente. Stoisch, ohne Widerrede, ohne Fragen und Klagen ließ das Luiserl alles mit sich geschehen, befolgte alle Richtlinien, wie er sich zu verhalten habe. Er war verstummt, für kein Wort mehr erreichbar, unzugänglich verschloss er sich, ließ niemand mehr an sich heran. Und niemand wusste einen Rat, wie dem Luiserl zu helfen wäre.

Der einzige, der einen rettenden Engel – Annabell – zur Hand gehabt hätte, war Elmar. Doch nie durfte sie erfahren, was das Luiserl für sie empfand, welche Bedeutung sie für ihn besaß – und auch nicht, welches Wunder sie vermutlich beim Luiserl bewirken könnte: seine Auferstehung! Wäre er Annabells richtiger und nicht bloß ihr angeheirateter Vater, dachte Elmar, er würde es vielleicht wagen, diese beiden Menschen zusammenzubringen. Warum auch nicht? Annabell war inzwischen achtzehn, eine Frau, keineswegs mehr zu jung für eine Ehe, während das Luiserl zwanzig Jahre zu alt für sie war. Vielleicht hing sie trotzdem am Luiserl? Mehr, als ihr bewusst war? Vielleicht musste man sie nur anstupsen – und sie fiel dem Luiserl buchstäblich in die Arme? Und sie wären, ein paar Jahre lang, das glücklichste Paar der Welt? Oder blieben es, viel länger als ein paar Jahre, bis zu ihrem seligen Ende? Wie Philemon und Baucis?

Es bedurfte gleich zweier Wunder, um das Luiserl wieder zugänglich zu machen. Das erste Wunder war Luisa. Ihre Geburt fand in solcher Eile und Überstürzung statt, dass an ein Dabeisein vom Luiserl zum Glück nicht zu denken war. Aber am Tag nach ihrer Geburt kamen Ulrich und Evchen und legten ihm Luisa in die Arme.

Das zweite Wunder ereignete sich ein paar Tage später: Annabell stand vor der Tür.

"Der Neuling, die kleine Luisa, die ist jetzt das Allerwichtigste für dich? Und ich, Luiserl, was bedeute ich dir noch?"

Das Luiserl stand mitten im Zimmer, schloss die Augen, leuchtete, lächelte, versank in sich:

"Annabell!"

Mehr brachte er nicht heraus."Annabell!" Immer nur "Annabell!"

Seine ganze Sehnsucht, all seine Liebe, die sich nicht äußern durfte, legte er in dies einzige Wort. Er breitete die Arme aus, ließ sie wieder sinken. Annabell trat ihm näher.

"Schau mich an, Luiserl! Du erinnerst dich an die Zeit, als wir Tag für Tag beisammen waren, und an den Wochenenden auch über Nacht. Vier selige Jahre. Ich habe den Elmar immer gemocht, trotzdem habe ich mir damals gewünscht, du, Luiserl, wärest mein Vater. Und weißt du, was ich mir heute, hier, in diesem Augenblick wünsche?"

Sie kam ihm so nah, er hätte seine Arme um sie legen können. Sie hauchte ihn an, ganz zart. Dann:

"Ich wünschte, wir würden uns lieben. Du und ich, Luiserl, wir beide!"

Und ohne sich zu berühren – nur denkend, fühlend, erblindet, sich einer im andern verlierend – versanken sie ineinander.

Elmar hatte es nicht verhindern können. Er wusste auch jetzt nicht, was wirklich geschehen war zwischen ihnen. Er ahnte es nur und zog seine Schlüsse daraus. Es fiel ihm mit seinen Verbindungen nicht schwer, Annabell in den USA einen Studienplatz zu besorgen. Dort würde das Problem sich dann wohl verflüchtigen.

Es fiel ihm nicht leicht, Annabell und das Luiserl auseinander zu reißen. Als Gelegenheits-Romantiker, vor allem aber als Luiserls Freund hätte er ihm diese Liebe gegönnt – aber als Annabells Vater konnte er nicht zulassen, dass sie ihre strahlende Jugend einem inzwischen "älteren Mann" opferte.

Aber der Zusammenhalt dieser beiden Menschen würde weit über den Atlantik hinweg und noch viel weiter, über Amerikas Osten hin bis zum Pazifik reichen. Es half also nichts: um jeden Preis musste der Bimbo zum Luiserl zurückkehren! Er war der einzige, der das Luiserl von Annabell zu trennen vermochte.

Rein aus Verzweiflung führte Elmar auf Bimbos letztem Lebensabschnitt Regie.

Ausgerechnet Annabell - und nur sie – wäre imstande, Bimbos zerstörten Kontakt mit dem Luiserl wieder zusammenflicken. Sie als einzige kannte seine e-mail-Adresse, aber sie fühlte sich nicht wohl als Werkzeug. Erst kurz vor ihrem Abflug führte sie – elektronisch – Elmars Auftrag endlich aus. Sie hatte ihn lang vor sich her geschoben. Wie sie ihn in Worte fasste, überließ Elmar ihr.

"Du hast das Luiserl ins Unglück gestürzt. Mach es wieder gut, oder du bist für immer für mich gestorben! Annabell."

Er simste zurück:

"Ich gehorche!" Man konnte es auslegen, wie man wollte. Nicht ahnend, dass es die reine Ironie war, gab sich die unschuldige Annabell damit zufrieden.

Bimbo hätte natürlich gern mit einer besonders raffinierten Strategie Luiserls Vertrauen zurückgewonnen, etwa durch eine großartige Geste scheinbarer Demut. Allen Dreien – Elmar durch seine Gene, Bimbo durch seine stringente, auch schöngeistige Erziehung und dem Luiserl durch seine geheimen Eingriffe an Ferdis Romanen – eignete das Wissen um den Glanz der Worte, die Eleganz schön verschlungener Sätze. Doch fiel dem Bimbo nichts weiter ein als die ebenfalls elektronisch an das Luiserl übermittelte, schlichte Botschaft:

"Dein Bimbo bittet dich um Verzeihung!" Dann wartete er erst einmal ab.

"Liebe ich ihn noch?" fragte sich das Luiserl. Er wusste darauf keine Antwort, weder ein Ja noch ein Nein. Allzu verächtlich hatte der Bimbo sein Spiel mit ihm getrieben, ihn bedroht. Und dann die doppelte Vergewaltigung – und ihr schreckliches Resultat.

Annabell befand sich inzwischen schon weit weg in den USA. Die beiden hatten keine Sekunde mehr allein miteinander verbracht, nur ganz förmlich Abschied genommen. Dafür hatte Elmar gesorgt. Ohne ein Hehl daraus zu machen. Das Luiserl sollte wissen, was er durfte – vor allem aber, was nicht. Und dass er, Elmar, jeden Versuch, die Grenze zu überschreiten, unbarmherzig verhindern würde. Das Luiserl nahm das unausgesprochene Verdikt demütig hin

"Wenn ich mit Elmar reden könnte" sagte er, "aber das kann ich ja jetzt nicht mehr – doch wenn ich es könnte, würde ich ihn fragen: Elmar, es gibt so viele unabwendbare Leiden – Hungersnot, Epidemien, Krieg. Ehebruch, Raub, Verleumdung. All dem kann der Mensch nicht entrinnen. Oder Unfälle! Es hört einfach nicht auf mit all dem Unheil, das uns widerfährt.

Und dann noch das Herz, ein Organ, zuständig sowohl für die Liebe wie für den Liebes-Kummer. Als ob es nicht schon genug Katastrophen gäbe. Mir hat das Schicksal Aids zugeteilt – als Mittelsmann hat ihm mein Freund, Liebhaber, Geliebter gedient – und der wiederum nahm zur Sicherheit auch noch seinen venezianischen Lover zu Hilfe. Mir ekelt vor ihnen, aber am meisten vor mir selbst!

Wenn ich also könnte, würde ich Sie, Elmar, fragen – nein, gerade das kann ich ja nicht mehr! Denn ich vermute, *Sie* waren es, der mir den Bimbo auf den Hals gehetzt hat. Und deshalb kann ich Sie auch nicht fragen, ob ich ihm wirklich seine Untat verzeihen soll? Weil es Ihnen ja nur um Annabell und gar nicht um Bimbo geht. Er soll Annabell und mich auseinanderbringen, nicht wahr? Ach Elmar, jetzt könnte ich Sie fragen: Auch du, mein Freund Brutus? Aber Sie als gebildeter Mensch würden mir nur erklären, nach dem ersten Dolchstoß habe Caesar nichts mehr gesagt und schon gar nicht dieses Zitat! Wortlos starb er.

Was jedoch Annabell und mich betrifft, seien Sie unbesorgt."

Er würde dem Elmar eidlich versichern, er habe Annabell niemals berührt, auch werde er das in Zukunft niemals tun. Aber er fand sich erbärmlich. Ein richtiger Mann würde um Annabell kämpfen! War er denn kein richtiger Mann? War er überhaupt ein Mann? Er war ein Homo, der sich in eine Frau verliebt hatte.

"Ich habe mich ja schon immer gefragt: Wer bin ich? Ich muss es geahnt haben, denn keine Antwort hat mich jemals befriedigt. Und jetzt: ein Zwitter?

Aber ich will eigentlich gar nicht mehr wissen, wer ich bin – sondern nur noch: was ich habe? Keinen Mann, keine Frau – keinen Liebhaber, keine Geliebte – nicht einmal einen Freund.

Keine Annabell – keinen Bimbo – keinen Elmar.

Mit anderen Worten: Niemand und nichts. Ein Habenichts bin ich geworden!"

Und plötzlich hatte er eine Vision.

Erlebte noch einmal jene zauberhafte Szene:

Sah sich in jenem Ballsaal, zusammen mit seinen Freunden, alle im Ballkleid – ("jeden ersten Dienstag im Monat!") – Blues, Blues, Blues – die Tür ging auf, herein schwebte eine schwarze Braut im kostbaren weißen Brautkleid, grüßte, verneigte sich, knickste, drehte sich um sich selbst. Die als Damen verkleideten Männer glotzten sie erst nur an, dann fielen sie alle, wie auf Kommando, über sie her. Er – Luiserl – kam ihr als einziger zu Hilfe, trug sie auf seinen Armen hinaus, rettete sie, brachte sie nachhause, liebte sie, verlor sie. Nach drei Tagen war die Braut auf Nimmerwiedersehen verschwunden. Er konnte sich nur noch fragen: War ihm da wirklich ein irdisches oder ein übernatürliches Wesen begegnet, das sich nach kurzem Verbleib wieder in ein unwirkliches Jenseits zurückzog?

"Jahre hat es gedauert, bis Annabell mit einer einfachen SMS mir den Bimbo zurückbrachte. Ach, Annabell ... Aber es gab für uns keinen Frühling, keinen Sommer mehr. Er hat mich gepflegt, mich wieder zum Leben erweckt. Ich versprach ihm die Ehe. Habe mein Versprechen gebrochen. Und dann kam Venedig. Aus. Wir sind quitt, wenn man – mehr als großzügig – meine gegen seine Schuld abwägt.

Hätte es – ohne Venedig – noch einen Nachsommer oder einen Herbst für uns gegeben? Würde ich mir überhaupt solch ein kümmerliches Nachspiel gewünscht haben? Wären wir beide nicht längst schon ein wenig zu alt dafür?"

Sinnlos, darüber nachzudenken.

"Ich werde nie über das hinwegkommen, was er mir in Venedig antat."

Er beschloss, er werde nicht reagieren. Besser, es sollte zu Ende sein, Schluss!

Aber dem Bimbos widerfuhr ein schreckliches Schicksal. Tageszeitung wie Volksmund nannten es eine Tragödie: Bimbo verunglückte in einem gestohlenen Auto – er besaß keinen Führerschein! – so schwer, dass man nicht mehr damit rechnete, er würde seinen Wirbelbruch überleben. Wenn doch, würde er ein lebenslanger, schwerster Pflegefall, weil brustabwärts gelähmt.

Weder das Luiserl noch irgend ein andres Familienmitglied erfuhr von Bimbos Unfall. Lange Wochen lag er auf der Intensivstation. Niemand besuchte ihn, niemand kümmerte sich um ihn. Die ganze Station nahm Anteil, empfand Mitleid. Aber keinem gelang es, Kontakt mit ihm herzustellen. Er schwieg, schwieg, schwieg. Ein Geistlicher, der regelmäßig durch die Station ging, sprach ihn immer wieder freundlich an, grüßte ihn, wünschte ihm gute Besserung. Er erhielt nie eine Antwort. Der Patient schloss höchstens die Augen, aber man wusste nicht, was immer er damit sagen wollte – und ob überhaupt?

Dem Geistlichen leuchtete nicht ein, dass der Patient keinerlei Verwandte und Bekannte haben sollte.

"Guten Tag, Herr Müller", sprach er ihn eines Tages an. "Ich wollte Ihretwegen sämtliche Münchener Müllers abtelephonieren, habe sie dann im Telephonbuch grob gezählt – es geht über meine Kraft. Wie viele Müllers, meinen Sie, standen darin? Über zweitausend! Aber ich wette mit Ihnen: unter ihnen muss es doch irgend einen Müller geben, mit dem Sie verwandt oder wenigstens befreundet sind. Sie selbst haben ja nicht einmal einen Anschluss! Ich werde jedoch herausfinden, das verspreche ich Ihnen, ob es nicht doch mitfühlende Menschen gibt, die sich um Sie kümmern, sobald sie wissen, dass Sie hier bei uns liegen und Hilfe brauchen. Wollen Sie nicht endlich einmal Ja oder Nein sagen, Herr Müller?"

Bimbo – Herr Müller – schloss die Augen. Dann, abweisend:

"Ich bin nicht katholisch."

"Das habe ich auch gar nicht erwartet, Herr Müller. Ich nehme an, Sie sind auch nicht gläubig?"

"Stimmt."

"Und Sie wollen nicht von mir belästigt werden? Habe ich recht?"

"Ja."

"Wie schön, jetzt haben wir schon einen richtigen Dialog miteinander geführt. Bis zum nächsten Mal, Herr Müller, auf Wiedersehen!"

Der Bann war gebrochen.

Der Geistliche ließ sich mit Absicht die nächsten Tage bei Bimbo nicht blicken. Vielleicht würde dem Herrn Müller dadurch bewusst, dass er ja doch ein bisschen auf ihn wartete, ob er wiederkäme – oder ob nicht?

Das zog sich noch einige Tage so hin, Bimbo sollte aus der Intensiv in ein normales Krankenzimmer verlegt werden. Fröhlich begrüßte ihn dort sein Gesprächspartner.

"Es geht Ihnen besser, lieber Freund?"

"Ich bin nicht Ihr Freund!"

"Ja, gut. Sie sind nicht der meine – ich hingegen, mein Lieber, ich bin der Ihre! Ich wüsste nur allzu gerne, wie Sie mit Vornamen heißen, da wir immerhin jetzt – wenn auch nur einseitig – miteinander befreundet sind. "Herr Müller" habe ich Sie lange genug genannt. Wie soll ich Sie also von jetzt an nennen?"

"In Teufels Namen! Bimbo!"

"Bimbo – das ist nicht Ihr Ernst. Wer hat Ihnen diesen Namen gegeben?"

"Das Luiserl."

"Und wer ist das Luiserl"

"Mein Geliebter – mein Ex."

"Aha, ich sehe, Sie haben ein Vorleben, mit einem Mann namens Luiserl. Und wo bleibt Ihr Geliebter, warum sitzt er nicht an Ihrem Lager?"

"Er will nichts mehr von mir wissen."

"Und warum?"

"Ich habe ihn mit Aids angesteckt."

"Sie haben doch gar kein Aids! Wie soll das denn gehen?"

"Ich habe ihn durch einen aidskranken Kerl vergewaltigen lassen."

Das tat weh. Der Besucher schluckte Aber er gab nicht nach.

"Bedauerlicherweise sind Sie ja nicht katholisch – und also auch nicht mein Beichtkind. Sonst könnte ich Ihnen nämlich, bei entsprechender Reue – aber das setze ich voraus, da Sie mir ja Ihre Schuld bekannt haben – also sonst könnte ich Ihnen jetzt die Absolution erteilen und es wäre Ihnen leichter ums Herz. Aber segnen kann ich Sie dennoch, segnen darf ich auch einen Nicht-Katholiken."

Er erhob sich, machte das Kreuzzeichen über dem Bimbo.

"Der Herr segne und behüte Sie. Amen."

Der Wehrlose musste es hinnehmen. Und nicht nur dies eine Mal, sondern von jetzt an immer.

"Mein Name ist Beda. Pater Beda. Ich gehöre einem Orden an."

"Hab' ich mir schon gedacht. Orden, das sind die ganz Schlauen. Brauchen nicht arbeiten, verdienen mit Beten ihr tägliches Brot. Feine Sache."

"Hat Ihre Mutter, als Sie klein waren, nie mit Ihnen ein Gebet gesprochen? Abends, wenn Sie zu Bett gebracht wurden?"

"Ich habe meine Mutter mit vier Jahren verloren."

"Sie Ärmster! Dann fehlt Ihnen ja die halbe Kindheit."

Das Gespräch brach ab. So ging es an vielen Tagen: ein Bruchstück seiner Existenz brach jedes Mal aus Bimbo heraus – dann verstummte er wieder. Aber eines änderte sich langsam: immer sehnlicher wartete Bimbo auf seinen Besucher. Außer ihm und dem Pfleger, der es immer eilig hatte – und alle paar Tage dem Arzt – sah er keinen anderen Menschen. Und alle behandelte er so abweisend, dass außer Pater Beda keiner mit ihm zu tun haben wollte. "Der Schwarze" hieß er, und es klang nach Verachtung. Wollte er es nicht besser? Er gab sich fast Mühe, die Menschen abzustoßen. Pater Beda durchschaute das natürlich. Aber er war mit unendlich viel Geduld und einem hohen Maß an Barmherzigkeit ausgestattet. Trotzdem tastete er weiterhin Bimbos Sündenregister ab.

"Einem früheren Freund HIV übertragen zu lassen, mit Gewalt! – das, mein Lieber, ist eine Untat. Wie sehr hat er Sie gekränkt?"

"Hat mir die Ehe versprochen und gleich danach eine Frau geheiratet."

"Sie wissen, für Leute wie mich wäre Ihre Homo-Ehe sowieso eine heikle Sache gewesen, absolut unerlaubt! Sie sind also in mehr als einer Hinsicht ein Außenseiter – allein, mein Lieber, auch ich bin ein solcher. Ich darf zum Beispiel nicht mehr für meinen Orden sprechen, nur noch für mich selbst. Ich darf auch keine Gemeinde mehr betreuen – nur noch Schwerkranke, für den Glauben Verlorene, Ungläubige – Leute wie Sie."

"Und was haben Sie verbrochen?"

"Bin allzu vorschnell, plädiere für Errungenschaften, die von der Kirche erst in weiter Zukunft und auch dann nur eventuell vorgesehen sind. Aber ich bin überzeugt, sie werden kommen."

Er verließ den Bimbo. Doch mit jedem Besuch nahm er ein neues, kleines Stückchen von Bimbos Leben mit. Es dauerte nicht mehr lange, und Bimbo sagte eines Tages – einfach so, als habe er seine Worte nicht lang überlegt – aber es hatte vielen Nachdenkens bedurft:

"Eigentlich sind Sie ja fast sympathisch, obgleich ich Pfarrer und ähnliche Leute nicht ausstehen kann. Mit ihrem feierlichen Getue, als ob sie täglich mit dem lieben Gott telephonierten."

(Der Konjunktiv! unterbrach ihn Pater Beda in Gedanken. Er war Stilist. Wer den Konjunktiv beherrsche ... ein untrügliches Zeichen! Irgendwie fühlte er sich dem Bimbo verwandt.)

"Und dabei gibt es ihn gar nicht, diesen lieben Gott. Und wenn es ihn gäbe – ein "lieber" wäre er schon gar nicht! Ein *lieber* Gott ließe mich nicht so elend verrecken!"

"Sollte ich ihn jemals zu sprechen bekommen, werde ich ihm Ihre Beschwerde vortragen. Vorerst bitte ich Gott, er möge mir einen Weg zeigen, der Sie zu Ihrem Luiserl führt. Glauben Sie mir, nur auf diesem Weg werden Sie Ihren Frieden finden. Und – des bin ich mir sicher – er auch!"

"Machen wir ein Spiel. Sie geben mir ein Rätsel auf, ich versuche, es zu erraten. Nur so zum Zeitvertreib. Einverstanden?"

"Ihre Sorte Mensch macht doch nie was zum Zeitvertreib. Sie haben doch immer einen Hintergedanken. Bin gespannt, was für einen. Werd's rauskriegen."

"Nun ja, ich möchte gerne erraten, wo Ihr Luiserl wohnt. Und Sie sagen mir ein paar Buchstaben von seinem Viertel. Das ist doch schon ziemlich schwierig, nicht wahr? Zumal ich aus dem hohen Norden komme und gar nicht richtig zuhause bin, hier, in dieser schönen Stadt. Die einzelnen Wohnviertel kenne ich nicht auseinander, nicht einmal ihre Namen. Also?"

Bimbo dachte nach. Giesing. Wie konnte man es verrätseln?

"Esi" sagte er. Ja, esi – drei Buchstaben, mittendrin. Nun raten Sie mal."

"Sie machen es mir wirklich nicht leicht, Bimbo, mein Lieber. Aber Rätselraten macht Spaß."

Das mit dem Spaß war leicht übertrieben, aber es war ein Anhalt. Pater Beda war mit vielen karitativen Aktivitäten verbunden. Er begann herumzufragen und es dauerte nur wenige Tage, da halfen ihm einige mit der städtischen Geographie Vertraute auf die Sprünge. Von da an konnte er sich bei der Suche nach dem "Luiserl" auf dieses Wohnviertel beschränken. Weil das Luiserl sich dort laufend karitativ betätigte, dauerte es nicht lange, bis irgendwer nachdenklich sagte:

"Den kenn' ich."

So stand Pater Beda eines Tages vor Luiserls Tür und unterrichtete ihn über Bimbos Schicksal. Das sogenannte Luiserl war außer sich vor Entsetzen. Aber er weigerte sich, den Bimbo sofort im Pflegeheim aufzusuchen. Pater Beda stellte fest: jetzt müsse er also auch noch das Luiserl bearbeiten. Auch das Luiserl war ein harter Brocken. Er würde keinesfalls von heute auf morgen umzustimmen sein.

"Und diesen Pater Beda akzeptiere ich sowieso nicht!"

Er brauchte keinen katholischen Beichtvater – er hatte längst einen, einen eher weltlichen – zum Glück! – den Elmar. Elmar erzählte ihm regelmäßig, was Annabell aus den Staaten schrieb. Und er ließ ihn fühlen, er respektiere Luiserls Liebe für Annabell. Seine Freundschaft mit Elmar war nicht zerbrochen.

Auch Elmar war zutiefst entsetzt über Bimbos Schicksal – und geneigt, Pater Beda beizustimmen, das Luiserl möge sich um Bimbo kümmern.

"Sie können ihn doch nicht im Stich lassen! Er ist genug dafür gestraft, was er Ihnen antat. Noch hat der Arzt Ihre HIV-Ansteckung im Griff. Noch sind Sie gesund, werden wahrscheinlich der Krankheit weiterhin widerstehen. Die Medikamente werden auch immer besser. Rächen Sie sich nicht. Rache ist etwas Furchtbares, sie passt nicht zu Ihnen. Zu Ihnen schon gar nicht!"

Elmar zog das Evchen und Ulrich, auch den immer noch fernen Hanns ins Vertrauen. Alle meinten, das Luiserl müsse sich kümmern. Doch das Luiserl blieb hart. Zuletzt fand Elmar nur noch ein einziges Mittel: es ließ Annabell wissen, wie es um ihren Vater stand. Und: ob sie sich bemühen wolle, das Luiserl umzustimmen? Ja, das wollte sie! Elmar wusste, das würde reichen. Sie schrieb dem Luiserl:

"Luiserl! Liebster! – Er hat es vielleicht nicht verdient, aber er ist so arm, dass mir das Herz blutet. Ich bitte dich, lass dich erweichen, hab auch du

ein Herz! Er ist mein Vater, der Vater DEINER Annabell!"

Und es reichte wirklich. Bimbo wurde heimgeholt. Er bekam einen ständigen Pfleger, der ihn tagsüber versorgte, das Luiserl hatte keine Last mit ihm. Die Frage war nur: würden sie sich wieder näherkommen – über die bloße Unterkunft, die Verpflegung, die Abfolge der alltäglichen banalen Verrichtungen hinaus?

Zudem musste das Luiserl auch noch die Besuche Pater Bedas hinnehmen, der sehr wohl sah, dass es zwischen diesen beiden Menschen noch lange keinen Frieden gab. Nach einigen Wochen bat er das Luiserl förmlich um eine Unterredung. Das Luiserl hatte inzwischen eingesehen: Pater Beda war eine selbstlose Person, er tat dem Bimbo gut – so gut, dass das Luiserl fast eifersüchtig wurde.

Pater Beda schlug vor – in Absprache mit dem Arzt, wie er betonte – den Bimbo so rasch wie möglich wieder zurück in sein für seine Leiden geeignetes, vorheriges Pflegeheim zu schaffen. Er habe dort mehr Ansprache und vor allem Zuwendung durch gelernte Fachkräfte. Hier veröde er langsam, traure nur noch dem Tod entgegen. Dabei sei sein Geist, ein hochintelligenter, hochgebildeter Geist, hellwach.

Das Luiserl empfand das Gespräch als Rüge. Wütend widersetzte er sich Pater Bedas Vorschlag, wehrte sich mit aller Kraft, den Bimbo herzugeben. Niemand konnte sich seinen Sinneswandel erklären. Vielleicht begriff er ihn selber nicht? Fiel ihm Bimbo also doch nicht zur Last?

Was er vorher nie getan hatte: jetzt setzte er sich neben Bimbos Rollstuhl, umfasste mit seiner Rechten Bimbos Linke, ließ sie nicht mehr los. Stand zwischendurch auf, streichelte Bimbos Gesicht, setzte sich wieder, umklammerte seine Hand. Das ging tagelang so. Aber er schwieg. Und auch Bimbo sagte kein Wort.

Aber gerade jetzt zeigte die Krankheit dem Luiserl ihre ersten Anzeichen. Es begannen neue Untersuchungen, neue Medikamente, neue Verhaltensregeln. Die ganze Familie war aufgestört, niemand begriff, warum sich alles wieder zum Schlechten zu wenden schien, nachdem jeder vor kurzem erst aufgeatmet hatte: jetzt kämen bessere Zeiten.

Aber das Luiserl, im Vorgefühl künftiger Gefahren, räumte auf. Räumte auf in seiner Vergangenheit, in den Vermutungen über seine Zukunft, in seiner von Angst gequälten Seele – vor allem hielt er Gericht über sich und über Bimbo. Es wurde eine lange, stillschweigende Abrechnung: Luiserl gegen Bimbo, Schuld gegen Schuld. Das Resultat war ein dicker Strich, die Rechnung wurde gelöscht. Es half der Gedanke an Annabell. Ja, Annabell zuliebe konnte er endlich verzeihen.

"Ach, Annabell ..."

Damit begann für das Luiserl ein anderes Leben. Ein Leben nicht mehr *neben*, sondern von jetzt an *mit* Bimbo.

"Lass uns reden, Bimbo. Ist es dir recht?

"Es ist mir recht, Luiserl."

Zum ersten Mal hatten sie sich wieder mit Namen genannt. Ein Zauber ging davon aus.

"Du hast dem Elmar einmal deine Geschichte erzählt. Wie du von einem deutschen Professor gekauft, nach Deutschland gebracht, von ihm erzogen, von ihm missbraucht worden bist, Und wie du dich umbringen wolltest und dein Professor aus Versehen das Gift, das für dich gedacht war, geschluckt hat.

Würdest du, wenn ich dich sehr darum bitte, dies Gift für mich besorgen?"

"Luiserl, ich bin ein Krüppel, kann mich nicht mehr von der Stelle bewegen. Wie könnte ich irgendetwas besorgen?"

"Du müsstest mir sagen, wo man's bekommt ..."

"Warum willst du dich umbringen?"

"Weil ich nicht elend mit Aids krepieren will!"

Sie schwiegen beide. Es sollte nicht nach einem Vorwurf klingen:

"Bimbo, du hast mir diese schreckliche Krankheit zugefügt, nimm sie mir wieder weg. Bitte! Mit deinem afrikanischen Gift – ohne Schmerzen, ohne dass man es nachweisen kann – und erst am Schluss! Ich will dich nicht erpressen, Bimbo, ich bitte dich nur."

"Du machst mich zum Mörder, Luiserl?"

"Bimbo, vielleicht würde ich das Gift niemals nehmen, es nur aufbewahren. Aber es würde mir Ruhe geben. Ich hätte immer diesen Ausweg vor Augen. Müsste mich erst ganz zuletzt entscheiden."

"Du denkst, ich bin es dir schuldig. Und du hast recht. Ich denke das auch. Noch immer besitze ich ein winziges Glas mit jenem Gift, das du dir wünschst. Ich überlasse es dir. Auch mir war dies kleine Gläschen ein

Trost, eine Zuversicht für ein schnelles, schmerzloses Ende. Jetzt verzichte ich darauf. Büße damit für das, was ich dir angetan habe.

Ach, Luiserl, könntest du mir doch verzeihen ..."

Pater Beda merkte sofort, diese beiden hatten sich wiedergefunden, Bimbo brauchte ihn nicht mehr. Dies Überflüssig-Werden hatte er schon so oft erlebt, nie gewöhnte er sich daran, es war das Gute, aber auch das Schlimme an seinem Beruf – jedes Mal tat es weh, sehr weh.

Er beschloss, sich mit einem ganz besonderen Vorschlag zu verabschieden.

"Diesmal sage ich nicht auf Wiedersehen – diesmal sage ich Ihnen Adieu! Ich hoffe, das ist Ihnen recht?"

Entsetzt starrte Bimbo ihn an – das Luiserl erhob sich, schwieg, holte tief Luft:

"Das geht nicht, Pater Beda! Der Bimbo braucht Sie, er braucht Ihre Segenswünsche! Und ich erfreue mich der Bröcklein, die von des Herren Tisch fallen. Ich schlüpfe heimlich mit unter, wenn sie Ihren Segen über ihn breiten. Und den wollen Sie uns in Zukunft verweigern?

Dürfen Sie das überhaupt? Wo doch immer noch eine missionarische Chance besteht, dass Sie – Sie persönlich – durch Ihr heilsames Wirken uns Ungläubige bekehren? Wo wir doch schon beinahe so weit sind ..."

"Und Sie, liebes Luiserl, würden sich dann sozusagen im letzten Moment mit uns in den Himmel reinmogeln? Nein, keine Chance! Denn Sie wollen sich ja eines Tages umbringen – nicht wahr?"

"Woher wissen Sie das?"

"Ich besitze nun einmal die Gabe, Gedanken zu lesen bei Menschen, die mir lieb und teuer sind."

"Was, bitte, bin ich für Sie?"

"Auch Sie, Luiserl, sind mir lieb geworden, so lieb und teuer wie Bimbo, jawohl! Aber es gibt da einen Unterschied. Den Bimbo, der nicht mehr laufen kann, nehme ich huckepack mit in die Ewigkeit – das ist ein besonderes jesuitisches Privileg! – während Sie, Luiserl, selbst sehen müssen, wie Sie sich dorthin durchschlagen."

"Und warum benachteiligen Sie mich so?"

Es wurde ein Dialog mit langen Pausen. Was ihm Pater Beda in seinem Verlauf an wohl- und weniger wohlschmeckender Theologie vorsetzte, musste das Luiserl erst Satz für Satz hinunterschlucken, verdauen und nach Möglichkeit seelisch auch wieder ausscheiden. Es endete gewissermaßen mit einer Nachspeise:

"Sie, Luiserl, haben dem Bimbo seinen einzigen Trost abgepresst, der ihm noch geblieben war. Das einzige Stück Selbstbestimmung. Nämlich: sich aus eigener Kraft und mit Hilfe von ein paar Tröpfchen Gift von dieser Welt verabschieden zu können."

"Hätten Sie das für gut befunden? Sie, Pater Beda?"

"Natürlich nicht. Trotzdem habe ich ihm das Gift gelassen. Einfach, weil er sich dann nicht mehr in Gedanken daran klammerte. Er besaß es ja, konnte jederzeit Gebrauch davon machen. Das genügte. Er hätte es niemals getan. Hätte sich verhalten wie viele wohlhabende Menschen: Sie hüten ihre Schätze und fangen nichts damit an. Sie wollen sie nur einfach besitzen, nur *haben* – ihr Schein-Eigentum! Aber es beruhigt natürlich – beruhigte auch den Bimbo.

Während *ihm* sein einziger Trost abhanden kam, hilft er jetzt *Ihnen*, Ihre Krankheit zu ertragen. Werden *Sie* das Gift jemals anwenden? Irgendetwas wird Sie zurückhalten – und sei es nur die Erinnerung an mich und an meine Worte. Aber er, er wird leiden.

"Welche Schuld schieben Sie mir zu? Wer sind Sie?"

"Ein Mensch, Luiserl, wie Sie. Nur mit ein bisschen mehr Menschenkenntnis."

"Sie liessen also den Bimbo, diesen armseligen Rest von einem Menschen, im Glauben, er könne nicht nur, nein, er dürfe sich jederzeit umbringen, ohne Schaden für seine unsterbliche Seele? Aus dergleichen Betrug besteht Ihre Seelsorge?"

"Ich nehme mir manchmal etwas heraus, was man vielleicht Barmherzigkeit nennen könnte – vielleicht aber auch eine Lüge – eine Sünde, die ich auf mich nehme."

"Jetzt bin ich also ein Unmensch", dachte das Luiserl.

"Was war ich nicht schon alles, ein Gutmensch zum Beispiel. Aber jetzt reicht's mir, jetzt ist es genug. Ich mag einfach nicht mehr. Ach, Elmar, der ist mir noch immer der Liebste. Bei dem gibt's keine Barmherzigkeit, keine sogenannten "frommen Lügen". Der hat mir immer die Wahrheit gesagt, auch wenn sie manchmal recht wehtat. Ihn werde ich fragen!"

Auf seine Bitte kam Elmar zu Besuch. Bimbo hielt seinen Mittagsschlaf, das Luiserl hatte den Elmar für sich.

"In Eile, Elmar, so lang wir allein sind: was halten Sie von Selbstmord?"

"Aha, von daher weht bei Ihnen der Wind! Hab' schon fast drauf gewartet, mein Lieber. Ich generalisiere den Selbstmord nicht, da haben Sie Pech. Ein jeder ist anders. Den einen bejahe ich, den andern lehne ich ab. Um direkt auf Sie zu kommen – denn um wen sonst sollte ich mir Gedanken machen? – Sie sind in meinen Augen ein höchst fragwürdiger Kandidat! Sie haben nicht das geringste Anrecht darauf! Eher noch als zu Ihnen würde ich zum Bimbo sagen: Mensch, häng' dich doch auf! Gottseidank ist er ja dazu nicht mehr in der Lage.

Sie dagegen – Sie sind einfach nicht berechtigt zum Suizid! Ich würde Sie auch gar nicht betrauern, ich würde nur sagen: Dieses Luiserl, diese Kasperl-Figur, jetzt ist er halt weg. Schade!

Sehen Sie, Luiserl, so unwichtig ist man in unserm großen Menschheits-Ensemble. Auch Sie, Luiserl, sollten sich weniger wichtig nehmen."

"Und Sie, Elmar, wie wichtig nehmen Sie sich?"

"Oho! Für mich bin *Ich* der allerwichtigste Mensch auf der Welt. Mich interessiert nichts außer einer anständigen täglichen Mahlzeit mitsamt einem Glas Wein – und anschließend einer geregelten Verdauung. Sehr hoch schätze ich meine finanziellen Verhältnisse, mein regelmäßiges Einkommen als Hochschul-Professor und mein hohes berufliches Ansehen – und neben dem Wetter und sonstigen angenehmen jahreszeitlichen Ereignissen wie Geburtstag, Jubiläum, Weihnachten und Ostern erwarte ich außerdem noch von meiner liebe Frau Helen, dass sie sich keinen Seitensprung erlaubt und mich nicht mit einem noch besseren Kerl als mich betrügt! Den es ja auch gar nicht gibt auf Gottes weiter Erde, nicht geben kann! Nein, einen Intelligenteren, Bescheideneren, Liebenswürdigeren als mich, wenn Sie den suchen – Sie werden ihn niemals und nirgendwo finden!

So weit meine Ansicht zum Suizid. Zufrieden?"

Das Luiserl saß zerschmettert in einer Ecke.

Elmar versetzte dem Verwundeten noch einen weiteren Schlag:

"Annabell hat geschrieben. Sie lerne immer wieder neue junge Leute kennen. Das mache ihr Spaß. Es sei alles leichter, kollegialer als an europäischen

Universitäten. Man hocke nächtelang im Camp beisammen und streite über Gott und die Welt.

Hört sich doch gut an, nicht wahr? So lang's nur um Gott und die Welt geht – und nicht um die mitternächtlichen Instinkte ... Was meinen Sie?"

Das Luiserl fühlte sich sehr einsam. Er hatte verstanden. Elmar war nun einmal so. Ließ niemand an sich heran, mit derartigen Elaboraten hielt er seine Freunde auf Distanz. Wahrscheinlich sogar war es wieder einmal eine wohlausgedachte, bittere Lektion?

Plötzlich sehnte er sich danach, mit dem Bimbo vollends ins Reine zu kommen.

Sacht legte das Luiserl das Behältnis, das weniger als einen Fingerhut voll Gift enthielt, auf den Tisch.

"Wenn, dann wir beide – nicht einer allein!" sagte Bimbo.

"Oder keiner von uns – du nicht, ich nicht", erwiderte das Luiserl leise, bestimmt.

"Wir brauchen es nicht mehr, Bimbo. Wir stehen es durch."

"Es hat mich damals mein letztes Vermögen gekostet!" sagte Bimbo entrüstet.

"Nimm es als Opfer für deine Schönheit."

"Der Teufel soll sie holen! Sie hat mir nichts als Unglück gebracht!"

"Das Schöne, die Schönheit hat auch eine moralische Qualität. Ich sehe in ihr den Abglanz von etwas Höherem – von deiner Seele, Bimbo."

"Ich bin fett geworden, alt und hässlich. Und nicht einmal mehr Herr meiner Glieder, vielleicht auch schon bald nicht mehr meines Verstandes, meiner selbst. Was soll noch schön sein an mir? "

"Für mich bist du schön, wirst immer schön sein, schön bleiben, Bimbo."

"Und du, Luiserl, du wolltest sterben? Nein, ich werde sterben, an deiner Stelle!!"

Blitzschnell griff er nach der Phiole, führte sie zum Mund, um sie zu zerbeißen – aber das Luiserl war schneller. Er schlug sie ihm aus der Hand. Das hauchfeine Glas zerbarst am Boden, die paar Tropfen Gift waren unwiederbringlich verloren.

"Oh!" sagte das Luiserl nur.

Sie blieben beide für eine lange Weile stumm.

Das Luiserl ergriff Bimbos Hand.

"Ich werde dir in Zukunft jeden Wunsch erfüllen, Bimbo. Was würdest du dir zum Beispiel jetzt, in diesem Augenblick, wünschen?"

Bimbo dachte nach. Gab es auf dieser Welt noch einen Wunsch, irgendeinen, für ihn? O ja, durchaus!

"Dass du mir etwas vorliest – oder dass wir uns gegenseitig vorlesen. Und nicht nur heute, sondern von jetzt an Tag für Tag. Das tut mir gut – und auch dir, Luiserl. Ob es Gedichte sind oder Prosa – dabei vergisst man, dass man nur noch ein erbärmlicher Krüppel ist. Man bekommt Flügel. Ich sehne mich nach Flügeln. Du wirst sie mir schenken, Luiserl und vielleicht fängst dann auch du an, zu fliegen?"

Das Luiserl fuhr den Bimbo im Rollstuhl in Onkel Ferdinands verwaisten, von niemand, nur noch von der Putzfrau wöchentlich einmal mit Staubtuch besuchten, ehemaligen Salon. Die halbe Welt der Literatur hatte der Onkel in einem deckenhohen Bücherregal für sich gesammelt. Schätze warteten da auf den künftigen Rentner. Umsonst! Viel zu früh war er gestorben, ungelesen hinterließ er sie.

Es war alles vorhanden, was Bimbos Herz an Literatur begehrte. Er jubelte. Er war selig.

Fassungslos erlebte das Luiserl, wie sich der Bimbo vor seinen Augen verklärte. War das der Bimbo, der Autos klaute – und wer weiß, was alles noch sonst? – und der auch schon einmal ein Jahr oder zwei im Gefängnis gesessen hatte, wie inzwischen bekannt war? Der Bimbo, der jede Nacht in Venedig zu einem Stricher ging?

"Bimbo, das, was ich mir damals hier, aus diesem Regal, heimlich stibitzt und in vielen Nächten gelesen habe, das hat mich immer beglückt – und zugleich tief traurig gemacht. Damit verglichen würde niemals aus den vom Onkel verfassten Büchern so etwas werden wie Literatur! Mit jedem neuen Roman, den der Onkel anfing, hoffte ich, es ließe sich vielleicht erzwingen, irgendwie – und immer musste ich einsehen, kein Weg führte seine Schreibe dorthin."

Es war ein alter, nie verheilter Schmerz. Zu sehr hatte er den Onkel verehrt, geliebt.

"Und du, Bimbo, was sind Bücher für dich?"

"Luiserl, Bücher hätten mein Leben sein können. Aber sie wurden für mich zum Tod der Literatur."

Er schwieg, dachte weit zurück.

"Dabei war ich wahrscheinlich damals der belesenste junge Schwarze jenseits von Afrika – weit und breit in Europa. Und mein Lehrer ein Genie. Für ihn war die Literatur, die er auch mir einzuimpfen versuchte, *Alles*. Dies *Alles* hat er mit mir gelesen – oder mindestens darüber gesprochen, über seinen Sinn, seine Bedeutung, seine Schönheit. Die Schönheit war ihm vielleicht das Wichtigste, er konnte über eine Zeile, eine Wendung, ein einziges Wort in Verzückung geraten.

Das Allerheiligste war ihm die Lyrik – und sein Gott war Paul Celan, der Dichter, der sich beim Pont Mirabeau in die Seine gestürzt hat. Zehn Kilometer , bis Courbevoie trieb er flussabwärts dahin, zehn lange Tage.

Überströmend von Celan-Gedichten – aber auch von Hölderlin-Versen! – konnte mein Chef plötzlich, mitten im Satz, nicht mehr an sich halten, riss sich die Hose runter und nahm mich her – ein Wahnsinniger, ein Perverser. Dabei hatte er noch die letzten Worte des letzten Gedichtes auf den Lippen ...

Er prägte mir ein: "Für jedes Buch, das du liest, musst du ein Prüfstein sein. Mit schwarzem Kieselschiefer prüft ein Goldschmied die Reinheit eines goldenen Schmuckstücks. Auch du bist ein solches Stück Kieselschiefer! Ich, ich persönlich habe dich zurecht geschliffen, damit du aus jedem Text den Anteil an literarischem Gold herauskennst, es für immer in deinen Besitz nimmst."

Was glaubst du, Luiserl, was mir Bücher bedeutet haben? Bücher, die er mir doppelt ans Herz legte, nachdem er mich zuvor missbraucht hatte?

Seine Bibliothek wurde für mich zur Kloake!"

Er verstummte und das Luiserl wagte nicht, Bimbos Schweigen zu brechen.

"Der Chef hat Bücher über alles geliebt. Aber für mich hat er die Literatur so grauenhaft beschmutzt, dass ich sie viele Jahre gemieden habe. Mit einer Ausnahme, Schiller. Schiller war für mich die Reinheit selbst. Ein unbefleckter Jüngling, der auch ich gerne gewesen wäre. Ein Poet, den seine Reinheit wie ein Gewand umkleidete. Ein männlicher Engel – ohne Geschlecht. Mag falsch sein, aber so habe ich ihn damals gesehen, wenn ich ihn mit Goethe verglich ...

Heute, Luiserl, liegt alles weit hinter mir zurück – auch ich selbst habe viel Schuld auf mich geladen. Da kommt mir die Bibliothek deines Onkels vor wie ein großes Schiff, das schon sehr lange hier auf mich gewartet hat. Es wird mich in jene Weltgegend tragen, die ich so lange gemieden habe. Vielleicht werde ich dort meinen Frieden finden. Lass uns zu lesen beginnen."

Sie probierten es also aus.

"Seltsam!" sagte das Luiserl einige Wochen später. "Entschuldige die Unterbrechung! Jetzt, wo wir grade bei Fontane sind: manche Sätze von ihm gleiten mir wie eine Perlenschnur durch die Finger! Hör zu:

'Dubslav von Stechlin blieb also Witwer. Das ging nun schon an die dreißig Jahre. Anfangs war's ihm schwer geworden, aber jetzt lag alles hinter ihm, und er lebte comme philosophe nach dem Wort und Vorbild des großen Königs, zu dem er jederzeit bewundernd emporblickte ... !

Das ist der Herr von Stechlin, stolz auf seinen See, der genau so heißt wie er selbst.

'Zwischen flachen, nur an einer einzigen Stelle steil und kaiartig ansteigenden Ufern liegt er da, rundum von alten Buchen eingefasst, deren Zweige von ihrer eigenen Schwere nach unten gezogen, den See mit ihrer Spitze berühren ... Kein Kahn zieht seine Furchen, kein Vogel singt ... Alles still hier. Und doch, von Zeit zu Zeit wird es an ebendieser Stelle lebendig. Das ist, wenn es weit draußen in der Welt, sei's auf Island, sei's auf Java, zu rollen und zu grollen beginnt oder gar der Aschenregen der hawaiischen Vulkane bis weit auf die Südsee hinausgetrieben wird. Dann regt sichs auch hier und ein Wasserstrahl springt auf und sinkt wieder in die Tiefe ... Wenns aber draußen was Großes gibt, wie vor hundert Jahren in Lissabon, dann brodelts hier nicht bloß und sprudelt und strudelt, dann steigt statt des Wasserstrahls ein roter Hahn auf und kräht laut in die Lande hinein. Das ist der Stechlin, der See Stechlin.'

"Bimbo, wir lesen, lesen, lesen – baden in Sätzen, Wörtern, Satzzeichen. Für mich ist es ein wenig wie früher, nur dass es jetzt – schön geformt, wohlabgestimmt – keine heimlich gelesenen Texte mehr sind. Ja, so hätte ich mir gewünscht, dass auch der Onkel Ferdi schreiben gekonnt hätte. Ihm kam's nur auf die Spannung seiner Geschichte an. Auf das *Was* eben. Ich habe mehr auf das *Wie* geschaut. Das Äußere eben, die Sprache – die eigentlich das wahre Innere ist, wenn man's genau nimmt. Die Worte, die Sätze. Die Bausteine. Ineinander gefugt, aufeinander abgestimmt – makellos.

Oft hab ich damals einen Satz umgestellt, zwei Satzteile ineinander verschlungen, ein Adjektiv herausgehoben, ließ ein Substantiv leuchten, ein andres den Satz verdunkeln. Da passierten dann schon mal winzige kleine Wunder! Aber natürlich – auch sie haben keinen Fontane aus dem Ferdi gemacht."

"Luiserl! Du bist ja ein Feingeist!"

"Du verspottest mich, Bimbo?"

"Nein, nein! Nicht ich – mein Chef, dieser fanatische Literatur-Liebhaber und Literatur-Versteher, der hätte dich so genannt – einen Feingeist. Er war ja selbst einer. *Er* hätte dich verstanden!"

Das Luiserl ein Feingeist?

Dies Wort – durfte das Luiserl es annehmen? Auch von einem Unhold?

"Luiserl, es steht dir zu!"

Feingeist!

Es würde ihm ein neues, glücklicheres, von allen jemals gehegten Zweifeln erlöstes *Ich* schenken

Er nahm es an.

Und das in einer nur kurz unterbrochenen Lesung, zwischen zwei Buchseiten – Fontane, "Stechlin" ...

Die Frage war nur: Wie lang würde dies Glück beim Luiserl anhalten?

Wenn Pater Beda sie jetzt besuchte, sah er die beiden zu seinem Erstaunen nicht mehr inhaltslos vor sich hinleben. Sie lasen sich gegenseitig vor. Wenn der eine nicht mehr konnte, begann der andere. Oder sie unterhielten sich darüber – und manchmal schwiegen sie einfach und dachten nach. Es war ein wunderbares, einvernehmliches Schweigen.

Pater Beda dachte: "Jetzt fehlt zum Lesen nur noch das Schreiben!"

Und beherzt schlug er den beiden vor:

"Was halten Sie davon, wenn Sie das Schreiben noch hinzunehmen zu Ihrem Alltag? Warum machen Sie beide aus Bimbos Leben nicht eine Geschichte?"

"Pater Beda, ich habe schon einmal ein Buch geschrieben. Es war die Hölle. Das tu' ich mir kein zweites Mal an!"

"Kein Buch – nur eine Geschichte. Zwanzig, dreißig Seiten, mehr nicht. Nur so zur Abwechslung – am Vormittag Lesen, am Nachmittag Schreiben, jeden Tag nur ein paar Sätze! – und gleich wieder Lesen.

Ich werde Ihnen helfen. Mit Ausfragen! Damit dem Bimbo all das wieder einfällt, was er längst vergessen glaubt. Ich helfe seiner Erinnerung nach. Ermutige ihn. Scheuche ihn kreuz und quer durch seine Vergangenheit – damit er sie mit den Augen eines Dichters anschaut: ihre leuchtenden Farben, und dazu den Kontrast eines totalen Schwarzweiß!"

"Und der erste Satz? Der verdammte, erste Satz? Wer liefert uns den?"

"Ganz einfach, den probieren wir jetzt gleich, auf der Stelle. Lassen Sie uns nachdenken!"

Es verbreitete sich eine – was das Luiserl und Bimbo betraf – dumpfe Stille.

Dann las Pater Beda – langsam, vorsichtig ab:

"Ich erinnere mich an nichts und niemand – nur an meine afrikanische Mutter – eine stolze und schöne Frau – Sie hat mich als Vierjährigen an einen deutschen Professor verkauft – Ich war ihr Jüngster und sollte es besser haben als meine hungrigen elf Geschwister – Vielleicht hat er sogar mit ihr geschlafen, um sie rumzukriegen – Er war besessen vom Sex, manisch, verrückt."

Kein Beifall. Es herrschte Schweigen, Staunen, Betroffenheit.

Pater Beda ließ sich nicht beirren:

"Oder stellen wir den Satz um?"

Er kritzelte wieder auf ein Stück Papier, las vor:

"Vier Jahre alt war ich, ihr Jüngster, als meine afrikanische Mutter mich einem deutschen Professor überließ. Meine stolze und schöne Mutter, wie ich sie in Erinnerung habe! Er suchte in Afrika einen intelligenten kleinen Jungen. Bei ihm in Europa sollte ich es besser als meine elf hungrigen Geschwister haben. Er wohnte in seinem eigenen Zelt ein paar Tage bei uns, um festzustellen, ob ich seinen Ansprüchen genügte. Er war besessen vom Sex, manisch, verrückt. Wozu brauchte mein Professor einen kleinen afrikanischen Jungen? Um ihn zu seinem Lustknaben zu machen!"

Nach einer kleinen Pause fragte Pater Beda:

"Was halten Sie davon, Bimbo? Und Sie, Luiserl?"

Bimbos Antwort war eindeutig:

"Pater Beda, Sie können das Buch ja für uns schreiben. Wir sind bei weitem nicht so eloquent wie Sie. Allein, ich will von meiner Vergangenheit nichts mehr wissen. Meine Erinnerungen sind so befleckt, warum sollte ich sie vor der ganzen Welt ausbreiten und noch einmal darunter leiden?"

"Es wäre vielleicht eine Therapie? Würde Sie heilen?"

"Nein, es würde mich umbringen. Es wäre ein teuflisches Spiel, Pater Beda. Sie sind gerade dabei, mich und meine Vergangenheit schönzureden. Das merke ich schon an Ihrem ersten Satz. Sie reden von meinen "elf hungrigen Geschwistern", von "meiner stolzen, schönen Mutter", behaupten, der Professor sei über sie hergefallen. Woher wissen Sie das? Von mir nicht! Es ist Phantasie! Ich aber, was mein Leben betrifft, bevorzuge inzwischen die Wahrheit."

"Und Sie, Luiserl?"

"Es wäre doch nur, um der Sensation willen, ein Wühlen im Schmutz. Hätte Bimbo von sich aus diese Idee gehabt, wäre ich vielleicht bereit zum Mitmachen gewesen, ihm zuliebe. Ich bin froh, dass er es ablehnt."

Pater Beda war betroffen. Es war eine Versuchung, er hätte – in Form einer Abrechnung – nur zu gerne den Kampf mit dem Bösen, dem absolut Bösen aufgenommen. Er hatte den Bogen überspannt. Ja, er sah es ein.

Es stand ihm ein noch weit größeres Malheur bevor.

Eine Eisenbahn fuhr mitten durch die Stadt, versteckte sich kunstvoll in Schluchten, zog unsichtbar über Hügel und Damm. Nur an ganz wenigen Stellen konnte man ihr begegnen: wenn sie, mitten im dicht bebauten Giesing zum Beispiel, direkt aus einem Tunnel herauskam, um, hochgestelzt auf eiserner Brücke, den hochfrequenten Autoverkehr zu überqueren. Sie ließ den Berg hinter sich, den hoch oben König Ludwigs neugotische Heilig-Kreuz-Kirche bekrönte, Giesings "Kleiner Dom".

In Gegenrichtung brachte der Tunnel die Bahn auf einem stillen, unzugänglichen Stück Wiesengrund – mitten im hektischen München! – wieder zum Vorschein. Eine Brücke spannte sich breit, flach, laut mit all ihrem Lärm und Getriebe über dies unzugängliche, wundersame, grüne Idyll tief unter ihr.

Ein einziger Mensch, der eine Affinität für die talwärts gelegenen Bahngeleise und ihren labyrinthischen Lauf zu hegen schien, stand oft am Brückengeländer, blickte in den Abgrund hinab, wartete auf das rätselhafte Kommen und Gehn der endlosen Wagenkette.

Sie, die Bahn und er, Pater Beda – jeder ein Fremdkörper, ein Gespenst, eine Metapher.

Eines Tages jedoch gab es eine Explosion und Pater Beda, eben diese Person, flog in die Luft. Er hatte schon eine ganze Weile die Klinikbesuche eingestellt, sich nur noch um Bimbo, das Luiserl und die Probleme der beiden gekümmert. Ein Klinikarzt, dem Pater Bedas wohltuender Einfluss auf besonders unruhige Patienten stets aufgefallen war, hatte sich eines Tages gefragt: Wo bleibt eigentlich dieser sympathische Pater? Er hatte im Orden angerufen: War Pater Beda krank? War er versetzt worden? Warum kam er nicht mehr?

"Es gibt keinen Pater Beda bei uns, hat nie einen gegeben!" lautete die Auskunft.

Als er dann doch noch einmal auftauchte, nahm ihn der Arzt, der ihn mochte, beiseite:

"Ich muss Sie bitten, die Klinik zu verlassen. Jetzt gleich und für immer.

Da Sie so lange nicht mehr erschienen, habe ich im Ordenshaus, das Sie als Ihren Wohnsitz angaben, nachgefragt. Zu Ihrem Glück habe ich nur mit dem Pförtner gesprochen.

Man kennt dort keinen Pater Beda!"

Der falsche Pater nickte, tief beschämt. Irgendwann musste es wohl so kommen.

"Sie haben vielleicht keine schwere Straftat begangen. Ich habe den Orden nicht informiert, welche Funktion Sie bei uns hatten – als angeblicher Priester. Ich hinterließ auch nicht meinen Namen. Die Sache wird also vermutlich nicht weiter verfolgt. Sie haben niemanden geschädigt, im Gegenteil: vielen Menschen wohlgetan."

"Das hoffe ich, denn eigentlich bin ich Arzt."

"Sie sind Kollege? Ich fass' es nicht! Ja, wovon leben Sie denn? Wo wohnen Sie? Was sind Sie für ein Mensch?"

"Ich bin der Narr meiner Familie. Sie beweist an mir ihre christliche Nächstenliebe. Ich darf in einem ihrer Gartenhäuser wohnen und lebe von den

Brosamen, die man mir zukommen lässt. Genügt Ihnen das?"

"Ich hätte Sie sowieso nicht angezeigt. Und jetzt erst recht nicht. Ein Kollege! Ich habe Ihnen stets ihre Frömmigkeit geglaubt. Ich glaube sie Ihnen noch immer. Sie sind und Sie bleiben mir sympathisch, Herr Kollege! Aber was Sie mir da aufgetischt haben, das muss ich erst einmal verdauen. Wer Sie auch sind und wie Ihr Name sein mag: für mich bleiben Sie Pater Beda! Gehen Sie hin in Frieden!"

Pater Beda bedankte sich stumm und verließ das Haus. Beinahe hätte er dem freundlichen Arzt aus Versehen noch seinen gewohnten Segen erteilt – es wäre ein tragikomischer Abgang gewesen.

Als Pater Beda dem Bimbo und dem Luiserl seine Enttarnung gestand, weigerten sich beide, seine Verfehlung zu akzeptieren. Dem Bimbo allerdings erlaubte seine Hinfälligkeit nur noch einen schwachen Protest. Pater Beda nahm es besorgt zur Kenntnis: langsam, fast unmerklich entfernte der Bimbo sich. Heute erschien er ihm schon wieder ein wenig weiter weg als gestern. Auch seine ärztliche Kunst konnte ihn nicht mehr aufhalten.

Das Luiserl hingegen gebärdete sich aufsässig.

"Für uns, den Bimbo, meine Familie und mich sind und bleiben Sie Pater Beda. Das ist Ihre wahre Identität – wenn auch nur als Mitglied eines imaginären Ordens. Den nimmt Ihnen in unseren Augen niemand weg!"

"Das ist gut gemeint, annehmen darf ich es freilich nicht."

Dem Luiserl begegnete Pater Beda immer mit großer Geduld.

"Des Menschen Identität ist etwas sehr Geheimnisvolles, Luiserl. Sie ist unser Selbstbild, so soll uns auch unsre Umwelt wahrnehmen. Ich jedoch, der gewesene Pater Beda, bin in jeder Hinsicht ein vollkommen negatives, von Identität nahezu entblößtes Exemplar. Während andere sich im Lauf ihres Lebens einen Reichtum an Identität erwerben, besitze ich seit langem so gut wie gar keine mehr. Letztendlich habe ich mir dann in meiner Not eine geborgte zugelegt – als Pater Beda. Jetzt, wo sie mir abhanden kam, bin ich erneut auf der Suche. Meine Selbstwahrnehmung sagt mir jedoch, für mich gibt es keine Identität mehr in diesem Leben.

Wenn ich nicht irre, haben auch Sie, Luiserl, lange um Ihre Identität gerungen. Wie weit kamen Sie inzwischen damit?"

"Nicht sehr weit, Pater Beda. Habe sie mal ohne viel Glück in dieser, in jener Bestimmung gesucht. Aber nun hat man mich eben erst einen Feingeist genannt und diese Bezeichnung nehme ich gerne an."

"Und was attestiert sie Ihnen? "

"Dass ich, wenn ich schon keine Texte s*chreibe*, wenigstens Texte v*erstehe*. *Ich kann lesen*! Das erscheint Ihnen vielleicht wenig. Aber mir bedeutet es viel."

"Erklären Sie's mir!"

"Ich verstehe die Architektur eines Textes, hinter der sich alles verbirgt: die Qual seiner Entstehung, die Lust des Schreibens, der Schrecken des Stillstands – Farbe, Sprachglanz, Akkorde und Dissonanzen, Forte und Diminuendo, Misstöne, Harmonie. Der Jubel einer wunderbaren Formulierung. Seine Substanz, an die der Leser ganz langsam herangeführt wird. Des Autors zerrissene Seele, die ihre Zuflucht oft nur noch in einem Gewässer oder einem Gifthauch findet. Oder das unendliche Glück, wenn das Ringen zwischen Form und Inhalt sich zum Schluss ineinander verdichtet – vielleicht zu einem einzigen Wort.

"Zum Beispiel?"

"Ein Wort wie *Orkus*. Bei Schiller donnert es in die tiefsten Abgründe hinab."

Pater Beda schien nicht überzeugt.

"Täusche ich mich? Lieber als fremde Texte *verstehen,* würden Sie eigene Texte *schreiben?* "

Das Luiserl fühlte sich ertappt. Sacht bohrte Pater Beda nach:

"Wer hat Ihnen denn nun dies Pflaster, den Feingeist, auf Ihre Wunde gelegt?"

"Bimbo – im Namen seines Ziehvaters, der selber ein Feingeist war, wahrscheinlich ein weit größerer als ich je sein werde."

"Wie bitte? Dieser abscheuliche, perverse Sexist?"

Das Luiserl war einen Augenblick sprachlos. Dann verwahrte er sich.

"Aber hochgebildet, Pater Beda! Das muss man doch auseinander halten."

"Ein Ungeheuer! Ein Monstrum war er!" rief Pater Beda. Aber dann setzte er erschrocken hinzu:

"Nein, ich darf mich nicht über ihn erheben! Vielleicht war er krank? Seiner Sexualität hilflos ausgeliefert, von ihr versklavt? Eine Arme Seele – wie ich! *Er,* besessen vom Sex, seinem bösen Geist – *ich* von der Sehnsucht nach einer falschen, erlogenen Identität, die mir ein unsichtbarer Verführer eingab."

Das Luiserl erstarrte. Wie konnte Pater Beda sich so vor ihm erniedrigen!

"Sie haben doch keinem Menschen geschadet, haben viele getröstet, dem Bimbo vielleicht das Leben gerettet, der so nahe am Selbstmord war. Ich dagegen bin immer nur Onkel Ferdis Neffe gewesen. Daraus besteht meine ganze, armselige Identität."

"Luiserl, oft ist die Sehnsucht nach Identität nur ein Fallstrick! Sie sehen es ja an mir!"

Da fragte das Luiserl wie unter Zwang:

"Glauben Sie an den Teufel, Pater Beda?"

"An den im Puppentheater? Kohlschwarz und mit Hörnern? Natürlich nicht! Wohl aber glaube ich an ein Geist-Wesen, das sich nach Belieben inkorporiert – oder wie eine Krankheit den Menschen heimsucht und jeden Widerstand bricht. Es gibt auch im 21. Jahrhundert noch eine teuflische Entelechie, die sich vorübergehend in einen metaphysischen Virus verwandelt, der heimtückisch die Menschen befällt. Und – nicht genug der Metamorphosen – immer wieder ein neues, anderes Phänomen generiert – um zwischendurch wieder als Person, Einflüsterer, unsichtbarer Versucher Gestalt anzunehmen. Ich schließe mich selbst als sein Opfer mit ein!"

Und dann brach es aus ihm heraus.

"Ohne den Druck meiner Familie hätte ich nie etwas andres als Theologie studiert – schon gar nicht Medizin! Immer nur zog's mich mit aller Macht zur Theologie. Nach vielen verzweifelten Jahren als Arzt konnte ich der wahnsinnigen Versuchung nicht länger widerstehen, bin zum Pater Beda geworden. Tag und Nacht, Jahr um Jahr hatte die Versuchung mich verfolgt, bis ich ihr endlich erlag. Redete mir ein, Pater Beda zu sein – einfach, weil ich an mich glauben *wollte*. So, wie Sie an den Feingeist glauben, an dies subtile, verführerische Attribut.

Sie und ich, jeder von uns ist auf seine Weise seiner Sehnsucht erlegen: ich, der ich gerne ein Theologe wäre und es nie sein werde. Sie, der Sie gerne ein Schriftsteller wären, es *noch nicht sind, aber vielleicht einmal sein werden?* Dann, Luiserl, sind Sie endlich im Besitz Ihrer wahren Identität, haben Ihre endgültige Bestimmung gefunden und haben von da an keinen Feingeist mehr nötig!"

Was redet er mir ein? Will er mir den Feingeist wegnehmen?" fragte sich das Luiserl. Förmlich kroch er in sich hinein. Außerstande, zu widersprechen, versuchte er vorsichtig, sich dem Gespräch zu entziehen:

"Pater Beda, vielleicht stehen Sie unter Schock? Es geht Ihnen nicht gut? Sie sind krank?"

"Ja – geisteskrank sagen die Koryphäen, zur Genugtuung meiner Familie Da hatte mein unsichtbarer Hexenmeister noch einmal die Hand im Spiel. Und er wird es auch schaffen, dass man mich endgültig aus dem Verkehr zieht, mich für immer in einer dafür geeigneten Einrichtung verschwinden lässt. Das, liebes Luiserl, sollte Sie dann vollends überzeugen: *Das Böse, es existiert.*

Aber bitte: sprechen Sie nicht mit dem Bimbo darüber. Inzwischen nähert er sich der Reinheit der Engel. Das wollen wir nicht gefährden, nicht wahr? Es öffnet ihm schließlich im Jenseits die Tür."

Dem Luiserl drehte sich alles.

Seine Not wuchs ihm dann einfach über den Kopf. Er beschwichtigte sich selbst, ohne wirklich an das zu glauben, was er sich verzweifelt einzureden versuchte:

"Unser Pater Beda – dieser fromme Mann! Bösartig hat seine Familie ihm das Hirn verdreht. Er redet in seiner Verzweiflung nur so. Im Moment, wo er seine ganze Existenz, wo er alles verlor, ist er einfach außer sich. Armer Pater Beda ..."

Schon seit Wochen verfolgte Elmar aus der Ferne misstrauisch die täglichen Besuche Pater Bedas beim Luiserl und Bimbo. Er entschloss sich, zu handeln. Nicht das Luiserl öffnete ihm die Wohnungstür, sondern Pater Beda. Elmar bat ihn für eine kurze Unterredung zu einem kleinen Spaziergang.

Ohne Umschweife begann er:

"Das Luiserl hat im Lauf der Jahre allerlei Vögel gesammelt. Er hat zu seiner Familie gemacht, was grad so des Weges daherkam. Er war nicht besonders wählerisch. Es wurde ein bunter Haufen. Und nun Sie? Der gewesene Pater Beda? Dacht' ich's mir doch! War Ihnen schon lang auf der Spur!

Was würden Sie sagen, wenn ich Ihnen jetzt und hier, auf dieser entsetzlichen Straße, wo man kaum sein eigenes Wort versteht, ein für alle Mal verbiete, seine Wohnung, sein Haus zu betreten, geschweige dem Luiserl und Bimbo je wieder nahezukommen?"

"Es würde mir unendlich leidtun, mich verletzen – aber ich habe gelernt, mich zu fügen."

"Sie sind der geborene Feigling, nicht wahr?"

"Man könnte es meinen. Es ist jedoch so: ich respektiere Sie, Elmar, denn man hat Sie mir geschildert und oft von Ihnen erzählt. Ich weiß also: Sie sind der starke Baum, der mit seinen Wurzeln der Familie Halt gibt und seine Äste über diese Familie breitet. Ihnen darf man sich nicht widersetzen. Ein Streit mit Ihnen würde die Familie zerstören."

"Schön geredet, Meister! Allzu schön geredet!"

"Ich bäte nur gerne um einen kleinen Aufschub, wozu ich einen besonderen Grund habe."

"Der wäre?"

"Bimbo. Er verlässt uns in Bälde. Ich bin auch ein Doktor, ein echter. Ich kann die Anzeichen lesen."

Das traf. Erst einmal fand Elmar keine weiteren Worte. Bimbos Schicksal war ihm nach ihrem langen Gespräch sehr nachgegangen, nie wollte er ihn von da an aus den Augen verlieren, hatte ihn, so gut es ging, aus der Ferne immer mit Anteilnahme verfolgt. Beinahe war er ihm zum illegalen, heimlichen Sohn geworden ... Er hatte es dem Bimbo nur nie gezeigt, wohl auch nie Gelegenheit dazu gehabt.

"Er ist kein Mitglied Ihrer Familie. Er steht draußen vor Ihrer Tür – und Sie lassen ihn partout nicht rein. Er wartet übrigens auch gar nicht mehr darauf. Für ihn ist es schon zu spät. Es würde ihm nichts mehr bedeuten.

Aber Sie, Elmar? Was bedeutet er *Ihnen*, der Bimbo?"

Elmar wich aus:

"Zum Teufel nochmal: ich will jetzt erst einmal wissen, wie ich Sie jetzt anreden soll? Ich kann Sie doch nicht weiterhin "Pater Beda" nennen! Das wäre der reine Hohn! Sie müssen doch irgendeinen Namen haben! Ich bitte darum!"

"Es geht nicht. Ich habe auf mein Erbe verzichtet und meiner Familie geschworen, ihren Namen niemals in den Schmutz zu ziehen. Ich benutze ihn also nicht, sondern heiße ersatzweise und polizeilich genehmigt Meier. Dafür erhalte ich lebenslang von meiner Familie die Mittel für meinen Unterhalt und eine bescheidene Wohnstatt. Für Ihre Familie wäre ich ein besonders bunter Vogel. Für eine kleine Weile wenigstens, so lange Sie es mir erlauben."

"Wo gibt es in diesem elenden Viertel endlich mal eine Bank? Ich muss mich setzen! Am liebsten würde ich mit Ihnen in den nächsten Biergarten fahren. Sehen Sie dazu eine Möglichkeit? Wissen Sie, wo einer ist in der Nähe und wie man dorthin kommt?"

Keiner der beiden hatte eine Ahnung, kannte sich mit Biergärten aus. Damit hatten sie endlich etwas gemeinsam. Sie nahmen auf der einzig vorhandenen, trostlosen Bank Platz, mitten im lebhaftesten Giesinger Autoverkehr.

"Wir warten hier nur auf das nächste Taxi!"

Sie schwiegen. Sie mussten nicht lange warten.

"Ins beste, exquisiteste Lokal – aber dalli!"

Sie landeten in jenem Hotel, das alle honorigen Bewohner dieser Stadt bevorzugten. Elmar hatte ein Faible für gelegentliche Ausreißer. Er war hier ebenso bekannt wie der Herr Meier – dieser aus früheren, längst vergangenen Zeiten, wobei er befürchten musste, als der erkannt zu werden, der er einmal war. Er zog eine der derzeit üblichen riesigen Sonnenbrillen aus der Tasche, um sich damit zu tarnen.

"Mir, verehrter Herr Meier, erscheint die Armut mit all ihren Begleiterscheinungen keineswegs so attraktiv wie vermutlich Ihnen. Vielleicht mal im Gedanken ans Jenseits, wo Armut natürlich ungemein zu Buche schlägt. Aber wer garantiert mir, dass es dies Jenseits überhaupt gibt und dass sich ein Leben in Verzicht, Nächstenliebe und Gottvertrauen eines Tages auszahlt?"

"Muss ich *Sie*, Elmar, an die Pascal'sche Wette erinnern?"

"Nein, natürlich nicht, Herr Meier. Gibt's einen Gott, dann belohnt er die Gläubigen. Die Ungläubigen schickt er zur Hölle. Gibt's keinen Gott, gibt's auch weder Lohn noch Strafe. Jede Partei geht leer aus."

"Wer, verehrter Professor, trägt nach Meinung Pascals das größere Risiko? *Ihre* Partei natürlich! *Sie!*"

Sie hatten inzwischen mit dem Taxi das Hotel erreicht und sich im Restaurant einen etwas intimeren Platz gesucht. Elmar wusste, er musste noch schnell ein Machtwort sprechen.

"Mein Lieber, wenn Sie hier gleich ein Butterbrot und ein Glas Orangensaft zum Mittagessen bestellen, verursachen Sie ein derartiges Aufsehen, dass Sie entweder des Hauses verwiesen werden, oder der außerordentlich erfahrene langjährige Portier identifiziert Sie mitsamt Ihrem geheimnisvollen Namen als einen vermutlich wohlbekannten früheren Gast. Wie peinlich! Bestellen Sie also wie es sich gehört: Vorspeise, Hauptgericht, Nachspeise – und den jeweils dazu passenden Wein. Das beherrschen Sie ja. So fallen Sie am wenigsten auf."

"Sie sind ein Sadist, Elmar!"

"Jawohl, das bin ich. Fragen Sie das Luiserl. Den quäle ich regelmäßig. Nicht wie Sie mit Essen, nur wenn er mit seinem Gesabbere daherkommt, weil er mal wieder nicht weiß, wer er eigentlich ist und ewig seine Identität sucht. Dabei liebe ich das Luiserl. Aber meine Liebe ist wie die Liebe Gottes, die uns ja auch gelegentlich mit einer saftigen Strafe auf den rechten Weg lenkt. Sie sehen, ich habe ein freches Maul, aber auch das ist eine Gottesgabe."

Er stand plötzlich auf und erhob sein Glas:

"Herr Meier – ich bin hoch erfreut, Ihre Bekanntschaft gemacht zu haben. Ich glaube nämlich, eine gewisse Gleichgestimmtheit zwischen Ihnen und mir feststellen zu können. Sie hoffentlich ebenfalls? Dann wünschte ich, dass sie sich weiter entwickeln möge. Mein Gott, Herr Meier, dieser ewige Konjunktiv! Auf Ihr Wohl!"

Auch Herr Meier erhob sich. "Auf *Ihr* Wohl, Elmar! Für mich sind Sie der reinste Mephisto! Es ist mir eine besondere Ehre, Sie dergestalt kennenzulernen."

Selbst dem hochsensiblen Elmar musste der Doppelsinn von Pater Bedas Worten entgehen.

Elmar vergaß nicht, Bimbo war nicht nur geschwächt, er war sterbenskrank. Er hätte ihn nur zu gerne noch in die Familie aufgenommen, mit einem richtigen kleinen Fest und der Zustimmung aller. Er befragte den Hanns, das Luiserl, Evchen und ihren Mann, und telephonisch auch Annabell.

Seine Frau Helen lehnte strikt ab. An ihrem harten Nein scheiterte von vornherein sein Vorhaben. Auch die anderen hätte er mehr oder weniger drängen müssen, sie hatten alle derzeit irgendwelche Vorwände, sich von einer Entscheidung zu drücken. Keiner stimmte ihm richtig, mit Überzeugung, zu. Was sollte das überhaupt? Warum gerade jetzt? Hatte er es nicht gut beim Luiserl? Und dieser Pater Beda, kümmerte der sich nicht ebenfalls um ihn? Brauchte er da noch die gesamte Familie um sich herum? Passte er überhaupt zu ihnen? Ging das nicht einfach zu weit? Schließlich hatte der Bimbo ein Auto gestohlen, war damit verunglückt und hatte gottseidank wenigstens nur sich selber Schaden zugefügt – und nicht auch noch anderen Menschen.

Elmar ließ niemand wissen, wie es um Bimbo stand.

Eines nachts schlief der Patient einfach ein und löste damit das Problem.

Die Familie war nun doch ziemlich betroffen.

Elmar half dem Luiserl, ein Grab für ihn auszusuchen. Nach Möglichkeit sollte es in Onkel Ferdinands Nähe liegen. Der Grabpflege wegen.

"Nach und nach bestücken wir den halben Ostfriedhof mit den Abgeschiedenen unsrer Familie", meinte Elmar. Er liebte groteske Übertreibungen, die Friedhofsatmosphäre spornte ihn erst richtig an.

"Das Traurige bei Beerdigungen ist doch, dass wir das eigene Begräbnis nie miterleben. Nie kriegen wir mit, welch edle Menschen wir waren, selbstlos, großzügig, erfindungsreich. Die vielen Blumen und der Abschiedsschmaus hinterher! Ein Jammer, dass einem das alles vorenthalten bleibt. Hätte man besser zu Lebzeiten arrangiert. Nun ja ..."

Mit niemand wagte das Luiserl sich über Pater Beda zu beraten. "Wer weiß," dachte er, "ob nicht doch irgendwelche Mächte Gewalt über ihn haben? Dunkle Mächte, die er einmal Geistwesen, Versucher, ein andermal Schicksal oder gar Viren, Krankheitserreger genannt hat – und zuletzt noch einen Hexenmeister, der die Strippen zieht. Wie viel Angst und Schrecken gaukelt dem Pater Beda seine Phantasie da vor?"

Aber plötzlich war es damit vorbei. Wie durch ein Wunder begann sich Pater Bedas Gestalt zu heben, schwebte hinauf in jene höheren, lichteren Sphären, in denen Gottes Barmherzigkeit, Gnade und Nachlass der Sünden waltet – so, wie man es einst einer andächtig lauschenden, kindlich-frommen Klientel in vielen wunderschönen Sonntags-Geschichten vorerzählt hatte.

Längst vergessen, tauchten sie plötzlich in Luiserls Erinnerungen auf. Strahlend widersetzten sie sich allen Befürchtungen, besiegten Ängste, Schrecknisse, Gespenster.

Bei Pater Beda ging es nun ja nicht, wie ehmals beim Luiserl, um geklaute Äpfel, Birnen, Nüsse und kaputte Fensterscheiben – bei ihm ging es um weit mehr. Denn keine noch so fürsorgliche theologische Exegese seines selbstlosen Wirkens würde ihn vom Stigma einer Geisteskrankheit befreien. Jeder juristische Einspruch wäre gegen die Allmacht der Psychiater zum Scheitern verurteilt. Er war gebrandmarkt!

Einen Ausweg gab es für ihn nicht mehr."

Das Luiserl hielt inne:

"Moment! *Ausweg?* Ausweg! AUSWEG!"

Doros Wahlspruch! – *Es gibt immer einen Ausweg!* Das Wort alarmierte ihn, riss ihn hoch!

"Wenn die Doro recht hat? Dann gibt es auch für Pater Beda einen Ausweg!

Einen Ausweg aus seiner Ohnmacht und Abhängigkeit! Der ihn rettet vor dem endgültigen Verschwinden!

Nur wie und wo finde ich ihn?"

Das Luiserl verstummte, versank in Nachdenken. Plötzlich – erleuchtet:

"Mit schreiben? Ja, schreiben!

Die Geschichte eines Menschen, der so vielen helfen konnte, nur nicht sich selbst.

Schreiben, wer Pater Beda wirklich war!

Ein Verlorener.

Ein schuldlos Schuldiger.

Eine reine Seele.

Ein stiller Dulder.

Ein Opfer.

Ein Büßer.

Verirrt, verwirrt, verleumdet.

Ein von dunklem Unheil bedrohter, verstoßener Engel?

Als *Arzt* hat er jahrelang viele Patienten unentgeltlich behandelt. Als *Pater Beda* hat er bis vor kurzem auf einer Intensiv-Station mit allen Patienten, die es wünschten, ein geistliches Gespräch geführt, hat im Vorübergehen jedem Kranken ein Trostwort gespendet, ihn gegrüßt, gesegnet, ihm mit seinem Lächeln die Hoffnung auf baldige Genesung zu schenken versucht. So hat es der Bimbo erlebt. So hat Pater Beda ihn und vielleicht nicht nur ihn gerettet!"

Wie niemals mehr seit Onkel Ferdis seligen Zeiten begann es in Luiserls Kopf zu arbeiten. Öffnete sich nun doch diese so lange geheimnisvoll verschlossene Tür ... ? Würde er endlich zu brennen beginnen ... ? Kämpfen... ? Für diese vielleicht einzige Möglichkeit, dem Pater Beda den Weg in die Freiheit zu bahnen?

Bis zu Bimbos Beerdigung stellte er sein Vorhaben einer Allerhöchsten Instanz anheim.

Nur noch für eine kurze Frist wäre Pater Beda frei. Und nur ein letztes Mal – bei Bimbos Begräbnis – würden es ihm seine Angehörigen erlauben, öffentlich in Erscheinung zu treten. So mächtig sie waren – ihn schon vorher wegzusperren, das hätten sie nicht gewagt.

Er war ja kein Anonymus, er trug in der Tat einen großen Namen. Elmar hatte herausgefunden, es stimmte alles: von seiner Familie ständig unter Kontrolle, würde er in Kürze – wie von ihm angekündigt – zum Verschwinden gebracht werden.

Auf Luiserls Bitte sollte der einstige Pater Beda die Abschiedsworte sprechen am Grab. Der Bimbo hatte es sich gewünscht.

Auf dem langen Weg bis zum Grab schritt Pater Beda allein, als erster, hinter dem Sarg. Er wartete, bis die Träger den Sarg hinabgelassen und die Trauernden sich um das Grab gruppiert hatten.

Dann trat er vor und begann:

"Mein lieber Bimbo! Ich habe dir einmal versprochen, dass ich dich huckepack mit mir in den Himmel nehme. Nun hast du es nicht abwarten können und gehst mir ein paar Schritte voraus. Ich aber halte mein Versprechen! Arm in Arm werden wir miteinander in die ewige Herrlichkeit eingehen, Gott loben und preisen.

Wie du inzwischen weißt, bin ich ein Betrüger und kein Haar besser als andere Sünder. Aber lass mich den weisen Pascal zitieren, welcher die Menschheit folgendermaßen einteilte: es gibt nur zwei Arten von Menschen, die Gerechten, die sich für Sünder – und Sünder, die sich für Gerechte halten.

In großer Demut verneige ich mich vor dir und bitte dich: lass uns die Rollen tauschen. Nicht ich lege da oben ein gutes Wort für dich ein, sondern du für den Sünder, für mich? Habe Dank!

Der Herr segne und behüte dich, in Ewigkeit, Amen."

Der ehemalige Pater Beda grüßte stumm und wandte sich zum Gehen.

In betroffenem Schweigen blickte die kleine Gemeinde der Trauernden ihm nach. Würden sie ihn jemals wiedersehen?

Annabell trat ans Grab, in der Hand eine Blockflöte – jenes Instrument, das ihr einst das Luiserl bei ihrer allerersten Begegnung geschenkt hatte.

"Das Lied, das du damals für mich zur Begrüßung gespielt hast, Luiserl, das werde ich jetzt für Bimbo zum Abschied spielen. Der letzte Gruß für meinen Vater, für deinen Freund!"

Sie setzte die Flöte an und blies die Melodie:

Alle meine Entchen
Schwimmen auf dem See ...

Es klang noch etwas unbeholfen – aber ohne zu zögern, blies sie drei Strophen herunter – genau wie damals das Luiserl.

Die Trauergemeinde – die "Familie" – war überrascht, überwältigt. Keiner wusste, welche Miene er zu diesem Spiel machen sollte. Bei der zweiten Strophe summte Elmar mit. Bei der dritten fielen alle ein: sangen leise, feierlich, als sei das Kinderliedchen ein Kirchenlied, ein Choral:

"Alle meine Entchen
Schwimmen auf dem See.
Köpfchen in das Wasser,
Schwänzchen in die Höh."

Danach klatschten sie sacht in die Hände, lachten ganz leise, befreit. Und das auf dem Friedhof? Bei einem Begräbnis?

Aber vielleicht war es kein Abschieds-, war ein Willkommensgruß? Gehörte auch Bimbo endlich zu ihnen? Akzeptierten sie ihn zum Schluss nun doch? Waren froh, erleichtert? Hatten sie ihm nicht soeben einen wirklich liebevollen Abgang bereitet?

Zuletzt trat das Luiserl ans Grab. "Annabell ..."
Er umarmte, drückte sie an sich, küsste sie. "Annabell ..."
Stand nur da, hielt sie – zum letzten Mal? – selig umschlungen. "Annabell ..."
Lange Sekunden. Schwieg. Ließ sie los.
Zum blumengeschmückten Sarg hinabgebeugt, las er von einem Zettel:

"Auch das Schöne muss sterben, das Menschen und Götter bezwinget ...
Siehe, da weinen die Götter, die Göttinnen alle.
Dass das Schöne vergeht, dass das Vollkommene stirbt.
Auch ein Klaglied zu sein im Mund der Geliebten, ist herrlich.
Denn das Gemeine geht klaglos zum Orkus hinab.

Lebe wohl, Bimbo!"

Als letzten Gruß gab ihm jeder, ehe er sich zum Gehen wandte, noch eine Schaufel voll Erde mit auf den Weg.
Nur Elmar verharrte am Grab, wartete, auch als er allein war, noch lange; warf endlich eine Rose hinab:

"Schiller dankt!"